尋詩 v.s. 尋思

向明談詩

目次

詩是一股軟實力

詩人是文人，文人手裡是不用拿什麼武器的。詩人應是一面鏡子，把人間萬象通過藝術手法赤裸裸的表現出來，讓人看清自己而已。然而這些個不拿武器的詩人，都比手拿刀槍棍棒或衝鋒槍的武夫更孔武有力，更具摧毀的力量。

獲得一九七一年諾貝爾文學獎的智利詩人聶魯達，他的文學創作與政治理想聯成一氣，對法西斯霸權作殊死的抵抗。四十年前由於美國尼克森總統的策動，智利發生右翼軍人的流血政變，民選的總統，也是聶魯達的密友沙爾瓦多・阿連多被推翻並死於非命。十二天後也被右翼分子迫害而流亡的聶魯達，因癌症不治而瀕臨死亡。在聶魯達咽氣前，荷槍實彈的士兵在他家後園子裡掘地三尺，以尋找埋藏的武器。聶魯達尤撐著最後的一點力氣大聲說：

「你們在此地找到的唯一武器，就是文字。」

看吧！這就是詩人的自拱，他的唯一武器就是他的詩，不是手榴彈，也不是火箭筒，更不是飛機大砲。

據說二次世界大戰時，史達林在希特勒兵臨莫斯科城下時，在地鐵車站對全國發表演講時說「希特勒要消滅俄國，但不可能戰勝俄國。因為他面臨的是一個普希金的俄國，一個托爾斯泰的俄國，一個契訶夫的俄國。」俄國這三大作家的文字力量，詩的力量，文化的力量，是俄國的最堅強的實力，史達林知道得很清楚，絕對不是德國納粹的飛機大砲可能戰勝。

有人說，國民政府當年從大陸敗下陣來，狼狽地撤退到臺灣，並非八路軍船堅砲厲，或驍勇善戰，而是完全敗在他們的筆隊伍手裡。別的不說，只說老詩人艾青吧。在國民政府的威信極度脆弱時，那一場在北京大學禮堂舉辦的詩歌朗誦，他的長詩〈火把〉便在光天化日之下，真的由在滿會場，上千點燃的熊熊火把中登場。那種氣勢，那種煽動性所激起的憤怒，是與那些走上街頭的職業學生，高喊「反飢餓」、「反迫害」的口號相互呼應的。白天尚需點燃火把，可見當時統治者的黑暗到什麼程度。這是詩的隱喻的高度發揮，其摧枯拉朽的威力，最後是把國民政府逼到臺灣來。

詩人的手上沒有武器，頂多一枝筆，其所發揮的威力，有時勝過一枚原子彈。

別把詩人看成只會吟風弄月，傷春悲秋，或輕輕的走了，不帶走一片雲彩的柔性多情，其實詩人要硬起來，或拗起來，也是非常可怕的，這是一股軟實力。

原載於二〇〇八年八月十八日《國語日報》少年文藝

但肯尋詩便有詩

——為鼎公《有詩》作序

一

從前文學革命時，胡適之先生提出了「詩體大解放」的主張，要求詩人「充份採用白話的字，白話的文法和白話的自然音節，做長短不一的白話詩。」此話一出、渴望詩能自由解放的人群相呼應，於是大家紛紛做起白話詩來。很遺憾的是，胡先生當時只求把詩寫成白話，沒有注意到如何把「白話」變成「詩」。胡先生的好意便留下了只有破壞沒有建設的遺憾。使我們這些後來繼續從事寫詩的人，為詩的重建付出了重大代價，在保守者眼中，我們一直被視為不肖份子、我們寫的句子長短不一的解放詩更是視為洪水猛獸，擾亂了詩千百年來的既有秩序。

然而在這艱苦的道路上，寫新詩的人並不全然孤獨，常常會遇到拔刀相助的貴人，他們為新詩人的努力作辯護，力陳詩的推陳出新是歷史的軌跡，是順應時代的需要。詩如果成為定型，沒有創意，便注定會被革新掉，這是舊詩會被大解放的重要原因。他們同時更知道，幾擊重錘就可打倒一面高牆，但要另砌一堵新牆、就得一磚一石的實實在在慢慢堆砌。我們應容忍新詩重建的慢速度，鼓勵新詩人用各種方法找到新秩序。在這些對新詩同情的人中，名散文家王鼎鈞先生是最早挺身而出為新詩說話的人。在五〇年代新詩被圍剿得無地自容的時候，他以方以直筆名寫的幾篇短文、使我們在為新詩奮戰的人得到不少奧援，從而沒被打擊得懷憂喪志。

二

王鼎鈞先生不但一直是新詩人的良師益友，更常常強調文學的血統是詩，文學的遺傳基因是詩。人間不能沒有詩、沒有詩，如何證明我們彼此是同類？他說過一句最讓詩人們深省的話、他說：「自古以來，詩人要搖頭晃腦才寫得出好詩來，倘若不住的點頭磕頭，那詩是不能看的呵！」可見鼎鈞先生對詩人的期望多麼的深重，我對他這句話是隨時在用來警惕自己的。

三

鼎鈞先生非常自謙，他對詩和詩人這麼有見地、卻常說「我是讀詩的人，不是寫詩的人，也不是評詩的人。」事實上，國學根基深厚，人生歷練豐富的他，最先動筆寫的就是詩。他的老師是他的本家爺爺，他住的那個村莊叫插柳口，曾經寫過〈插柳學詩〉一文記述經過。一九八五年他在美與大陸家鄉通信，和當年的老同學唱和，又曾燃起他寫舊體詩的興趣，寫過好多寓意深長的舊詩。

鼎鈞先生確實沒有正式寫過一篇評詩的文章，但是他在評散文或小說劇本時，都以詩的指標來要求。他在評女詩人羅英的極短篇時（見爾雅《兩岸書聲》頁一一三），就曾認為羅英以極短篇為皮囊裝入了詩魂，他讀的雖是小說，實際得到的是一首好詩。他在評鍾曉陽的小說時（見《兩岸書聲》頁一九一），發現小說中的描寫「甚有詩筆詞意」，由而他認為現代文人如果也有古時文人常說的生平「三恨」的話、其中一恨便是「恨小說的細密精緻不能如詩詞」，可見他對詩詞的器重。

四

寫新詩是鼎鈞先生近幾年的事。當四年前我第一次讀到他寫給瘂弦的〈轉韻〉一詩的時候，我對比他祇早一年也轉行新詩的隱地說，又一個正式由支持化為行動的文學人來加入我們這雜牌的詩隊伍了。余光中在早年寫文章遺憾寫詩的人老是撈過界到別的文類去探險，很少有別的文類的人到新詩的陣地來比劃一番，二十多年後余光中的遺憾彷彿成了預言，我們寫詩的人真是吾道不孤了。

有人說現在的文類界限模糊是股潮流。有些人的詩寫得根本就是散文、有些散文或小說又分行得像披上詩的外衣。但是散文大家鼎鈞先生寫的新詩絕對一點也不含混，甚至連他那被認為是台灣最有分量的散文語言也沒滲入到他的新詩中，他寫的是純正的詩。當然現在要把什麼是真正的詩的標準定出來也很難，詩已多元化到不止戰國七雄，甚至還超過五胡十六國。不過不論什麼詩，新詩、舊詩、天底下所有可能出現的詩，都由兩個基本原件組成，一是由感性而衍生的詩意，一是由理性而構思出來的詩藝；詩意如果能透過詩藝表達出來，詩藝如果能確切掌握詩意，二者魚幫水、水幫魚的合作無間，詩便會完滿的誕生了。鼎鈞先生有紮實的古典文學基礎，受過豐厚的舊詩薰陶，更是現代文學的旗手，寫起新詩來自然拿捏準確、游刃有餘。

不過根據我的經驗，詩是詩人整個人格的分身。詩人本身有什麼信仰、觀念、想法、甚至嗜好、習慣都會如實的從他詩作中偷跑了出來，詩人是最不能撒謊又不會撒謊的一種動物。鼎鈞先生在信仰上是個虔誠的基督徒，在身世上，一生都是在流浪；在學術成就上，曾做過大報的副刊主編、寫出三十幾本著作；得過國家文藝獎，而今是兩岸都尊敬的頂尖散文大家。知道了這些背景資料，再去讀鼎鈞先生的《有詩》，就好像找到了一把大門鑰匙，便可在他的詩中處處找到人生的寶藏了。

一九九九年序王鼎鈞詩集《有詩》

誰是詩性人物

老詩人周夢蝶曾經有首詩叫〈詩與創造〉，他一開始就說「上帝已經死了。哲學家尼采問，取而代之的是誰？」這時有「水仙花魂」之稱的王爾德忙不迭的接口說「詩人！」可見詩人的地位是崇高偉大的，可以當之無愧的作為造物主上帝的接班人，成為替萬物命品的崇高腳色。因此當我們聽到因演電影〈色戒〉而一舉紅透半邊天的演員湯唯被詩界冊封為「詩性人物」時，會有一點吃驚。人會趨炎附勢，錦上添花，本是固有秉性，湯唯因成名而獲得的花花彩衣高帽子，已經夠多了，多這麼一頂，本也無所謂，只是一向至高無上的詩人也來送這種一點也不搭調的鮮花，未免有插錯地方之感。

二〇〇八年初，大陸南京地區糾集了一批高校的教授學者詩人舉辦了一個「二〇〇七年中國詩歌排行榜」，給一幫寫詩的人唱讚歌，發獎項，同時把一些詩人及其作品列上一個非常不雅的「年度庸詩榜」稱號，另外並選拔「年度詩性人物」。

這一來把一個本來平靜無波、相安無事的新詩圈子，攪起滔天巨浪來，多久都難於平息，每一項都有人大作文章，正反兩面各不相讓。我今先將有點像八卦新聞的「年度詩性人物」部分先報導出來，看這大陸詩界是個多麼「花」的花花世界。

「二〇〇七年度詩性人物」中的「詩性」二字，據上海師範大學張閎教授下的定義是「人物行為中表達出某種超出日常生活之外的激情和美感，乃一次純粹的審美，要完全拋棄意識形態和道德評價方可成立。」中國大陸二〇〇七年的詩性人物是以「革命的詩性」為標準選出了兩人。一是原古巴游擊隊的領導人、第三世界共產革命運動中的英雄人物切・格瓦拉（Che Guevara）。另一位就是因演李安導演的《色戒》而走紅的女星湯唯。對於切・格瓦拉的入選在仍是紅色的中國大陸幾乎無任何異議，因切氏本來就是左翼運動的精神象徵，近代各種理想的代表人物；且二〇〇七年正是他八十虛歲的冥誕（切氏於一九六七年被親美的波利維亞軍隊殺害）。他死後的這四十年來，他的名字和他所代表的精神，仍深植於共產世界每一個人的心中。

而湯唯就爭議大了。根據推薦的極權威人士所下的評語：「二〇〇七年，李安和湯唯成功地借助性與暴力，塑造了一個眾所週知的革命女性形象。她在特殊年代裡的狂熱與天真，特殊場所中的性與激情，促使世人重新思考革命，思考國族，愛與性等複雜的重要命題。而這些我們已嚴重遺忘。」儘管這麼振振有詞的搬出革命、國族、愛等大帽子來強調這個獎項的崇高偉大，但輿論反映的則是置疑這些命題與「詩」何干？因為所有的詩歌獎一直以來都是以詩的質量來排名，可以有最佳男女詩人獎，而將一個本身與詩無關的影星放在其中，而且冊封為「詩性人物」，則幾乎激怒了所有寫詩的人，認為這是對詩的「強姦」。而被加封的湯唯最無辜，已經把她歸類為一個演三級片的「脫星」，紛紛朝她吐口水。

其實「詩」這一名詞已經公認為所有藝術的最高境界，拿「詩」來形容任何不真不善不美的東西都會認為是一種褻瀆。這樣說可能會認為陳義過高，然拿權威人士張閎教授所訂「詩性」標準來衡量，顯然也不恰當，此次選人其實並未脫離「意識形態」的考量，否則何以要用「革命」、「國族」等充滿意識正確的標準來選南美的政治鬥士切・格瓦拉，和一個只是被動演出特務人士的女演員湯唯？難道湯唯的激情性演出也是一種必須喚起的革命手段？同時與所謂的「一次純粹的審美」標準也不相符。湯唯的演出無論是從審美的角度或者從藝術的觀點都談不上美，還不如說屈從於票房收入還令人感覺務實些。怪不得有些嗆聲者說「性文化與詩文化兩個八桿子也打不到一起的東西攪在一起這是詩的悲哀。」

再說如果硬要從意識形態，政治正確來考量，這個獎如要頒給《色戒》的有功人員，導演李安無疑是當之無愧的「詩性人物」，因為他是在如寫「正氣歌」樣呈獻一部抗日戰爭時敵後人員殺敵鋤奸的影片，主題非常嚴肅得當。湯唯只是導演手中的一個活導具，性與激情的演出，都是出自導演的安排和巧思。所以詩性人物這個頭飾是很神聖的，豈可不倫不類的亂套。

（這是一些幾年前寫的文章，但看到的人不多、因為只在一些小刊物出現。而今這類商品文化污染到詩的怪事更多，只好以「詩的自由談」名義重刊一次以取樂大家。）

二〇〇九年三月十日中時電子報作家專欄

我的詩　你的夢

——胡適談做詩的經驗

胡適之先生是中國新詩的鼻祖，對詩的改革有不少汗馬功勞。每每到了一年的詩人節便會想起這位中國新詩的開路先鋒，沒有他的「嘗試」，哪有今天的繁榮。胡適先生早年曾寫過一首詩題名「夢與詩」，夢和詩都是空幻的概念名詞，我們且看他如何以十二行文字，將夢和詩做堆落實：

〈夢與詩〉　胡適

都是平常經驗
都是平常影像

偶而湧到夢中來
變幻出多少新奇花樣！

都是平常情感
都是平常言語
偶然碰著個詩人
變幻出多少新奇詩句！

醉過才知酒濃的
愛過才知情重：——
你不能做我的詩
正如我不能做你的夢

詩後有一段〈自跋〉將詩解釋得很有意思，他說：「這是我的詩的經驗（Poetic Empiricisms）。簡單一句話，做夢尚要經驗做底子，何況做詩？現在人的大毛病就在愛做沒有經驗做底子的詩。北京一位新詩人說『棒子麵一根一根的往嘴裏送』。上海一位詩學大家說『昨日蠶一眠，今日蠶二眠，明日蠶三眠，蠶眠人不眠。』吃麵養蠶何嘗不是世間最容易的事，但沒有這種經驗的人，連吃麵養蠶都不配說，何況做詩？」

胡適大師是新詩的鼻祖，他的改革中國詩的理論，明白曉暢，人人易懂，他主張「去其腐朽，還我神奇」，這些可用在任何改革改造上的概念式的主張，可以炫惑很多不知底細，究竟要如何「去」如何「還」的人。所以我們常常認為胡先生是一個只有主張、沒有建設性的改革者。然而當我偶然在《中國新詩庫》胡適先生打頭的第一集（每集收入十位最早的新詩人），讀到先生的這首〈夢與詩〉及後面的〈自跋〉之後，我要對先生說聲慚愧。不是先生沒有理論建樹，而是我們讀書不夠用功。

這首胡適早期白話詩的經典之作，不過是說無論做夢或作詩都是一些平常不過的元素變換出來的，說穿了都不過是人生經驗的累積。而最重要的是，他強調無論做夢或作詩都是各做各的，故而有「你不能做我的詩，正如我不能做你的夢」一樣的分際。這是這首詩的「詩眼」所在，即是做夢和作詩一樣都很私房，都很個人，各有各的經驗表述。在他看來沒有經驗打底子，就是那個時代詩的最大毛病。所以胡適先生當時強調經驗在詩中的重要完全是有心的，因為初期的白話詩，確實都是些空泛的概念在無病呻吟，像是些「無骨酥魚」，味雖美卻不知吃了到底有什麼好處。然而胡適先生雖說了經驗在詩中的重要，但到底如何累積經驗，有經驗在詩中作底子，會有什麼作用，他並沒有作詳細的引申。胡適這兩句詩只是告訴大家寫作究竟是個人精神活動，別人是參與不了。

問題是，也有人認為只要感情充沛就可以寫出詩，詩是感情衝動的產物。這種觀念德國詩人里爾克在他的「馬爾他手記」中卻作出了「不認為如此」的辯證。他說提到詩，我們應該盡一生之力，盡可能那樣持久的去等待，採集真意與精純，最後或許可寫出十行的好詩，因為詩並不是像一般人所說的感情（感情是儘早就很夠了的），詩是經驗。里爾克在這裡佐證了胡適所認為的詩乃經驗的說法。

關於經驗的來源，里爾克也作了不少的補充，他說「為了作出一句詩，首先必須看過無數的城市、人群和事物，諳知鳥怎麼樣飛，花怎麼樣在凌晨開放。回憶那些戀愛之夜，景況各各不同。回憶女人分娩時的叫喊，必須和死者親近過，陪坐在死者身畔。只是回憶還不夠，回憶還不是詩。如果回憶很多，還必須懂得忘記，必須有耐力等著它們再回來，只有當它們失去名稱而和我們化成一體，變為我們身內的血液，成為我們的目光和姿態的時候，才可能在一個罕有的時刻，在它們中間，升起一句詩的第一個字。」這是一個多麼嘔心瀝血的過程，這是多麼難得的由空泛感情蛻變成血肉「經驗」的一種歷練。像這樣彷彿經過懷胎十月痛苦磨折所生產出來的詩，豈有不完美實在的呢？可見胡適之先生的詩的經驗說確實是他親身的體會才說出來的。

二〇一一年七月十九日華副

尋找詩的美感

一、詩的長與短

每每有人送我詩集，或拿詩給我看，每每我總想送他一句話「寫短一點好不好？我已視力退化，那麼長的詩，那麼長的句子，我的眼睛會抗議，我的腦子會疲勞，我的消化會不良，我的精神會不濟，這樣你送我詩集的美意，會因我的生理機能無法負荷，得不到該有的建議或讚賞，我會感到非常抱歉。」

然而，這些話我每每話到嘴邊又吞咽了回去，因為我想他一定會這樣回答我，「要抱歉的是我，我不知道原來你的生理機能已退化到，趕不上我們詩的進化速度。」然後掉頭而去。

詩是這樣進化的嗎？要這樣「盡興」的長篇陳述，而不是「盡意」的適可而止，這就是進化，而不是退化？我曾以唐朝祖詠應考寫試帖詩，只寫了四句，便交卷，被主考官以不合規格十二句，要他回去重寫，而被他回以「意盡」二字，便拂袖而去的故事，說給很多詩友聽。祖詠當然因詩不合規格，落敗沒有中舉，然而他寫的那首〈終南望餘雪〉卻傳頌千古。

而今我不會拿古代詩人的倨傲堅持來做例子了，我要說的是現今山東一位女詩人藍藍，在被問到她的許多短詩都不超過廿行，都那麼精純有味，是不是一種偏好？她答復說「關於寫短詩確實是一種偏好，因為大部分時間我覺得真正想說的話，其實很少。如果能用一個詞說清楚，就最好不要用十五個。詩寫得短跟入神，出神的時間也許有關係。一般情況下，發呆時間越長，寫出來的詩就會越短。有幾件令我無論何時何地只要想起來就發呆的事情，至今一行也沒寫出來。」她這一段話，前面那句「大部分時間我覺得真正想說的話，其實很少，如果能用一個詞說清楚的，就最好不要用十五個」，我們台灣的名詩人向陽很早就在「十行集」的序言中這樣說過了。後面這「發呆時間越長，寫出來的詩就會越短」，就有意思了。人面對一件事情會發呆，其實是在一種驚詫，正在定神尋思的狀態，想得越多，有了整理，便可劍及履及的把正確的答案找出來，不用多作補述，這便是藍藍所說「詩就會越短」的原因，因為懂得詩需長話短說。

我們台灣有位青年詩人阿鈍，如果你認為他是人如其名的「鈍」，那就大錯特錯了，他的短詩短得犀利，出手快得嚇人。他在組詩〈日厲〉第五首中有如下的短俏：

日子短
真好
不須長竿
就撐過去了

寫詩的效果，也就像船老大撐篙一樣，如果一篙下去，沒有摸到水勢，往往就會進退不得，在原地打轉。只要著力點拿得準，原不在竿的長短，便可順水摧舟，順流而下。短詩往往有如一把小小的匕首，所發揮的力道，遠遠勝過千百行泡水的長詩。

二、詩的「給與讓」

「給」與「讓」是人行為的兩大美德，都非有極高的去欲存誠的道德修為難得達成。「給」是主動的付出，不求回報的付出，甚至是隱姓埋名的付出，確實是偉大的德行。「讓」是放棄既得或可得，而將全部利益讓別人去繼承享受，更顯為人犧牲奉獻的爽朗精神。在新詩中，以這樣的題材寫詩者不多，我找出了兩位女性詩人，各自以反思的筆調，輕鬆道出了現代人在「給」與「讓」的趣味。

首先是四川一位極有名的女詩人唐果（名字好甜）寫的〈我把顏色給了蝴蝶〉，詩很短、只有六行，卻非常不同一般的「給」或「付出」：

我把顏色給了蝴蝶
香氣給了麻雀
花瓣的弧形——給了雨水
留給你的，我親愛的蜜蜂先生
就只剩花蕊了
它因含著太多的蜜，而顫抖

這六行詩的口氣極像童詩，至少像是一位童心未泯的好媽媽或好姐姐、甚至一位貼心的情人一樣，以這樣無私的口氣，在訴說自然界各自應享有的特色，她都願意慷慨的付出。只有後面三句留給「蜜蜂」的，顯得有點捨不得，因為這剩下的含著太多蜜的花蕊，給出去會因失落而感空虛，一個小小的作弄，使此詩作趣味性的收束，這是作者的巧思。唐果女士的詩，歷來即是如此的活潑俏皮，另有一首就叫〈給你〉的詩，更顯她大度無私的趣味：

我身上長著的，你儘管拿去
你想要，我現在還沒長出來的，明天早上長給你
拼了命還長不出來的——我給你種子

這種不計一切的付出，想方設計都要達成給予對方的誠意，我想任何一個需索無度的火爆浪子，都該無言以對了吧？

把「讓」寫得如繽紛花雨，又深重，又靈動的是我們台灣的女詩人陳育虹。「讓」的英文字是Yield，在美國一些交通頻繁的轉角路口，常有一塊圓形交通標幟，上面就有Yield這個英文單字，意思是車輛到了這個地方，大家要「讓一讓」才能平安的交會。美語中的「Let」有隨他去的意思，也是一種大方的「讓」。「讓」在中文中有「揖讓」、「禪讓」、「退讓」、「謙讓」、「禮讓」、「讓他幾尺又何妨」的各種讓法，無不是與人為善的處世態度。女性的心思細密，不愛在世俗人間交往上費筆墨。陳育虹和唐果一樣選取從自然界，物質界的細微處，私秘處找出它們之間也必有的關愛和牽連，以反差類比的隱喻方式，寫出非線性思考所能獲致的感情纏綿，及詩的快慰：

讓雨　　陳育虹

讓月亮微汗
讓蟋蟀嗓音壓低像書頁掀動
讓液體落在液體
讓牆讓禁地讓凝固的

裂縫自行遷移讓填補
讓一枝筆寂寞讓落葉的塗鴉
星塵爆讓記憶
讓刪節細節細節細節流線的敘述冰涼
柔滑的讓氾濫讓觸鬚
讓七弦琴飛讓夜的波紋
讓石階讓門讓沉睡的讓召喚
一朵山茶不可能的天堂
你的臉不可能的鑰匙

讓窗子敲打讓藍調
讓燭光讓顫抖沒有保留

像這樣意象密集，非平常邏輯思考所可能翻譯出究竟底細的詩，硬要整理出一篇散文所能道出的清楚的原意，所可能追蹤到的是，整個詩的組句均是繞著一個「讓」字在發展，只要抓注這個線頭，便可抖出這一組句子的暗示何在、象徵什麼，從而解讀出一點感受來，就像到口的青橄欖一樣，牙齒會剖出一些別有的滋味，與傳統寫法的詩會有完全不一樣的耐咀嚼。我想這是陳育虹在女性情感固有謙讓的美德上，所顯現出的豁達大度，她這「讓」是凡事隨他去，聽其自然沒有負担的「讓」，我們讀起來的時候也會平心靜氣，與她的感覺隨行。

三、詩的常與變

當我設定今天要寫「詩的常與變」這個題目時，馬上就有點後悔，甚至覺得這真是在冒險踩地雷的蠢事。我何人也，在寫作上只不過早出「道」幾天（那個「道」不過是走途無路之下，瞎摸而硬撞出來的一條危崖上的棧道，處處有失足墜落的危險）就敢亂發議論。尤其今天的新詩，又稱所謂的現代詩更是像一處亂葬崗，路過的人會捂著眼睛，捏住鼻子，假裝不見的側身而去；然而奇怪的是，這麼不受歡迎，寫的人卻又前撲後繼，詩刊詩集更不計血本的豪華獻身。這樣毫無成本會計觀念的瘋狂，寫詩的人到底出了什麼問題誰也說不出個道理。詩沒有讀者好像都只怪別人有眼無珠，而不知問題仍應出在產品本身。我寫我的詩，看不看，買不買，是人家的事，這是我們常常聽到的詩人自己的說法。然而我的看法是很悲觀的，我不大喜歡這樣阿Q式的自我感覺良好。我認為我們的詩也是因為各人做著各人輕飄瓢的浮華大夢，寫只有自己才曉得幽徑何在的詩，都在盡情自得其樂，外人誰也不會去干涉，更不敢干涉詩人特有的「個人自由」。

然而殊不知詩仍如一切世事都是在「常」與「變」的過程中滾進，即使詩人自己獨善其身，認為礙不著別人，然而當詩人與常人變成沒有交集，毫無共同語言可以交通時，這也就是路人會側身而過假裝看不見的最大隱憂。不能怪別人不愛詩、不讀詩、不買詩的出版品，因為你們詩人自己關上了交往的大門，拒人於千里之外。而這些，詩人們自己是毫無警覺的。而即使警覺到，也感覺非常冤枉，因為詩人們認為已經盡了力，更會嘔氣的說，我的詩本來就不是為別人寫的。

記得我曾研究過前輩詩人聞一多先生的所謂「豆腐乾體詩」。這種詩一出現便被人罵得臭頭，一直到而今快一世紀的今天，仍然被視為離經叛道不得翻身。事實上，聞一多先生是用心良苦的，他看到胡適推行的白話詩、又叫「自由詩」以後，自由得不成體統，任何人分行塗幾筆都可叫做「新詩」；而徐志摩他們的浪漫派作品，又都散得跟散文沒有兩樣，根本不像詩。面對這種混亂的情況，聞一多覺得不如還是用一種形式來規範詩，仍不失為新詩建設的一個方向。所以他認為詩不應只強調有「音樂的美——音韻和節奏」，「繪畫的美——辭藻所形成的色彩對比」，更應有「建築的美——節的勻稱和句的整齊」。尤其他認為詩應為一種立體架構，就像雕塑一樣有獨立的個性存在。所以他特別重視最後詩的「建築之美」。他寫出了每行九個字的四行體，看似一個個長方形的名詩〈死水〉：

這是一溝絕望的死水
清風吹不起半點漣漪
不如多扔些破銅爛鐵
爽性潑你的剩菜殘羹

也許銅的要綠成翡翠
鐵罐上銹出幾瓣桃花
再讓油膩織一層羅綺
黴菌給他蒸出些雲霞

讓死水成為一溝綠酒
漂滿了珍珠似的白沫
小珠們笑聲變成大珠
又被偷酒的花蚊咬破

那麼一溝絕望的死水
也就誇得上幾分鮮明
如果青蛙耐不住寂寞
又算死水叫出了歌聲

這是一溝絕望的死水
這裏斷不是美的所在
不如讓給醜惡來開墾
看他造出個什麼世界

這首詩無論從內容和形式上看都是當時詩的一種突破，任人怎樣的貶損聞一多，至今仍是一首在中國新史詩上難得的有創意的好詩。內容上，他將當時國內的混亂政局利用諷喻的意象發揮得淋漓盡致，而且均與現實撮合匹配，可以說都是現代人可欣賞的辭語，而在形式和音節上也與舊詩的體例大不相同。然而聞一多這種強調詩的建築美的作品不但被諷刺為「豆腐乾體詩」，更有人認為這是已被打倒的舊格律詩的復活。而聞一多卻一點也不含糊地把這種形式秩序化的改革，視為一種「遊戲規則」。他說就是下棋，打麻將也得遵守規矩、總不能隨便亂下子、亂丟牌，那能玩得下去嗎？而且對於人家說詩如有格律來牽制，等於為詩帶上腳鐐手銬，他反而說「恐怕越有魄力的作家，越是要戴著腳鐐跳舞才跳得痛快，跳得好，只有不會跳的才怪腳鐐礙事，只有不會做詩的人才感覺格律是種束縛。」聞一多原本為一寫傳統詩的高手，但他放棄「守常」而去「求變」，更有勇氣不畏非議，堅持走他自己認為對的路向。變化出來的詩雖不討好，也少有人敢繼承，然而在中國新詩進化史上，卻會記下他不可磨滅的一筆，無他，他的動機是純正的，是求新求變為新詩好而不顧誤解反對而提出。

所謂的「常」即是以不變應萬變，恒常的如如不動。「變」則以不同面貌在求新奇求變異。可以說「常」是靜止的，守舊的，不會長進的，也是一部分人看到新詩會掉頭而去，認為不過又是老一套，數十年如一日沒有新鮮感，不願停步流覽的原因。而「變」則是一些希望詩會帶來新鮮感，不願老是吃到炒剩飯的刁嘴老饕對詩的態度。然而另有一大部分人，則是視詩之創新求變為洪水猛獸，以看不懂你們新詩到底在搞什麼東東，而對新詩不屑一顧。這些人還是在懷念盛唐、李杜那個古典詩的時代，或者仍是劉大白，徐志摩那個浪漫的白話詩時期，即使後來已經走入現代的戴望舒寫的「撐著油紙傘，獨自／傍徨在悠長，悠長／我希望逢著／一個丁香一樣地／結著愁怨的姑娘」，這樣浪漫肉麻得膩人的詩，也為他們所迷戀喜愛。「常」與「變」已在讀詩人之間成兩極端；更在寫詩的詩人群體間造成明顯的不相容，雖說不見互相仇視或敵對開罵，但各走各的陽關道，兩者間的洪溝還是顯而易見的。

聞一多也說過「詩是屬於年輕人的」，因為年輕的心喜愛活潑、天真、夢幻，充滿著「變」的基因；不愛「呆板」、「畏縮」和「無趣」的恒常靜止如一灘死水。證之每次文學革命改良都是年輕的生命開其端，投入其全部精力，雖千萬人吾往矣，有如革命先烈的英勇，胡適之是如此、聞一多更是如此。張愛玲說過一句經典的名言「成名要趁早」，人只有生命的早期才會天不怕地不怕去作一些從來別人不敢作的事情、這便是「求變」的衝動所造成，也才有創造「新境」的魄力。年紀一大便世故了，多慮了，膽怯了，多一事不如少一事了。

四川西南師大的新詩研究中心，已經舉辦了六年三次會議的所謂「新詩二次革命」

研討會議，認為胡適之先生的新詩改革、是「新詩一次革命」，是一種「破格」之舉；而「二次革命」是要「創格」，認真說來也是一種求變，一種求新之舉。然而他們的「創格」是想創造一種「新詩創作標準作業程式」，如工業生產的SOP然，使得寫出來的詩一個型號，一個樣式，詩像生產線上大量產出的塑膠玩具、或像加了大量塑化劑可以完全仿真的偽劣產品，這樣的詩的「革命」不但不是走的活路，而是更加鑽入死胡同。所幸經過三次大會討論，兩地數百詩人參與，仍然「革命尚未成功」。

二〇一二年六月《海星詩刊》第四期

純詩難求

有些詩人在追求「純詩」的境界，有人問我什麼叫做「純詩」，這是怎麼樣的一種詩？詩是一種非常主觀的產物，什麼是某某詩完全由各人的看法來決定。即使一個詩人明明是朝某一方向著筆，但在旁人眼裏往往完全是另外一回事。搞新批評的人說「要從作品本身的意義去瞭解作品」，怕是一句非常持平之論。因為作品一完成之後，作者的任務便於焉完成，解釋權已完全落在讀的人的手上。

對於「純詩」的定義怕也是人云亦云。主要困難乃在一個純字，純者專一不雜也，如從這樣寬廣的解釋，則雜詩之對稱都是純詩、即是不在「詩」字的前面加上任何一個指示形容詞的都是純詩。然而任何語言一出現，即在其相對的關係上找到意義，甚至衍生歧意，則就不純了。

我們也可以說，非為目的而寫的詩是謂純詩。然而不禁有人會問，既無目的和動機為何要去寫詩？凡屬成為文字的，都是有目的的行為。又有人說為表現而表現的可以稱為純詩，因為動機單純，這也只算是從寬解釋，動機單純，表現的可能非常複雜。

法國象徵主義詩人保羅・梵樂希是「純詩」的忠實追求者。他說「純詩的思想是一種不可思議的典範的思想，是詩的趨向，實力和希望的絕對境界……。」他的所謂純詩是要把詩的實質與其他東西的實質確定分開而孑然獨立。他所有的作品都是朝這方面發展，創作方法更是縝密，對於語言辨思的努力，超過了當時的任何詩人和作家。然而他也說：「我們要解決的問題是，我們能否創作一部完全排除非詩情成分的作品。我過去一直認為，現在也仍然認為，這個目標是達不到的，任何詩的創作只是企圖接近這一純理想境界的嘗試。」可見詩要純到完全排除其他非詩的雜質，是一件多麼難的事情。

名詩人洛夫早在他熱衷於超現實主義的六十年代，就曾說「超現實主義的詩進一步勢必發展為『純詩』，純詩乃在於發掘不可言說的隱秘，故純詩發展至最後階段即成為『禪』，真正達到不落言詮，不著纖塵的空靈境界。」佛家所言禪的「不可說」即是主張澈底摒棄語言，大覺大悟，一切均在不言中。然而詩靠文字語言來表達，要找到不可言說的隱秘仍靠語言來傳達，這種不可說又不得不說的矛盾，大概就是純詩能否成功最關鍵之所在。洛夫去年（二〇一二）在深圳一次訪談時，曾對一群青年詩人說「詩還是要有它的意義在，不是隨便寫幾句美麗的話湊在一起便是詩」，洛夫而今也在強調詩的意義，可見純詩之難了。

二〇一三年五月七日中時電子報作家專欄

詩人要對自己負責

最近有人問朦朧詩人北島，你那一輩出來的著名詩人，這些年來在創作上似乎都有些停滯，他們都已從事詩歌以外的事業。你覺得他們遇到了那些困境？想不到北島說，「唉！寫詩難呀！這麼說吧，你每天都得從零開始，不像別的手藝熟能生巧。當然有些人是寫作以外的困境，各有各的難處。」北島說的是大陸上他們那一輩同出道的詩人，現在情況確實是如此，譬如女詩人舒婷早就不寫詩了，頂多寫點散文，常常到國內外去參訪朗誦自己那些早年的幾首作品，而且門票還貴得嚇人，有老本可吃。她在一九九七年寫了〈最後的挽歌〉之後，便說寫詩會告一段落。最近她說她現在住在只有一點八七平方公里的鼓浪嶼島上，過著像「老年人」一樣的生活。

芒克更是早就無詩，近些年討了一個小妻子，生了個小兒子，老芒克在「含飴弄子」，感到無比的滿足，「向日葵」（他的名詩）早就成了昨日黃花。即使北島自己現在也藏身香港，認為香港乃是最適合人居住的人文城市，可以常常有國際詩會。其實他的作品也少得可憐，更沒有早年寫〈回答〉一詩的那種氣魄，和造成當時的「八級地震」（舒婷對「回答」一詩的形容）的威力。

現在就說我們這一輩七十歲到八十出頭的臺灣詩人吧，其實都早已過了余光中所說的六十歲詩人的「更年期」了，早可以放手不寫，在家飴養天年。然而卻仍然勁頭十足的，一首接一首的在重要媒體的寶貴副刊版面發表，發表欲一點不輸年輕人，這是一個奇怪現象。不過識貨的行家和年輕詩人看得出來，這些老人家的作品（包括我自己）事實上大都仍在重複過去的自己，了無新意，就如錢鍾書諷刺陸放翁的詩中常常意象詞語到處重複使用，被錢氏諷刺為「自作應聲之蟲」。這便是這些老人已不能「變易」只能「守常」，只想拼命保住詩人那頂尊貴的荊冠，避免摘帽。

我已經老得失智，常常胡言亂語，頻頻失言。我曾這樣的告誡別人，其實也在虧說自己：

尊貴的詩人們呵！
請不要嘰哩咕嚕
快閉上你的嘴吧
你不是說會寫詩嗎？

那就趕快
讓你的詩自己說話

只有它的話
才是真話

不管那話是牙牙學語
絮絮叨叨
綴玉聯珠
緊弦急管
或者結結巴巴
詰屈聱牙
硬如結石
寡水清湯

唉呀！別見怪，那都是
你的詩在自己說話

這首詩我曾在一個詩人聚會的場合朗誦過，結果可想而知，我只是想說每個詩人都要為自己的作品行為負責，大眾的眼睛是雪亮的。任何人都可以說謊、只有詩人自己說了謊而不自知，還洋洋得意說每首詩都是真情流露。其實，言為心聲，騙得了人嗎？大陸上的「語言詩派」名詩人韓東說得很好，他對某些勤於寫作、卻從來看不到有什麼精彩大作的詩人呼籲，他說「不要用每日一詩的方式去減弱它的敏感度，寫不出來就不要寫。」有一位叫木芙蓉花的詩人就說得刻薄了，他說「詩不要多寫，製造個把原子彈就夠了。原子彈又不像是燒火棍，整多了也麻煩，不好投放。」燒火棍大概就是點火的火種之類，製造那麼多幹什麼？現在即使是黑暗遮天，也會裝點得光明正大。詩的現實也是一樣，北島那一輩漸漸式微，走出舞臺，是一種正常的落幕現象。

二〇一三年六月二十五日中時電子報作家專欄

談發展中的詩的越界表現
——大家一起來玩詩

玩詩的時代來臨了，詩已正式掙脫一切枷鎖，大搖大擺的進入到我們的生活圈，以各種熟悉卻又不同的姿態出現。詩人們再也不會正襟危坐，手握雞狼毫，或鵝毛筆，低頭苦思。會玩的現代新詩人正將詩把玩得不亦樂乎，玩得使古板而又保守的鎖國詩壇大老瞠目結舌，大呼這群詩的叛徒，逼得我們不得不走進歷史。

玩詩的最早徵兆，出現於杜十三於一九八八年舉辨的「貧窮詩展」。那次詩展是為響應一九六七年義大利藝評家所提出的所謂「貧窮美學」，鼓勵大家運用極普通的日常生活物資，樹枝，報紙等來創作物體藝術。詩人則儘量拋棄傳統紙本的媒介，用身邊所有可以利用之物來表現詩，讓詩從各種可能的空間，縫罅中解放出來，似乎是比早年的「視覺詩」更前衛一些。那時正值兩岸開放交往，旅行社都會為我們提供一個精緻的旅行手提袋。我為參展，特別將一隻鵝黃色，上面無任何文字圖案的包包拿來設計。我去買來黑色油漆，用粗毛筆在其一面寫上「百無一用是詩囊」這幾個字。台語的「人」亦讀成「郎」，意即此「詩囊」亦即「詩人」的諧音，詩人百無一用，豈會不貧窮。記得這個鵝黃色帶黑字的旅行袋就掛在「春之藝廊」展場的入口處，結果這隻袋子在那次義賣中，以最高標價賣出。

最近這幾年的台北國際詩歌節，詩玩得最凶，最瘋狂。二〇〇二年的詩歌節手冊上，印有這麼幾行醒目的文字：「你曾經被這麼多美麗、機智、瘋狂、溫暖、深情、深刻且出人意表的文字所圍繞嗎？跟著這些文字走，你將聽見不一樣的聲音，看見不一樣的風景。」結果那年我們經歷了「方塊字的化裝舞會：讀詩的九十九種方法」，「煉金術士的降臨會：詩人之夜」。其實那是一次詩的最大膽的革命性實驗，詩從文字出走，像狂歡節似的，詩人與歌手、劇場人、插畫家、戲曲表演者、舞蹈家聯手結合，讓詩不單是文字的想像表現，而是立體的、活動的、有機的呈現在我們面前。記得那晚的演出，爆滿的年輕觀眾，無不大呼過癮，原來也可這樣快樂的享受詩。

此後的幾年的詩歌節雖然已沒有那樣綜藝性的狂歡場景，但已如二〇〇七年台北國際詩歌節所召示的「每一種藝術的邊界都是詩」，詩的跨領域行動，已更臻匪夷所思之境。詩可以在網路上與玩家互動，也可以成為轉蛋、火柴、印章、藥罐、日曆；詩會廁身市集，酒肆之間與人尋歡作樂。每一種人的行為思想似乎都在與詩接壤，想方設計要與詩結交，因為詩的精簡短小是它先天與人「樂善好詩」的最佳條件。

唸社會學的青年詩人林德俊歷來即是這些大型詩活動的參與者或推手。他在詩集《成人童詩》的後記中曾經感慨的說：「詩，讓好些人感覺很遙遠，可是，詩，難道不是用來打破距離的嗎？」打破距離的唯一方法是讓詩越領域，越界去發展，不再純是躲在屋子裡風花雪月，樹底下傷春悲秋。詩要出去打野外，詩要去爬垃圾山，詩要混跡街頭，鑽進各種數據機，計算器中。總之，詩要溶入實際的生活中，不管是去藉腹生產，不管是想插枝接枝，還是借屍還魂，或東施效顰，總之，但肯尋詩便有詩，詩是一種發現，一種意外的組合或怪異變形。正如林德俊所誇言的，他要使「不文」之物，隨手捻來都成詩。林德俊最近出版的詩集《樂善好詩》中的許多奇奇怪怪被老古板罵成不像話的詩，便是這樣不計毀譽中玩出來的。

林德俊說他這是在「朝向一個巨大的集體夢境」去發展。確實，他為實現發掘詩的新領域，做了許多只有在夢境中才想得出的點子。怪不得名教授蕭蕭說「林德俊的詩是童年派來臥底的」，那麼無邪天真。記得他曾為大蒙設計的「詩歌水族箱」規劃徵詩及推廣活動，約了我和詩人碧果到淡水的「有河BOOK書店」去引水剪綵。我們兩個老頑童根本什麼也不知的尋到了淡水近河岸邊的一處樓上，果然一個做得非常精緻的水族箱光鮮亮麗的擺在那裡，裡面是一用防水材料搭成的，高樓林立的夢境城市。旁邊有一條指頭粗的管子從箱中牽出，到一旁地上的一個黑盒子上。然後揭幕儀式設計者許榮哲說，由我兩老按下開關，算是開始引水到箱中，等水滿後把另一隻杯中的幾隻小魚倒進去，成為詩的水族箱。我們奇怪「詩」在那裡，他們說詩都寫在建築物上，等有水時即會明顯看得見，我說虧你們想得出這種別緻的尋詩方式。結果是，他們只曉得尋詩，只會想到水族箱中的夢境，卻沒有想到，要把水從河中抽到高樓上，還要通過一條遊人如鯽穿梭的街道，那個水族箱裡的小小抽水馬達那有此神通。結果當然只是做夢一樣的虛擬完成了「詩的水旅箱」這一引水儀式。然而我們不得不讚嘆他們對詩的忠誠和天真。這個「詩的水族箱」的構想可能是集體創作，沒有在《樂善好詩》的書中出現。可是有一天，我看到那個光鮮亮麗的水族箱已在台北的一家手工書店裡展出，據說全台還有好幾處地方會去亮相。

可以發現《樂善好詩》中的奇奇怪怪的詩，猶其透過紙本呈現的，像〈花花時間〉，〈喵一票詩〉、〈說明詩〉、〈符好學〉各輯都是形式有所本，字數有所限制，寫時除了要寫出的是詩，而且不能逾越形式所限，想來是不太好玩，且得花點心思的。聯副曾經約我寫一首「車票詩」，在傳統式火車票上顯示出的文字規格是：「從口站到口站」的標題字，上限不能超過九個字。內文字數上限廿個字（不含標題），四行以內排列。將來由車票詩概念原創者EZ STUDIO製成木刻版車票時，還會增添某某地方通用字樣，應盡量在五個字以內。我平生最怕寫命題詩，而這不但命題，且連字數，排列也受約制，最要命的是整體必須是詩的呈現，並非像真正車票上簡明的文字契約，這比任何格律更綁手綁腳，更比女詩人夏夏在二〇〇七年所發明的「活版自由詩」讓人惱火。我知道，所謂自由詩，自由到隨意可以殺人放火都無所謂的寫詩風氣，已經開始受到考驗了，「限制性寫作」的風氣正在慢慢提倡。林德俊他們這些喜歡跨界玩詩的朋友成員，雖然成天「異想天開，花招百出」，但是他們仍然會自動找一些枷鎖來制約自己的詩不會濫權。

二〇〇九年九月六日「中時電子報」向明「無聊檔案」

鼎公平的記憶

年歲越長，記憶力越來越差，因此我對那些記憶力好的人，或者還能把存在自己記憶寶庫裡的國事、家事、天下事都能如數家珍的寫下來，或娓娓道出供人記錄出書的人，簡直羨慕敬佩得不得了，甚至我還鼓勵朋友們一定要開始記日記，尤其老年人，你們一定要好好利用你自身誰也篡改窺探不了的高功能「記憶體」。

這些記憶力特別好的人之中，錢鍾書先生，我是早就佩服得五體投地，我讀他的《談藝錄》，《管錐篇》這兩本書仿如文學工具書一樣的豐富，甚至可比美現有的「GOOGLE」搜尋網樣的無所不包，在沒有作卡片（他自己說他從不作卡片記錄），更在計算機、掃描器、影印機、燒錄機尚不知為何物的時代，錢氏便利用他自體掃描般的記憶力，和饕餮的閱讀胃口，以及隨備的筆記本，完成他這兩本嘉惠後代的巨著。

而現在我要更加敬佩的是剛剛完成他「回憶錄四部曲」中第三部《關山奪路》的王鼎鈞先生。鼎公寫作內涵無所不包，從早期的《講理》、《人生觀察》、《世事與棋》、《情人淚》、《開放的人生》、《山裡山外》、《海水天涯中國人》、《隨緣破密》、

《有詩》、《千手捕蝶》、《風雨陰晴》等達三十八部之多，可以說是台灣文壇結實纍纍的一棵長青樹，而且先生的文章篇篇是出自他自我的創作，全都緊扣人存在於世的種種機緣事實，即使是幾本論小說，論作文的書，也是他自己的創作及讀書心得，其文學及美學價值是同樣可以永垂不朽的。

《關山奪路》之前的兩部回憶錄，一為《昨天的雲》，一為《怒目少年》，前者是從作者出生（一九二五）、隨父親出去打游擊，然後當流亡學生，這一段童年往事以及對父母親的印象，後者《怒目少年》則是流亡學生時代的憤怒記述，時間則是從一九三三投身抗戰到一九四五年抗戰勝利為止。這第三部回憶錄《關山奪路》則是國共內戰期間作者親身參與歷練的觀察和批判。從抗戰勝利後的一九四五年到國府播遷來台的一九四九年，雖說只有短短四年，卻是中國歷史上空前巨變和荒謬的一段時間，所以在作者的書寫時空中，為了記述周延，不得不回溯或追訴到過往的一些年代，以擴大記憶的廣度和幅度。

國共內戰由開始觸發到兩岸天塹的阻隔而暫時熄火、可說過程複雜，經緯萬端，至今連兩岸各自的所謂正史也還無一完整的記述，將來縱算完成也將是各說各話，何況所謂正史多半是為其主義或主張，或其意識形態說話，哪會把受苦受難的老百姓放在心上。因此由文人以其悲天憫人，關懷眾生的筆調，完全不偏不倚的站在人本位的立場，作文學記憶的追述，復加美學的補正修飾、將會是一種不朽的文學著述，以補史家修史的不足，可直比托爾斯泰的《戰爭與和平》，因此我們去讀鼎鈞先生的《關山奪路》便會覺得這是一個有心的作家的亂世之旅的心路歷程，他將各種險阻遭遇分別以專題的篇章寫出，有些事實經過不但聞所未聞，而且匪夷所思；有些細節雖在作者筆下看似輕描淡寫，但經作者回頭一提起，才知那是一個重要的伏筆，看出作者的觀察力是多麼的銳利細心，而且巨細無遺。

茲出兩小事證實作者看事的用心。作者在寫「新兵是怎樣訓練成的」一篇時，他寫出當兵之初接受新兵訓練時，發現所謂「訓練」其實就是挨打，所謂「有理三扁担，無理扁担三」，操課教練無非是打人的藉口，令他最不解的是挨打之後，還會罵成是「死老百姓」，「老百姓」成了每一個初當兵者的原罪。他的觀察是，如此無理的污辱，醜化這些來自民間的士兵，無異「與百姓對立，以百姓為恥」，這樣的軍隊怎能得到真正老百姓的支持，怪不得那些走出解放區，見到人就親親熱熱叫聲老大娘老大爺的八路軍會受到擺隊相迎了。於是他在一九四九年來台賣文為生的時候，曾經撰文直陳軍中不可把「老百姓」當成罵人的話使用，後來軍中果真下令把這句話澈底禁用了。可是大錯已經鑄成，只能在整軍經武之時常記這「前事不忘，後事之師」的教訓了。這區區小事的提醒，怕不是正規的史家所注意得到的吧！文學家便會用他掃描的筆，找出這過往不經意的痛。

抗戰勝利後，日本軍人繳械投降，叫做日俘，平民百姓稱作日僑。當時的政府要把他們送回日本，稱作「遺俘」或「遺僑」，在「我所看到的日俘日僑」一篇裡，作者從實地觀察的角度，看出原本不可一世的日本人，在驕橫盡失之後仍然表現出的快快大度，堅此百忍的大和精神。在未遣返歸國前，戰勝國有權使用戰俘的勞力，因此到處可以看到日本人在為我們遭到破壞的地方作修補的工作，皇軍一變而為苦力，滿足了多少我們中國人蓄積的仇恨心理。但是他們一鍬一鎬下去很確實的工作，不敷衍了事，也無人擅自休息走動或抽菸喝水，見到我們總是行一九十度鞠躬的大禮。即使散工歸隊，「儘管鞋襪破舊，軍服骯髒，他們的隊形仍然成列成行，目不斜視，無人交頭接耳。」足可看出日本人的整體性服從心。但是作者也從另一角度看出日本受降時，降將雙手送出那張降書時，紙面離桌近到沒過桌面的中線，還勞動我們的接受降書的何應欽將軍伸長胳臂俯著上身來接。作者說「降將有機心，單就那接受片刻而論，日本沒輸。」確實，投降是日本軍人一萬個不甘心的，但他們的天皇下詔要他們投降，教他們「不能忍者忍之，不能受者受之」，他們真的忍住個中隱痛辛酸，讓「忍」來維持自尊，徐圖來日東山再起，再造「東亞共榮」。作家這樣真實的追憶這些日本人的「忍術」，絕不是在「長他人的志氣，滅自己的威風」，而是站在歷史的高處提醒我們有這麼一位野心勃勃的惡鄰，不要為他們一時的允忍而懷柔喪志。看看最近日本人對釣島的強佔主權重申，就可知鼎鈞先生在這個時候重提這段回憶的苦心。

國共內戰是一次多面向、多層次的戰爭，在被日本人打得民窮財盡的時候，沒有一個人會滿足當時的現狀，人人都有一肚子的怨言。儘管都在高喊「中國人不打中國人」，可是喊得最大聲的八路軍卻一直偷襲攻打國軍，國軍當然也會還擊或奇襲，共軍罵國軍是美帝的走狗，不是中國人，但國軍也說共軍是蘇聯的爪牙，當然更不是中國人。作者在書中說：「當初共軍提出『中國人不打中國人』，真正的意思是，我可以打你，你不能打我。那時我的同儕都不能發現其中的謬誤。」其實在那種混亂的時候，有幾人能眼光透穿迷霧？戰爭結束，軍隊要復元，或改編，復元或編餘的官兵無路可走、於是集體擾亂社會，欺壓良民，或者真的相信那句流行的順口溜「此路不通，去找毛澤東」，編餘的官兵紛紛投共，更加壯大了被俄國人扶植的八路軍。聽說國民政府主席，聞知裁編的將官跑到中山陵去「哭陵」，曾怒斥這些哭陵的人不識大體。作者在追憶這段往事時，他說「我總覺得蔣氏理政往往沒有因果觀念，辣手裁軍，種下這樣的『因』，居然想結個『識大體』的果。」他歸因於蔣氏是個基督徒，而聖經就不講因果，只要上帝說「成」，事情就成了。蔣氏是按照上帝的旨意辦事情，怪不得黨國元老陳立夫曾經指著蔣氏的畫像說「他是活著的上帝。」

作者在「左翼文學薰陶紀事」中指出，左翼作家認為現實社會完全令人失望，共產主義革命是惟一出路，當時的青年人受到這種思想的影響，普遍左傾，他們滿口不離「壓迫」、「剝削」、「受侮辱和受迫害」，詛咒權力財富，製造困局，發動學潮，引進「絕望的積極」和「毀滅的快感」，在當時遍體鱗傷的國民政府挽救無方、亦無良策的困局下，通貨膨脹的噩夢亦隨之降臨。筆者我當時僅十八歲在另一戰場（西北）當通信兵，也在西安看過西北大學的學潮怒吼，微薄的金圓券薪水一到手，便爭分趕秒的去擠兌銀元，否則便會成一堆廢紙，這種社會澈底混亂，民不聊生的慘狀，孰令致之，實在難以追究。然造成國民政府威信完全瓦解，撤退到台灣來勵精圖治，再造中興，則是不爭的事實。

鼎鈞先生的回憶錄已出三書，一本比一本沉重，一本比一本觸目驚心。這第三部《關山奪路》分為三十四篇五千字到一萬五千字的專題敘述，其實每一篇都可獨力成一本大書，因為這裡面所涵括的便是中國近代史中最傷痕累累，最血肉淋漓，最為人呼痛不止的一部分。像這樣的一本大書，一本可以為我們用作「鑑」的寶典，不但我們任何關心民族前途，國家前程的人要看，就是主政治國者更應從這驚險歷程中學到經驗教訓。我寫這篇文章題為「鼎公的記憶」，其實也就是「頂公平的記憶」，因為鼎鈞先生未預設任何立場，站在歷史的高度揮他的春秋之筆。

二〇〇五年十二月中時電子報作家專欄

由詩而魔‧由魔而禪
——讀洛夫新詩集《禪魔共舞》

被稱作詩人，說起來非常容易，像我，就輕輕鬆鬆當了一甲子以上的詩人，誰也沒否定過，當然，也沒有誰十足的給予肯定，算是一個所謂「資深詩人」，這項榮譽是時間所加持，已是至為難得。

然而要被稱作詩人，實際上也很難，除了要以實力受到廣泛的肯定，另外，更需自己內心要沒有內疚的煎熬，人家恭維你為詩人時，自覺心安理得，問心無愧。

廣為人知的曚矓詩人北島，近年定居在香港，最近有人訪問他，他們那一輩出來的著名詩人，這些年來在創作上似乎都已停滯，都已去從事詩歌以外的事業，你覺得他們遇到什麼困境？誰知北島嘆了一口氣說，「寫詩難呀！——可以這麼說吧！你每天都得從零開始，不像別的手藝，能夠熟能生巧。當然有些是寫作以外的困境，各有各的難處。」北島並不是我所佩服的詩人，倒是他所說的「寫詩每首詩都得從零開始，不像別的手藝，能夠熟能生巧。」真是歷練出來的肺腑之言。一個認真的詩人，成功的詩人，大多都能拿捏得住這些分寸。

然而這些話說來容易，幾乎每個從事寫詩的人都懂，但如何從零開始，又如何避開熟能生巧，則是兩道非常難的課題。最近發明蘋果電腦系列產品智慧型手機iPhone和平板電腦iPad的美國電子界名人Steve Jobs，中文譯成賈伯斯的突然在五十六歲過世，留下的一些名言和事蹟讓人驚詫。我覺得這位並非天材，也無高學歷背景的奇人，才是真正懂得「從零開始」和「避開熟能生巧」，不致躭於原地踏步的妙法高人。他為蘋果電腦打廣告的那句英文「think different」，中文譯成「敢於與別人不同」，另外還有「one more thing」（還有一個），這是兩句向傳統挑戰，向既有規格敢於反叛的名言，正是他事業成功的基礎，尤其前面那句現已成了他的墓誌銘，全世界都在傳頌。我們知道所謂電腦，事實上是由人工智慧所集成，但是現在稱作智慧型的產品，實際上連再聰明的人也懂不了它那麼多、那麼廣、那麼深邃、那麼豐富，可以說天地間的任何問題，從上古到未來都有答案可尋。全藏在那頂多只有三公分厚、廿公分長、十五公分寬的小匣子裡，這絕對是前所未有的無中生有。

現在我要回到詩的本題上來，我認為我們的詩人洛夫，早在五十多年前，他就有賈伯斯這種「think different」的先見，他寫詩追求的「超現實主義」表現，就是這種「敢於與別人不同」的超越想法。他的詩每首都有不同的面貌，而且每首都會令人吃驚的新奇，他從一開始寫詩便要求自己要「從零開始」，絕不會習慣性的順手撿來一些現實中早已存在的陳腔濫調，隨便湊一湊便是一首詩。他的被人稱為「詩魔」，便是他的詩有一股特殊的魔力，語不驚人誓不休的念力，看過他詩的原稿，一片塗黑的稿紙中只留幾行字，那才是為詩求完美的毅力。這是他的風格，他的個性。他敢於突破詩材，詩體，詩的語言的限制，達到隨心所欲不逾矩的藝術成就。他已由詩的魔界，走入到般若智慧的禪的境界，這是洛夫一生為詩奮鬥所獲致的最高成就。《禪魔共舞》便是這些年來「由詩而魔，由魔而禪」，由生命詩學進而潛入禪思詩學的一種觀照和超越。

我在《禪魔共舞》的詩集中發現他有一首詩叫〈閒愁〉，巧的是我最近出版的一本詩集也叫《閒愁》。洛夫在加拿大收到我的書後，發現此巧合，來信對我說，翻遍全書，半首〈閒愁〉也未找到，但讀完又覺得滿紙都是「閒愁」。得到他這一句話，感覺這才是真正的知音，真正懂得我寫這些詩的含意，並非年少輕狂的「無事輒愁苦」。接著他發現了我贈他的一首詩〈天空〉，認為是第一次讀到，他很欣賞。這首詩是民國九十四年一月四日發表在「中副」，記得是洛夫和夫人瓊芳返回加拿大的那幾天。顯然已經是五年前的舊事了，不過詩中的一切仍然歷歷如新，現在他們再次回台，趁此新書面世的時候，也表現一下我這首遲到的歡迎詞。不過據本月（十二）初洛夫在大陸訪問對記者說，他已決定結束在異國流放的日子，選擇定居深圳作為他的今後歲月的精神家園。看來我在〈天空〉一詩的最後一句，終於得到答案，葉落歸根：

天空——聞洛夫回台　　向明

你的天空
永遠創世紀般的天空
石室可以死亡，血可以再版
惹眾荷喧嘩，掀巨石之變

你的天空
永遠超現實般微妙的天空
可以到灰燼之外，煙之外
與蟋蟀對話，遊戲玩到形而上

你的天空
永遠是中國傳統穹蒼的天空
取北美的雪水，磨徽墨的溫順
玉版宣上寫現代禪詩，練洛體字

你的天空
永遠是雲蒸霞蔚下不斷變換的天空
一次流放是一次昇華
雪樓熬夜後，下次鄉關何處？

二〇一一年十二月十八日《福報》

為啥會〈變壞〉

今年編選的《二〇一二年臺灣詩選》，我寫的一首題目為〈變壞〉的詩已入選。到了我這種行將就木的人，居然寫出〈變壞〉這樣的詩，好像有點不自量力，太高估自己的能量與膽識。「低調之歌」（我最近出版的詩集名）這樣沒出息口號都喊出來了，還有什麼本領不變好要變壞？不過這年頭好人壞人實在難以辨識，往往不察會把壞人當成救世主，也時常對一個明明很好的人，覺得比壞人還難以對付。因此我這一向當順民慣了的人，覺得還是學壞比較容易苟安於世。我回應李進文呼籲的「加入學壞的行列」（見他的〈無詩嚷嚷〉專欄），不過我一直躭心自己沒法壞到澈底。

要寫「變壞」這樣主題的詩其實蓄謀很久，記得大陸上艾未未事件發生不久，他率幾位同志及人權律師到成都去應訊，結果一到成都住進飯店即被公安部門將其中一位女士扣留，也交待不出為什麼要讓她失去自由的理由，這就是後來拍成一部實況錄影《老媽蹄花》的全部過程。整個放映中，除了艾未未率人權律師及被關女士的丈夫硬闖派出所及區政府公安部門的激烈詰問對話外，全部由名歌手左小咀咒翻來覆去地唱他那首〈草泥馬祖國〉中的「做一個壞人，比做一個好人容易些」，以這兩句宣示性極強的歌詞，來突顯整個事件的荒謬。

其實，從影片中那些一再出現，勸止和阻擾他們示威的公安員警看，這些「壞人」除了那身老虎皮制服外，其他一切都和他們這些討公道的人沒有兩樣，甚至在外形上比他們年輕，在談吐上比他們更低調理性。這些被看成壞人的人不過是一個制度之下的可憐被宰制者，他們也只是奉公守法的做著他們該做的事。會被受宰制者罵為無法無天的「壞人」，其實他們也不知道為什麼突然要將一個來訪的女性失掉自由。他們要向上面請示，上面的上面還有更高的上面，上面不給一個理由，他們永遠是一個壞人，他們真是很「容易」做一個壞人。他們的變壞並不是他們自己選擇的。

寫到這裡使我想起年輕時候偷偷讀過的托爾斯泰寫的一則寓言故事「傻子依凡」（又名「魔鬼與農夫」），是說一個老魔頭看不慣人間太幸福，他要去擾亂一下，讓人變壞，否則顯不出魔鬼存在的威風。首先他派一個小鬼去搔擾一個知足常樂的農夫，讓農夫的土地變得乾硬，長不出作物，但農夫一點也不抱怨，一小塊一小塊把泥土耙鬆，他的作物仍然成長豐收。一計不成老魔頭又派另一個小鬼去使壞。農夫正在辛苦工作時，小鬼把農夫的麵包和水都偷走，他想農夫一定會氣得暴跳如雷，誰知農夫發現後反而安慰自己說「不曉得是哪個比我更可憐的人更需要這一點點食物？」老魔頭又一次失敗，他簡直怒不可渴，想不透，難道沒有方法可以使這個好人變壞嗎？這時第三個小魔鬼走出來說，他一定有辦法使這個好人壞到澈底。

這個小魔鬼首先去和農夫作朋友，他告訴農夫明年一定會天遭乾旱，你要好好利用濕地，把作物都種在濕地上。農夫依照他的建議做了，結果第二年別人家遭乾旱沒有收成，他的田裡卻大豐收，農夫開始比別人富有。這個小魔鬼又教農夫把多餘的穀子拿去釀酒販賣，賺更多的錢。慢慢地農夫越來越富有，根本不要工作，就可好好享受。這時小魔鬼就向老魔頭說「您看我不是把這個農夫開始變壞了，他現在身上有豬的愚蠢。他常常大辦宴席，請來所有的富人，喝最好的酒，吃最貴的餐點，還有好多僕人侍候，極盡奢侈之能事，最後一個個都爛醉如泥，就像一群豬一樣。」

「現在您還會在他身上發現有狼的血液。」小魔鬼接著說，一個僕人端著葡萄酒去侍奉客人，不小心跌倒，把酒瓶打破。農夫大怒又罵又踢，「做事怎麼這樣粗心大意」。僕人哀求道「唉！老爺呀，我們忙到現在都沒有吃過一點東西，已經混身無力了。」農夫聽了更加憤怒，他吼著說「事情沒做完，怎麼可以先吃東西！」

老魔頭聽了小魔鬼這番成果輝煌的報告，非常滿意，便問「你是怎麼辦到的？」小魔鬼輕鬆的回答道「我只不過讓他擁有的比他需要的更多而已，這樣就可激發他人性中潛藏的貪婪性格，他就是從這裡壞起的。」

原來要使一個人變壞這麼簡單，只需略施小計撐開他那無止盡的欲望大嘴，想要不壞到發嗅都難。我要變壞，可不能這樣變法。我寫的這首〈變壞〉倒並沒有這種居心，只是對社會的不公不義發出一點正義的吼聲而已，下面是這首詩的原貌：

變壞

我的頭腦非常簡單
只是為了不願被都更
變成他們的一粒算盤珠子
不願被撥弄，被加減乘除
我要加入，變壞的行列
寧願改行做一枚釘子
被員警當成壞人抬走的釘子戶
讓我這枚釘子成為一枚
釘子的典範
狠狠的釘進那些惡人惡法的

與我一樣簡單頭腦中
即使仍不能改變什麼
凡不願作為一粒被撥弄的
算盤珠子的都該來回應
變壞，變成為一種狠狠的
釘死不公不義的典範

二〇一二年四月四日刊於《自由時報》副刊

我是一隻令人難以置信的鳥
——卡夫卡眼中的詩人

一九二一年五月，卡夫卡的小友，也就是「卡夫卡的故事」的作者古斯塔夫‧詹諾契（Gustav Janouch）寫了一首十四行詩刊登在「波希米亞報」的星期副刊上。卡夫卡看了之後對他說：

「你形容詩人是個偉大而神奇的人，兩腳著地，而頭腦隱失在雲霧裡。當然在中下階層的智力架構中，那是一個十分平常的印象，是願望受挫後的一種幻覺，和現實截然不同。事實上詩人一向比社會上一般人更渺小、更脆弱。因此人間生存的負擔，他覺得比別人更緊張，更強烈。於他個人而言，尖叫便是他的歌。他不是巨人，只不過是鳥籠裡一隻羽毛還算漂亮的鳥。」

「你也是一隻鳥囉？」詹諾契馬上反問。

「我是一隻令人難以置信的鳥。」卡夫卡回答說：「我是一隻穴鳥，一隻Kavka。靠近天恩（Tein）大教堂那個賣煤炭的人有一隻。」

「我見過，它在店鋪那附近飛來飛去。」

「唁！我的同類都比我好。當然，牠的羽翼被剪短了。我倒無這個必要，因為我的雙翼早就萎縮了。基於這個原因，於我而言是沒有所謂『高度』和『距離』的。我在同伴中混亂地跳動著，他們以極深重的懷疑看著我，而我確實是隻危險的鳥——小偷，一隻穴鳥。但這只是一種錯覺罷了，事實上，我對任何發亮的東西已失去感覺，因此我甚至連光澤烏黑的羽毛都沒有。我渾身灰暗，猶如一撮灰燼。我是一隻渴望隱藏在石縫間的穴鳥。不過這只是開玩笑而已，所以你不會注意到我今天的處境是多惡劣。」

按卡夫卡這個名字的原文Kafka，在捷克文的正確拼法應是將第三個字母f改為v，即Kavka，而此字即為捷克文的「穴鳥」之意，這種鳥頭特別大，還有這「渾身灰暗，猶如一撮灰燼，隱身在石縫間的穴鳥」是一種痛苦的自貶，他對人性的困惑，以及集體無預警的被迫害的置疑，造成他自幼即遭受心靈嚴重的衝擊。同時他與他巨人般的父親一直處於對立狀態，感到無助與焦慮，他也是一個極端反婚姻制度的人，他怕婚姻的枷鎖會影響他對抗這世界唯一的武器「獨處」。

（讀張伯權先生所譯《卡夫卡的故事》有感，該書一九八三年白華書店出版。）

為《青田七六》解密

——在亮軒新書發表會上說的話

能夠在八十五歲的年紀被邀到青田街這塊人文薈萃，學術名人雲集的地方來參加亮軒先生的新書《青田七六》發表會，真是想也不會想到的事，更是自當文藝青年以來夢寐以求的難得機會。我出身軍旅，年輕時雖也駐紮過這新生南路瑠公圳一帶，但只是在青田街對岸現在大安森林公園中的軍營，很少有機會越過水圳中線到這岸來，何況那時水圳尚未加蓋，即是想過來也得繞路老遠。

亮軒的書《青田七六》即是「青田街七巷六號」的縮寫。這是亮軒先生父親，一位享譽國際的地質學者馬廷英教授的故居，也是亮軒先生的兒時家園。這棟已有八十年歷史的日式檜木屋舍，在歷史的匯流中，不知見證過多少人事的滄桑，遭受過無數大小現實社會事件的衝擊，且讓當年來台才五歲的亮軒，鍛鍊成而今已是七十出頭的知名傳播學者。我一進門即見到一位滿頭銀絲，慈靄可親的老太太坐在最前排與人招呼，後來得知那是早年在中廣做事，後來成為亮軒在讀國立藝專時的老師崔小萍女士。瓊瑤的電影《窗外》即是由崔女士執導在這間屋子拍的，那時剛畢業準備去服預官役的亮軒，還由崔女士委了個場記的差事。

我活到而今這偌大年紀，仍然對一切充滿好奇，當我聽到約我來開會的小姐說，是亮軒先生的新書《青田七六》開發表會，便有點滿頭霧水，不知這「青田七六」是組什麼樣的密碼。所以在剛才踏入會場之前，我先在簽名處買一本新書，然後鑽進會場一個角落，埋頭書中找尋密鑰。真的得佩服我這臨時抱佛腳惡補的急智，不然，現在點名要我這最老的年輕人也說兩句話時，我真會不知從何說起。

惡補最大最令我驚奇的發現是，在書的二百九十頁「蝸牛」這篇文章中，我發現了當年我初學寫詩時的一位老師盛成先生的名字。而且他也住在這靠近台大校園的一帶，是台大生物系的教授。我沒上過任何高等學校，最高的學歷是初中二年級上半學期，即被日本人追趕在外逃難。所以撤退到台灣來以後，等於是一個一無所知的白痴。所幸自覺得早，進入一個無需文憑、也不必入學考試的文藝函授學校，選擇最不需任何特定時空即可動筆的詩歌班學寫新詩。校長李辰冬教授網羅盡當時避難來台的知名學者教授，包括牟宗三、沈剛伯、高明、梁實秋、許世瑛、鄭騫、錢歌川、潘重規、候佩尹、王壽康等人來為我們授課，盛成先生是留法的，原先即在北大教書，所以由他來寫教授法國詩歌的教材，我們這批白丁級的學生等於一下子掉入豐盛無比的學海中，享受著比任何正式大學還多得多的文學資源。但是函授學校是沒有課堂的，學生只能讀寄來的教材充實自己，見不到教授的面。盛成教授的授課大概沒有多久即突然中輟了，函校的學生多半都是失學來台的知識飢渴者，也曾歷練過各種莫明的風浪，大家不知什麼原因，不敢問，也無從問，啞謎也一直埋在心中。直到剛才讀到「蝸牛」這篇文章，才知道盛成教授是因留法的關係，被懷疑與法國的無政府主義攪在一起的共產主義有關，而遭當年的台大校長傅斯年解聘。失業後的盛家窮到靠撿拾蝸牛來充飢，這是亮軒在寫「蝸牛」這篇文章最切要的宗旨，告訴我們在那個惡質的年代，常常會發生一些莫明其妙的可悲可嘆的事情。

亮軒以廿萬字的長幅記錄了他成長地方的歷史點滴，足以填充大環境大歷史所無法顧到的歷史缺角。有興趣的人，關懷這個島上的生態，過去陌生，現在疏忽的人，只要去翻這本書，便會有意想不到的收穫。我這個永遠好奇的老頭當然還會不斷的去書中找安慰，尋求新的解密。

原刊二〇一三年八月十日聯副「閱讀時代」專欄

詩人與聖人

詩人與聖人都是一樣高不可攀的大人物，詩人常常自認為自己是第二個上帝，或者與上帝同輩的尊者，周夢蝶有首詩〈詩與創造〉中就說：

上帝與詩人本乃一母同胞生
一般的手眼，一般的光環
看誰更巍峩，更謙虛
誰樂於坐在誰的右邊。

而聖人者乃指知行完備的至善之人，被人尊之為「他是有限世界中的無限存在」，已抵達形而上的一個超越一切的境界了。所謂「聖人出，黃河清」，這種偉大性，實與詩人的詩可以「燭照三材，輝麗萬有」一樣，等量齊觀的高級神聖。

照說這兩尊等高的神聖人物，同受人間尊仰，井水不犯河水，沒有同行相輕的可能，最近讀詩，卻讀到一個「詩人」對「聖人」形象予以猛烈攻擊的場景，因為那個詩人當時所見到的「聖人」已經真假難分，必須靠詩人的無畏膽識去分辨真相，予以無情的拆穿打擊。使人覺得詩人這一行業，還是比較貼近人間些，不會被某些神聖嚇服得不敢聲張。這首詩是前蘇聯一位知名的抒情詩人杜莫托夫斯基（Evgueni Dolmatovsgy，一九一五～一九四四）所寫。詩如下：

聖人

成為聖人容易麼？
只要把張氈子舉成一面旗
挑掛在你的茅草屋頂
然後靜思生和死
忘掉一切
你的憂煩和不幸
再用另一張氈子
披上你塌下的雙肩

然後盤膝而坐像尊神
長髮長鬚，神聖不可侵
你就是這世界的上人
而且你會
成為每家每戶的貴賓
走大路穿小徑
餓殍都會分享給你殘存食物
窮人都會奉獻出他們的僅存
呵！聖人、回答我簡單的一問
誰是聖者
是你、還是他們

從詩中的描述去看，這位詩人所看到的「聖人」其實都是裝出來的，茅草屋頂張掛一張氈子，便成了一面號召的旗幟。身上再披一條毛毯，盤膝而坐便裝得儼然像尊神。那從未見過神聖的愚夫愚婦，便會信以為真，當神看待；便會竭盡一切，捨身奉獻，竭力輸誠。這是詩人眼中所看到的當年他所處社會的實景，由而發出的討伐之聲。其實這個實景在現今這嶄新的廿一世紀，不但不曾消失，而且更加猖獗，招遙闖騙的手法更加翻新，使人不由得想我們這人類的文明，一點也沒有改變，也沒有長進。現今來讀這首詩，不免仍要大聲憤怒的問，「誰是聖者／是你，還是這些被騙的無知百姓？」你們這些狼披羊皮的「假聖人」？

詩人杜莫托夫斯基曾獲蘇聯國家文學獎，擔任過教授和蘇聯和平委員會副主席，且曾於一九三六至一九三八年參與過西班牙內戰。本詩譯自一九九一年出版的「世界詩選」。

原載於二〇一〇年八月十七日華副

深化抑淡化

詩的品質是今天詩壇經常討論關注的主題，最終的結果多半是要將品質「深化」，則很顯然的是，現在詩的品質很膚淺，沒有深度，因此我們會要求深化。這個命題的探討其實會因見人見智的不同高見，而衍生出爭論的。如果我們說現有的詩很膚淺，必須深化，肯定會抹殺掉很多高明的評論家對詩研究的興趣。我們的文學雜誌及詩刊上被評論的對象，被推崇的詩人，全是被認為寫得很有深度的詩人。我們的詩評家會不斷的拿他們的作品來當作學問研究，會把那些寫得高深的詩，以他們獨具的慧眼，解釋得途途是道，寫出數萬字的學術報告。至於讀者是不是會因他們的高論而把那些高深的詩讀懂，則不妨以民調來作普查，很顯然大多數的讀詩人，仍是感到高深莫測的，甚至還有人說這些評出的高論可能比詩更高深。因此這些詩是不是再需要「深化」呢？還是應該「淡化」些，顯然仍有爭論。

然同時另有一些更高明的詩家或評論家，還會認為我們有些詩品質實在有夠爛，簡直不入詩之流。那些普通讀者可以讀懂的詩根本就不被承認是詩，如果去參加詩獎最先被淘汰的就是這些一看就懂的詩。那些高明的評論家或評審委員認為像這麼容易的詩實在太沒學問，讓他們無法找到發揮想像力的空間，當然他們也無從用他們如椽的筆天花亂墜的寫出幾萬字的論文，這些詩是不屑一顧的，更別說「深化」它。

看起來這是一個兩極的問題，也是一個詩的品質究竟應設定在那個標準的問題。事實上這也是歷來就無解的問題，我想我們對這個拿捏不定的問題實在也無力解決。去年的一次在大陸召開的詩會上提出的一個討論主題是「如何與傳統接軌」。其所以有此主題是九葉派碩果僅存的大老鄭敏女士曾感慨的為文說「新詩到現在還沒有形成自己的傳統」，並更嚴厲的指責「現在的詩已經自由到一種說不出來的程度」，「我們今天的新詩的問題就像一個孩子長大了，但還是半詩盲。」當然此語一出立刻受到了維護並堅認詩已建立優良傳統者的圍剿。別以為鄭敏對詩的看法保守，她可是當年在重慶大後方現代派詩人的中堅份子，是卞之琳的門徒。即使現在她對後現代的潮流仍深有研究，對解構顛覆這些新鮮的理論，都有我們望塵莫及的獨到看法。她會說出現有的詩已經自由到一種說不出來的程度，新詩還是個半詩盲，當然絕非隨便說說，必定有她痛心的地方。北島在西方流浪這麼多年以後，想不到他為過去所做的一切作了深切的反省，他在去年接受詩評家唐曉渡訪問時說了很多話，都是有關他出走西方後對中國詩壇的回顧和關切。他說八十年代他的逃亡給中國詩壇埋下危險的種子，給後繼者造成幻象與錯覺，再加上標準的混亂，詩歌評論的缺席，小圈子的故步自封，進一步加深了危機，針對現在的整個華文詩壇生態，他語重心長的說「我有時翻開詩歌刊物或到文學網站上去看，真為那些一揮而就的詩作汗顏，我以為我們對此有共識的詩人和評論家，有必要從詩的ＡＢＣ開始，做些紮根的工作。」

這兩位都曾經前衛過，創新過的一老一少名詩人，為什麼會一先一後的對我們現在的詩發出這樣的警語與感嘆，甚至兩人幾乎都同樣認為「新詩只有從形式入手，才騙不了人」，他們是不是都保守到想走回頭路？無論是鄭敏所看到的「已自由到一種說不出來的程度」，或者北島所說的「一揮而就」，其實都是指現在寫詩太輕率，太隨便，太任性，認為自己一出手就成了不起的篇章。我是不認為誰個詩人和評論家有本領教人從ＡＢＣ學起的，詩又不是工藝品，可以按照ＳＯＰ出產。同樣的我也懷疑我們能集體討論出一個「深化」詩品質的良策。詩是一種個人心性的流露，沒有誰會與誰雷同，除非是仿冒或贗品，也幸虧詩是這麼多樣，也才會有多彩多姿的詩境。常說「師父領過門，修行在個人」，詩人是從來沒有師父的，因此修行起來更加艱苦。就讓詩依照自然法則繁衍下去吧，兄弟登山，各自努力，好詩必定會留下來成為傳統，不好的會立即遭到淘汰，何必強把他們助長成一個樣式整齊的隊伍。

原載於二〇〇六年七月中時電子報作家專欄

繁殖一首沒有結尾的長詩

爭取世界性的金氏世界紀錄已成為當今的一種時尚，有廟宇製造出一個可供數百人分食的紅龜，爭取打破金氏世界紅龜最重的紀錄，第二年便有另一廟宇製出一個更重的來打破。比賽熱狗的長度，比賽壽司的長度，幾乎每年都有這種瘋狂，倒也頻添一種不甘寂寞的熱鬧氣氛。文學作品必須慢工才能產出細活，都不是只要材料充足，人手多便可創造奇蹟來，因此文學作品可以爭取諾貝爾曠世大獎，以質取勝，而不會去比重，比大，比長。但是一位法國詩人派屈克・于埃（Patrick Huet）曾在一個半月之內寫了一首長詩，而後又花一個月把詩抄到一匹布上，長度幾近一公里，需要用拖車帮忙才能把布捲展開。這首詩將要以「世界上最長的詩」去爭取金氏世界記錄。

這首詩的詩名稱作〈對世界回聲的希望〉，共計七千五百四十七行，其特點是以「隱題詩」（藏頭格）寫成，將每句詩的第一個字母連在一起，便是共計三十條的一九四八年「世界人權宣言」全文。詩人稱「此詩出自我內心的壓力，一種火一般的表達慾望，我想說的是，在難以數計的世世代代裡，那摧殘著人類的大苦大難。」這首長詩曾於二〇〇四年八月四日在法國東南部尚皮耶的一處賽車場內展出，為昭大信，並請來法定公證人到場公開監督。

這首長詩如以詩建構的創意言，確實前所未有，且以三十條的人權宣言作藏頭詩寫，難度極高。但詩人的大志是要以「世界上最長的詩」去爭取金氏世界紀錄，這就難免會難達願望了。如以詩的長度來爭取，世界上萬行以上長詩比比皆是，荷馬的兩部史詩，〈伊利亞特〉計一萬五千六百九十三行，〈奧德賽〉計一萬二千一百零五行。但丁的〈神曲〉分三部寫成，每部三十三篇，詩句分三行一段，〈地獄篇〉計四千七百二十行，〈煉獄篇〉計四千七百一十五行，〈天堂篇〉計四千七百五十八行。〈神曲〉三篇合計一萬四千一百九十三行。歌德的〈浮士德〉也有一萬二千一百一十行，而如果拿世界上最古老的印度史詩〈摩訶婆羅多〉來比，史詩計有十萬頌，每頌係以雙行排列，計共二十萬行，相當於荷馬兩部史詩的七倍多。〈摩訶婆羅多〉是無數的知識河流匯集而成的浩瀚海洋，有古印度的百科全書之稱。這位三十歲的法國年輕詩人的七千五百行詩是無法與這些已成經典的長詩爭勝負的，他的長詩破金氏記錄之夢，究竟能否達成就看主辦單位採取什麼標準，譬如久遠的史詩不算，或者拿最新創作來比較。後來此詩似乎並未達成破金氏紀錄的願望。

寫作長詩要靠耐力，還得敢於堅持。我們台灣有位年輕詩人代橘也曾悄悄在作一件具創意的大事，將來可能會出現一首更令人意外的長詩。代橘在二〇〇四年向國藝會提出一個詩創作計劃，以〈繁殖〉的詩名準備寫九十九組詩。國藝會准了他的創作補助，他也於二〇〇五年六月完成了〈繁殖〉九十九組詩。但是完成九十九組之後，第一百組詩卻又跟著報到，而且詩意欲罷不能的源源而來，於是一首永遠持續「繁殖」下去的長詩，沒有結尾，也不去設想如何結尾的詩，永遠仍在發展的詩，截至二〇〇五年七月底止，詩人代橘已「繁殖」出二百六十組，其餘的仍在蓄勢待發。代橘除在個人網站發表這些作品外，並曾在《台灣詩學》的「吹鼓吹論壇」申請個人專欄，貼出的標題是「繁殖——一首沒有結尾的長詩」。在專欄中除發表已完成的二百六十首組詩（每組十行上下），並將創作理念詳細闡釋。他說以「繁殖」作為詩的母題，探索的是思想的「複製」、「增生」，以及這些過程的變異。詩中流露的是詩人對這大千世界的情感與思想。代橘預言將來寫出九九九九組也有可能。

〈繁殖一首沒有結尾的長詩〉是詩人寫詩意外出現的挑戰，真的會欲罷不能的「繁殖」下去嗎？還是詩人想創造一個詩無結尾的奇蹟？如果真無止境的繁殖下去，將來在世界上肯定會有一首真正欲罷不能的最長的詩了，我們期待看得到。

然而直到二〇〇六年，代橘的長詩便沒再對外發表了，他是否仍在繼續向自己挑戰，堅持此一unfinished長詩的壯舉呢？今天是民國九十九年九月九日，真希望他長長久久的完成此一壯舉。

原載於二〇〇六年十月二十九日《聯副》

詩人的偏見

任何一個詩人對「詩」本體的看法必定有他自己特定的認知，他就繞著這個設定的中軸把詩一首首寫了出來，形成他自己獨特的風格，這是造成一個寫詩的人成為真正詩人的基本修養。天下詩人千千萬萬就必定有千千萬萬對詩的看法，絕對不可能有統一的思想，詩也不可能像從裝配線上的標準作業程式下產生出來。既然不可能有規格一致的詩，只好說詩是產自每個詩人自己的「偏見」似乎並不為過，所幸詩就是因為不是統一口徑寫出來的，所以詩壇才能像百花齊放的各顯異彩。

這是一個多元並舉的時代，詩的多元定義更令人嘖嘖稱奇。雲南有位詩人叫做雷平陽，他寫過很多出人意外的詩，也得過一些不太平常的詩獎，有爭議也有叫好。最近他對詩歌的定義，看法更令人稱奇。當有人訪問他「什麼是詩歌」時，他回答說詩歌就是「觀世音菩薩」。乍聽之下以為詩是用來慈航普度眾生的，那是觀世音菩薩救世的法旨，詩的使命也許應該如此。然而雷平陽卻另有將文句拆開解釋的本領。他說「觀世」是指詩人跟外部的關係，要觀察和體認世界。「音」是詩歌的音律、節奏、韻味，係詩歌內部的藝術特徵。「菩薩」指詩人要有菩薩一樣的悲憫情懷，要能悲天憫人。他這樣對詩歌分解動作式的解釋，無論詩的內外都已顧及到，倒也四平八穩，大概平常人對詩和詩人的要求也不過如此。

也有詩人用詩來論詩的。這種「論詩詩」早在唐代即已盛行，杜甫的〈戲為六絕句〉即是「論詩詩」的傳世之作，他對六朝的詩歌肯定其為「清麗詞句」，更有「淩雲健筆」，「龍文虎脊」的一面，他主張詩應兼收並蓄，力崇古調，也兼取新聲，古今體並行不廢。這可與我們現在動不動就反傳統，其氣派真不可以道理計。我們現在也有「論詩詩」，但在詩中明言主張反傳統的尚未見到，只是他們詩的表現早已不是傳統「清麗」「淩雲」的那一套。北島在走過朦朧，遊歷海外歸來後，發現當今漢語詩已淪落至不成體統，他說過一句令人深思的話，「詩，屬於抽屜和鎖」。不知他是發現當今詩已浮華不實，需要沉澱。還是詩也必須禁閉思過，暫時不能見人？

現今論新詩的詩，大概每位新詩人多少都寫過。大家和大師的不必細說，因為早已成為經典，現在摘幾則不為人知，倒也滿新鮮有趣的說一說。菲華名詩人和權十五歲即曾在馬尼剌的「菲華青年文藝營」，接受過當年（一九六〇）詩壇大老覃子豪主持的詩的講授，並開始寫新詩，出過四本詩集和兩本評論，但直到一九九〇年，他寫了一首題目為〈詩〉的詩，向他的一位同時間寫詩，卻不屬同一詩社的好友垂明（按：即「千島詩刊」

的莊垂明）請教，因為他對詩起了疑問：

詩

——給垂明

輕聲問你
什麼是詩

你含笑不答
只睇著
屋頂上
一對依偎的
鴿子

這首詩短得精緻，卻含蘊深邃。他低聲輕問，對方卻是笑而不答，只看著屋頂上一對依偎在一起的鴿子，這情景，有如禪師的不輕易啟口，全賴弟子自己去體悟。原來詩的存在就如那對依偎在一起的鴿子，透露出的訊息是極精誠的愛戀，純潔，安寧與尊重，若問「什麼是詩」，眼前景物就是最美滿的答案，只是盡在不言中，必須用心去靜思。

大陸河南新鄉有位筆名香泉先生，在二〇〇九年三月十日發表了一首「一個詩人給我的留言」，對「詩是什麼」有著自虐和否定其存在的輕篾表現，非常特殊：

一個詩人給我的信　　香泉先生

詩歌是內心深處子夜裡飄渺的獨白
偏激和頹廢遺棄的私生子
飽受刺激者無所不在的夢囈
你不要窺探我的隱私
我不在乎你的理解
我的詩歌是潛行的象形文字
在天書的扉頁上像一隻蚯蚓
尋找適合的鬆軟
或者是水自然地流向谷底

你的作用是讀或是不讀
遺忘或是不遺忘

這十一行的短詩裡有六行都在描述他認為的詩的形相。啟始三行全係負面不堪的殘敗意象，包括「內心深處子夜裡飄渺的獨白，偏激頹廢遺棄的私生子，飽受刺激者無所不在的夢囈」，這種極度殘酷的自剖，其實無非是詩人自己不願以詩討好現實的自我調侃。自第六行至第九行則在解釋他的詩歌的不合時宜，表露出他的詩其實都非比尋常，不是潛行的象形文字，便是天書上一隻尋找適合鬆軟的蚯蚓，再不就是自然地流向低處的水，都隱約表露出他的傲氣和不凡，所以他不求人理解，他的詩你讀或不讀，遺忘或不遺忘，他都不在乎。好一個個性十足，毫不在意詩外喧嘩的硬漢詩人，我打心底敬重。他對詩的認知有他獨到之處，也值得學習。

原載於二〇一〇年九月二十八日《華副》

小詩之尺寸
——兼讀張國治的詩

深信詩是一種精煉過的語言結晶，它有多面光澤，處處可以通達，就是不可像走入晦暗幽冥荒僻的死胡同，找不到出口。它像是一粒須彌芥子，雖小卻廣納大千。縱算小如只有十億分之一英寸的「奈米」，那小也是「自我俱足」的小得圓滿，這就是我對詩的期待，更是我對小詩的要求。

卡夫卡喜歡的一首詩叫做〈謙卑〉，是捷克詩人沃克（Jiri Wolker）在一九二〇年寫的，只有十一行，發表在一本叫做「花梗」的雜誌上，這首詩中的主意象在一個「小」字：

我愈長愈小
直到成為世上最小者。
一個清晨，夏日的草地中

我伸手觸撫最小的花朵
將臉藏於其內、低語：
在閃爍的露珠裡
上天將他的手
憑放在你身上，小孩
你身無蔽體之物
如此，天
才不至於破碎

有人問這是詩嗎？卡夫卡肯定的回答：「是詩，真理包裹在友誼和愛的語言中。任何東西，即使最尖細的薊草，和高大的椰子樹一樣支撐著我們頭頂的穹蒼，如此我們這個世界的大天宇才不至於破碎。」所以，小也有小的價值和威力。

國治是比我小多歲的中生代詩人，我們在詩上結識至少已有二十五年以上的歷史。他在多年前出版過一本詩集《末世桂冠》，我曾為他寫序。那是一本初生之犢不畏虎的詩集，薄薄的卻有著暗藏的勇氣和份量，然而卻不是我所期待的一種詩質，我是一個死硬的小詩崇拜者，我對詩的信條是「外型凝煉，內含深永」，具備這八個字要求的詩，必定會是明珠一樣的小巧玲瓏，令人讚賞感動。國治對我說，他看到我的《生態靜觀》詩畫集以後，覺得他也可以用全部小詩，插配他自己畫的素描出版一本詩集，內容主要是說「影像、繪畫、詩是我生活的三部曲」。確實，從交往這麼多年的觀察，國治正是這樣一個陶治自在於詩和繪畫裡的純粹藝術家，他那從不離手的相機是他詩和畫作創造靈感的來源。

國治在這本詩集的第一首詩〈詩說〉裡，有幾句驚人的鐫語，可說代表他在詩的追求上的精神認知，和詩的成熟度。他說：

詩人是時間的奸細，也是歲月的
巨盜
寫詩其實是
一種特務的工作。

所謂特務即是「情報蒐集者」，也可說是「奸細」甚或大膽的「巨盜」，國治這些年來為詩作「特務」的情報蒐集不可謂不豐碩，我粗估一下這本詩集中，至少有五十首詩是論詩的詩，這些「情報」對他詩的追求，有著無尚的補益。其中有的是自悟所得，如前述的「寫詩一種特務工作」，寫的是對詩和詩人的深度認知。有的則來自詩人的反省，譬如：

不是我在寫詩
是把另一個的我
推舉出來寫詩，另一個的我
閃爍、飄忽的影子
一個潛意識的我

寫詩，如一種射擊
不安、焦慮匯聚著
等待高潮，射出
驚呼、如烟花
等待昇空倏忽的意象

有的則來自「為詩不欲人知」的慣習，譬如「作為詩人三首」的〈暗室〉：

別把燈打開
作為詩人

我早己習慣躲在
暗室寫詩
情思的潛像
不能中途曝光
只能慢慢顯影

有的又有「感時花濺淚」的敏感，在「島」的組詩中〈草對詩人說〉：

作為一株草
我比你更敏感
比你更悲哀
風一吹，時節一變
我便感知秋來了

這些靈光一閃而顯出的智慧結晶，會像「克補」一樣的及時滋補詩人，促進詩的血脈流暢，強化詩人的免疫力，及由此而帶動其他藝術追求的跨步成就，豈不都會如日中天的欣欣向榮。因此小詩雖小，卻也如卡夫卡說的即使小如尖細的薊草，也能頂住蒼穹，不致破損。

原載於二〇一一年四月十九日《華副》

回聲引來的風暴
——欣賞白樺的一首詩

嘆息也有回聲

我從來都不想做一個勝利者，
只願做一個愛和被愛的人。
我不是，也從來不想成為誰的勁敵，
因為我不攫取什麼而只想給予。
我竟然成為別人眼中的強者，
一個誤會，有海峽那麼深！
我只不過總是和眾多的沉默者站在一起，
身不由己的哼幾句歌。

有時，還會吐出一聲長嘆，
沒想到，嘆息也有風暴般的回聲。
可我按捺不住因痛苦而流泄的呻吟，
因愛和被愛而如同山雀一般地歡唱。
痛苦莫過如此了，
必須用自己的手去掐斷自己的歌喉。

1984/7/4於武漢

讀完大陸名詩人白樺這首廿八年前的作品，感覺這裡面他的感慨良多，有不吐不快的鬱悶，然而他的調子仍是那麼從容不迫的敘述，雖然那時他正遭受「必須用自己的手去掐斷自己的歌喉」的痛苦。

他在詩中表白，他本「只願做一個愛和被愛的人」，總是和眾多的沉默者站在一起，有時會身不由己哼幾句歌或者吐出一聲長嘆，他沒想到「嘆息也有風暴般回聲」。這裡所說，只因一聲嘆息所引起的風暴般的回聲究竟因何所指呢，真相值得發掘出來一廣見識。

說起來白樺一生都生存在風暴中，他「從來不想成為誰的勁敵」，偏偏好心沒好報，只要他一出聲，四野就有敵意的圍攻。在中共建政後一九四九到一九五七的八年間，他寫了一些詩、小說和電影腳本，誰知在文革期中這些作品一律作為毒草加以批判鬥爭。而挨批最激烈的則是電影《李白與杜甫》這個劇本。這個劇雖然沒能拍攝成功發表，卻讓他寫了幾十萬字的檢討報告，承担罪責，原因是這個劇本太接近真實，太接近美、而且最接近作家的獨立思考，說他蓄意的借古諷今。這一莫須有的罪名，自此他被打成右派，剝奪他發表作品的一切權利。這一挫折曾使他痛苦到發誓放棄文學，甚至把所有的日記筆記全都燒掉，扔掉所有的筆。

這樣的文字坐監，一直到文革垮台，思想控制稍稍放鬆，他才自行恢復寫作，於一九七九年在《十月》文藝叢刊第二期他發表了《苦戀》這個劇本。《苦戀》的內容主要是說「世間最殘忍的事，莫過於把美展現出來，再親手一一毀掉。世間最無奈的事，莫過於赤血丹心的人，最終悽慘的結束他悲涼的一生。」劇中是寫一位苦戀著祖國的老畫家，苦心孤詣放棄在異國的一切，回到自己的家園來共度這新成立國家美好的一切，心中充滿著陽光燦爛，鳥語花香的光明前景。然而回來後迎接他的是文革的一場歷史未曾有過的澈底破壞，無以復加的人性人倫全然的愚蠢摧殘，面對這個讓他備受磨難的國度，痛不欲生的處境，當他最親愛的女兒要跟著她的戀人一起避走國外時，他不同意女兒遠走高飛，還說「為了奔向祖國，我走了半輩子黑路了。」女兒對他說「爸爸你愛我們這個國家，可這個國家愛你嗎？」女兒這一問像一記悶雷，《苦戀》最後一個鏡頭是，雪原上出現一個黑色的碩大問號，那就是老畫家晨光生命的最後歷程，幻滅到自身只是雪原中躺著的一聲「天問」。這一問是他對靈魂的最後質疑，也是對這個國家的嚴酷質詢。這個劇本曾在海外拍成電影，七十年代末在台灣放映，感動了無數海外的中國人。

一九八〇年底，白樺的《苦戀》在大陸也拍製成電影，改名《太陽和人》，拍製完成後，在審查的時候，又引起了一場比文革時更為激烈的批判與風暴，幾乎當時在朝的重要人物及其他當權的官員，動員全國各重要輿論報紙，一致圍剿這部電影，結果除了試片審查時參與的官員看到外，影片一直並沒對外公開放映，直到而今。這部電影的主題歌中有一句「我們歌唱著把人字寫在天上」，意思是要對人尊嚴的尊重，首先我們自己要尊重自己。白樺只表達了這麼一點點卑微的意見，就觸痛了很多人的神經，檢驗了很多人的觀念和勇氣，當然給剛從右派平反後復活的白樺又遭受一次更重大的打擊。這首在一九八四年所寫的詩〈嘆息也有回聲〉，當係因此有感而發。想想，對一個不想攫取什麼只想給予的充滿大愛的人「必須用自己的手去掐斷自己的歌喉」，那是一種多麼可怕的自殘，那是多麼嚴肅的痛苦呵！

不斷浮沉於政治風浪中的白樺，過去廿多年完全被孤立冷凍於體制之外不能參與任何活動，可是剛毅的白樺，雖然被隔絕於世，他的詩心不死，他仍然在苦心經營他一直夢想要寫的一首長詩〈從秋瑾到林昭〉，他要為在過去一百年間，在中國誕生的兩位偉大的女性，用他沉痛的詩筆告訴世人，「她們用鮮血醒目的色彩在廿世紀的中國史冊上先後書寫了中華民族的尊嚴。」這首詩從一九九七年七月十五日動筆，於二〇〇七年七月十五日完稿，花了整整十年，在心中滾沸的情感岩漿終於沉鬱頓挫而出。在收入這首長詩的《長歌和短歌》詩集短序中，他很感慨的說，「廿歲進入文壇，此後即不斷浮沉於政治風浪之中，運動是正業，寫作上反而成了『業餘活動』，能活到耄耋之年，竟然還能寫詩，恐怕是唯一讓我始料未及並為之欣慰的奇迹了，餘年不多，應當惜墨如金。」二〇〇八年八月九日，在青海湖國際詩歌節上我們相遇，我很吃驚，他低聲對我說當地主辦領導特許他來的，看樣子他送我這首泣血的長詩〈從秋瑾到林昭〉沒有再為他帶來災難痛苦。阿門！

原載於二〇一三年三月《海星詩刊》第七期

美國詩百分之八十三是垃圾

看了這個標題可能會讓人嚇一大跳，是誰有此膽量為美國詩打分數，誰有此權威可以這樣低估美國詩的水準。看來此人不是狂人就是白痴，居然挑戰美國寫詩的人。可這大話絕非泛泛之輩所說，而是前任美國桂冠詩人比利‧柯林斯（Billy Collins），幾年前他到芝加哥訪問，在被問到他對美國現代詩的看法時，他順口說出了這個百分比。

他說他並沒真正研究統計過，但他自認這是個可靠的數字。正如他相信有百分之八十三的電影值得一看，百分之八十三的餐館不值一吃，因之也有百分之八十三的詩不值一讀。

但妙的是，柯林斯強調的並非這負面的百分之八十三，而是那剩下的正面的百分之十七。他說：「那正面的百分之十七，不僅值得一讀，要是少了它們，活著簡直就沒啥意思。」

柯林斯是一位沒有絲毫學究氣的在紐約教英文寫作的詩人。他的詩平易近人，總是從日常生活的平凡事物中找詩趣，以淺白得近乎口語的語言寫出來。在此詩人狂妄自大，目中無讀者，把詩寫得難懂又不可解的今天，柯林斯無異是個異數。然而他並非是個鄉愿到不辯好壞和稀泥的好好先生，對於詩的批判力道，仍不可忽視。他有一首詩名為〈詩導讀〉（Introduction to Poetry），便發揮了這種嘻笑怒罵的評詩口吻：

我要他們拿起一首詩
對著亮光
像看一張彩色幻燈片

或把耳朵貼近詩中的鬧區

我說丟一隻老鼠到詩裡
看它如何找到路出去

或者走進詩的房間
摸索出牆上的電燈開關

我要他們在詩的光滑表面
練習滑水遊戲
對岸上的作者名字揮手致意

但他們一心想要作的
是用繩子把詩綁在椅子上
然後拷問它，逼它招供
他們開始用水管抽它
企圖找出詩真正的含意

讀完這首詩中所呈現的美國當代詩的氣氛，詩中的嘈雜吵鬧，已使老鼠像走進了迷宮，四處奔竄尋找出路。有些又像走進了黑房子，摸索牆上的電燈開關。最糟糕的是詩已硬被五花大綁，必須用水管去抽，才能逼詩說出真正的涵意。這一大組形容詩的難堪意象，雖說比擬誇張，酷似地獄刑場，然足已看出他把美國詩說成百分之八十三是垃圾的道理了。

然而即使他對美國詩這麼悲觀，然他仍願扛下搶救詩的責任，在他桂冠詩人任內，推出了一個精選一百八十首美國好詩的計畫，這個《詩一八〇》行動，已在全美各地中學裡播放，學生不必交心得報告，也不打考試分數，只管聽，領會詩韻帶來的享受。他說：「一個人在一生當中如能碰上一兩首好詩，打上交道，將是樂趣無窮，也享用不盡。」

這個訊息是在美國的詩人非馬在網路上傳給大家知道的。寫到這裡也有一個好消息，詩人出版家隱地曾經做過一次使詩健康的善心工作，他出了一本書，書名是《人人都有困境，讀一首詩吧！》他千挑萬選，找到了四十位詩人各自的一首好詩，予以精闢的賞析介紹，讓讀的人身心從詩中獲得快慰和解脫。這本詩選已出版幾年了、但似乎沒大引人注意。

原載於二〇一〇年八月三日《華副》

小心獅子掉了下來

——讀童子寫的《鉛筆童話》

我不知道童子是誰，只是我迷上了他的詩。我認為現行世界最缺乏的詩都在童子的手裡，我從他（她）的《鉛筆童話》的詩專欄中，找到了詩所應該給予人間的天真和樂趣。初次讀到他的一首詩叫做〈打瞌睡〉。昏昏沉沉的「打瞌睡」也能寫成詩，或者點頭「釣」到一首詩，這人真是高竿，他大概是無所不能的詩的密探。我曾經把這首詩引用在我的《手在詩人手中》的一篇文章中，原來他是在「打瞌睡」時悟出了兩隻「手」或「左右手」有時會發生的一些不經意的狀況，真令人噴飯：

打瞌睡

把果子從左手倒到右手
一邊輕了些

另一邊
多了些重
多了些圓
多了些鮮豔
多了些香甜

這是一首非常樸素的詩，也是我們從來不會去注意的生活中隨時有的一些小細節和小差異，但是經童子用詩的敏銳去發現，卻使我們回想到「國王的新衣」故事中那個天真的小孩，當他驚詫的揭穿「本來無一物」的奇妙，才發現詩人是一種多麼觀察入微，永遠不會向現實隱瞞，有一說一的坦露這世間平凡意外的可愛動物呵！

自此我開始追蹤這麼一個真正具有童心的詩人、從平凡生活事物中找出令人眼前一亮的詩人。童子有一首詩〈小心獅子掉下來〉，我們平凡人馬上會想到一定是森林失火、獅子逃上了懸崖；或者是動物園的獅檻沒關牢，獅子跑到了管理大樓的樓頂上，獅子逼急會跳下來。但是卻全然不是這麼回事，我們被童子異想天開的天真耍了，詩是這樣發展出來的：

小心獅子掉了下來

我曾經把一隻獅子扔到天上去
現在它還沒有掉下來
它會不會已經被風
吹到了別處
或者，因為地球的自轉
再也無法掉到這兒來
如果它在上面餓了怎麼辦？
吃朵雲能充飢嗎？
或者，它一跳跳到了一架飛機上
被當做外星獅子而優待？
我等呀等呀，等呀等
最後覺得很煩惱
為什麼我要把一頭獅子扔到天上去

還要每天仰望尋找它？
為了其他重要的事兒
我決定從這兒走開
要不，我在這裡豎一個牌子
上面就寫：「經過這裡時
請小心獅子掉下來。」

有人說詩人的本份就應該作超現實的表現，現實裡的一切事物都已一再被複製抄襲了，那能新鮮感動得了人？童子就有這種沒被世俗污染的童心，居然「曾經把一隻獅子扔到天上去了」，馴獸師都沒有的那種勇氣和怪招。而且詩的發展仍是現實人間的，他會為獅子沒有掉下來關心、怕它回不到原處、怕它飢餓，尤其怕它跳到了別架飛機上，當作外星獅子而優待。報紙上有一行描寫「太陽劇團」的標題「太陽底下……沒有不可能的夢想」，童子這首詩也是只有具童稚天真心靈的人才有的離奇夢想，這已經不只是一首詩、而且是一則童話故事，也是一齣好看的兒童劇。

童子另有一首詩可算為他自己無暇無欺的童心作了自白，題目是〈如果謊言能讓世界更美好〉：

如果謊言能使世界更美好
我會說河馬很漂亮
而鱷魚很害羞
我會告訴小青蟲
它住在一顆藍蘋果上
如果謊言能夠使蝌蚪相信
自己長大後就是鯨魚
我會說地球是方的
而所有的課本上
都將會出現這句話
如果謊言能夠讓小女孩理解
爸爸只是去了遙遠的地方
我會說天上有一個小鎮
星星是人們家裡的燈

這首詩中所說的一連串的「如果的謊言」是西文中的所謂「white lie」，屬於善意的謊言、它會使痛苦質變成積極向上的勇氣，使快樂產生愛的情懷，擁抱人生。有人說白色的謊言就像是釉彩，把整個世界都刷亮，是人間的除憂劑。我們看詩中這麼多的「如果」之下所呈現的畫面，無一不是悲慘世界的相反，多美好，多正典，多安樂的蛻變、便知西洋那句「look at the bright side」，即我們所說的「凡事往好的地方設想」是多麼正確的人生鼓舞。這首詩中自然可愛的各種意象和天真無邪的語言，使我想起我們早凋的詩人楊喚，他的童詩幾乎就是與童子一樣的在用鼓勵、啟示、快樂、美好的憧憬去營造美滿的人生，是當年我們小孩子最豐富的成長激素。

原載於《明道文藝》二〇一三年第四四五期

不期而遇
——讀辛波斯卡的詩

得過諾貝爾文學獎的波蘭女詩人辛波斯卡曾是這樣說：「我偏愛寫詩的荒謬，勝過不寫詩的荒謬」，我們聽起來總覺非常深奧，為了求證，只好從她的詩中去找解釋，下面我找出了這首〈不期而遇〉：

不期而遇　辛波斯卡作／陳黎譯

我們彼此客套寒暄
並說這是多年後難得的重逢

我們的老虎啜飲牛奶
我們的鷹隼行走於地面
我們的鯊魚溺斃水中
我們的野狼在開著的籠前打哈欠

我們的毒蛇已褪盡閃電
猴子——靈感，孔雀——羽毛
蝙蝠——距今已久——已飛離髮間

在交談中途我們啞然以對
無可奈何的微笑
我們的人
無話可說

辛波絲卡這兩句傳誦極廣的名言，「我偏愛寫詩的荒謬，勝過不寫詩的荒謬」，話中充滿吊詭，其實不過是一句作「比較」的強調話語，是他寫詩時所執著的一個方向，即是她一定要用與眾不同的方式來表達她的詩思，以一些看似不平常卻又講得通的隱喻，表達她對這世界的發現。這首〈不期而遇〉是兩位久別重逢的老友偶遇時的交談，然而他們發現這別後多年來世間的一切都變得離奇古怪，非常反常，猛獸毒蛇都改變了性情，放棄了凶悍，這哪還是他們當年同在一起時的，那個接近蠻荒卻仍感到可親近的自然世界？最後都只好啞然失笑，莫可奈何的變得無話可說。為什麼？因為時間居然能將物種本能的野蠻，野性，實化成為與人無異的具有理性，使凶惡的「野狼在開著的籠前打哈欠」，這些讓人感覺不可思議的荒謬現象到底是源自何種可能，是禍因抑是福音誰能斷定？

辛波絲卡於一九九六年獲得了諾貝爾文學獎。在頒獎詞中她被恭稱為「詩人中的莫札特」，說她是一位將語言的優雅融入「貝多芬式憤怒」，以幽默來處理嚴肅話題的女性。即是說辛波絲卡是以冷靜、清醒的筆觸，把幽默與柔性結合起來，而獲得了諾獎評委的高度評價的。從上面這首詩中諸多「超現實」的隱喻看來，這個評價是能夠令人信服的。她確實有著很多她獨具慧眼發現到的憤怒，她看到慣於在水中興風作浪的鯊魚居然會「溺斃在水中」，真是不可思議。

這是一個被野心家攪得極為混亂的世界，作為一個女性抒情詩人，辛波斯卡並不熱衷於政治。但她對早年的法西斯戰爭十分憎恨，對戰後新生活也充滿美好的憧憬，但她也反對冷戰，反對帝國主義，這些都是她詩歌的主題。但不同於一般標語口號式的政治詩，她的詩寫得含蓄微妙，具有幽默反諷的特點。她認為看似單純的問題，其實最富有意義，最可以詩的方式探討發揮。因此頒獎給她的瑞典皇家學院在授獎詞中也說「她的詩意往往展現出一種特色，形式上力求琢磨挑剔，視野上卻又變化多端，開闊無限。」

辛波斯卡寫作極為嚴謹，在她六十年的寫作生涯裡，只發表不到四百首詩，當問起什麼原因時，她曾風趣地說「我的房間裡有個垃圾桶，昨晚寫的詩，早上起來會再看一遍，很多詩都沒能留下來。」她的詩看起來極為通俗單純，卻是千錘百煉下產生的結果。她又是一個極為虛心的詩創作者，在她看來，所謂詩人，真正的詩人，他必須不斷地說「我不知道」，她認為「每寫一首詩都可視為響應這句話所做的努力」，這是她在寫作時對自我的要求。「我不知道」這句謙遜自勉的話，曾經在一九九六年她接受諾獎致謝詞時說過，當時即獲得久久不歇的掌聲，認為這才是一個作家詩人應有的高度。

去年台北國際詩歌節，波蘭參加了三位年輕的波蘭詩人，並帶來他們最富創意的文字拼貼詩在台北中山堂外貨櫃中展出。開幕式進行中，坐我旁邊的波蘭駐台代表馬克先生對我說，很對不起，這邊的開幕典禮一完，我就要回去主持我們辦的辛波斯卡作品研討會，我一驚的說我們怎麼一點都不知道，他說這是這幾位年輕波蘭詩人帶來的驚喜，沒對外宣揚。我很想去，但我還要詩朗誦走不開。大陸的詩人發現台灣的漫畫家幾米在他的名著《向左走・向右走》中，就引用了辛波斯卡《一見鍾情》中的詩句：「他們兩人都相信／

是一股突然的熱情讓他倆交會。／這樣的篤定是美麗的／但變化無常更是美麗。」他們說幾米曾多次坦言「詩人辛波斯卡的詩總是我創作的靈感。」可見我們很多人都是喜愛辛波斯卡的詩。我終於領略了辛波絲卡詩的媚力真是勢不可擋。

辛波斯卡生於一九二三年，於今年（二〇一二）二月一日因肺癌逝世，享年八十九歲。她一生恬淡自得，自在從容，悲憫敦厚，豪不迂腐的個性特質，波蘭總統科莫洛夫斯基曾說，辛波斯卡是波蘭精神的守護者，其實她更是詩世界中最應追求的精神標竿。

原載於二〇一二年十二月中時電子報作家專欄

愛沙尼亞詩人　何索・庫爾

——讀他的幾首「哲學詩」

前年（二〇一二）台北國際詩歌節沿例請來幾位外國詩人為節日頻添異彩，有一節目係由中外兩國詩人，互相欣賞對方的作品，我很有幸與愛沙尼亞的詩人何索・庫爾（Hasso Krull）配在一組。我與愛沙尼亞（ESTONIAN，波羅底海三小國之一）這個國家很有緣，早在一九八一年三月即與來自愛沙尼亞的女詩人烏麗維（Urev）結識，當時愛沙尼亞尚是蘇維埃加盟共和國的一員，女詩人係以流亡作家身分隨著她的加拿大工程公司總裁的丈夫來台的，當時鐵幕國家能有詩人到自由世界來拜訪是非常難得的一件事，我曾以「飛出鐵幕的鳳凰」一文在聯副發表我對她的觀感。在詩方面，非常吃驚地我發現她拿給我看的所有的詩都沒有題目，我誤以為她漏打了詩題而問她、她馬上反問我「詩一定要有題目嗎？」我正想答話，她馬上補了一句「如果堅持要有題目，就用第一行作題目好了。」她這一「詩可無題」的主張，啟發了我對「詩題目」研究的興趣，搜集了詩的有題無題中外各種主張和泛例，寫成分為九篇的〈詩題趣談〉長文發表，後來收在商務出版的

《詩中天地寬》一書第三輯。

無獨有偶地，我讀而今愛沙尼亞中年詩人何索・庫爾提供的三首詩也都是沒有題目，詩行直通通的出現，就像看到一個個無頭無臉的人樣感到不習慣。不過這次我不以為怪了，使我感到吃驚的倒是他三首詩的主題都是以哲學為背景，最妙的是有兩首詩受到我們東方古國「老莊虛靜思想」的啟發，寫出我們自己都疏於去照顧的主題。原來他是專研人類學的教授，且極愛西方德希達的哲學思維和東方老莊的哲學思想。我現很虛心把這三首詩重刊，並就詩論詩作了一番賞析。第一首詩是這樣無頭無腦出現，由主辦詩歌節的詩人鴻鴻極其忠實的予以英譯中：

全世界都懷孕了，蒂俄提瑪說，
他們的身體懷孕了，他們的靈魂懷孕了，
他們多想全力把小孩生下來呵。
美就是誕生，誕生就是美。

蒂俄提瑪這麼告訴蘇格拉底，蘇格拉底
也在饗宴的時候這麼告訴大家，年輕的

亞里士托頓聽到了，便轉述給
阿波羅多洛，而他又講給自己的朋友聽。

小柏拉圖在光園裡跟甲蟲玩。
他奇怪這麼多甲蟲到底從那兒來，
牠們會不會是被天空中一隻完美的大甲蟲
瞬間生下？而我們卻一無所見？

夜晚降臨，媽咪帶他進屋裡哄他睡著。
而在阿伽頓家裡，男人的轟趴才開始、
當所有的人都喝到不能再喝，他們只能開始爭辯；
我們來討論什麼是愛，我們來討論什麼是美。

這首詩是對西方哲學思維的闡釋，典出柏拉圖記述蘇格拉底和他的朋友辯論關於「愛」的篇章〈饗宴〉，詩的第三節描寫小柏拉圖在花園裡跟甲蟲玩遊戲，他奇怪那麼多小甲蟲都是那裡來的，是不是天空中一隻完美的大甲蟲在我們不知不覺瞬間生下來？這個對生命來源的疑問藉小孩子的天真口中說出來，非常突出，正應驗了詩一開始即說的「美就是誕生，誕生就是美」這句真言。然而那些喝醉酒的男人仍在那裡爭辯什麼是愛，什麼是美，顯然表示成人的頭腦遠不如小孩子那麼精明。

僅存的我國詩壇耆老現已九十三歲的「九葉詩派」鄭敏女士曾說「詩與哲學本是近鄰、就現在最新的文學思潮『解構主義』言，解構主義哲學和中國的老莊哲學之間有著非常密切的關係」。她認為哲學應該進入現代人空虛的內心，我們才能真正清楚什麼是傳統、我們為什麼空虛。何索・庫爾的第二和第三首詩引用的正是鄭敏女士所強調的老莊思想，他因受到這種東方虛靜哲學所啟發而寫出了詩，現在首先將第一首暫名為「洞」的詩引出：

路上有洞，地上有洞
向前一步我便發現：我鞋子有洞。
破洞的地方，襪子露了出來，
我看得到，那是因為我的頭顱上有洞。

當雨落入水中，水面便產生了洞。
我聽見雨滴，因為耳中有洞。

我站著呼吸因為鼻子有洞。
我前行，我思索。沒錯，我的思想中有洞。

我的話語中有洞。老子如是認為
萬有均生於無——但是能否告訴我
無有什麼用！倘若無中不是比鄰著
一個又一個，大大小小的洞？

洞無所不在。生與死都自洞中來。
宇宙中也有黑洞——或許
有些洞是通往其他世界的出口。
出口也是洞。嘴巴、心、排泄孔也全都是洞。

這首詩其實是對老莊虛靜哲學的求問，詩中第三段問道：「萬有均生於無——但是能否告訴我／無有什麼用？」老子在〈道德經〉第四十章曾說過「反者道之動、弱者道之用，天下萬物生於有，有生於無。」意思是說「反者弱者都是無中從有的動用」。老子又說過「天下之至柔馳騁天下之至堅，無有入於無閒，是以知無為有益、不言之教、無為之益，天下希及之？」這都說出了「無」之為「用」之處。

本詩之中出現「一個又一個，大大小小的洞」的不斷描述，老子的論道中找不出這種典故，但莊子〈齊物論〉中卻說，人有「百骸、九竅、六藏」。詩中所指大大小小的洞就是指的「九竅」。竅者，窟窿、孔洞之謂，人的兩眼，兩耳、兩鼻孔、口和尿道、肛門總計是九個洞。老子的哲學思想是「清淨無為、任其自然」，絕不夸夸其談，倡「不言之教」。但莊子卻愛以寓言故事來傳他的道。在齊物論的開篇故事中即有「萬竅怒號」之形容，故事中的長者說你們聽說過「人籟」，未曾聽說過「地籟」，更不知「天籟」。地籟指的是大地上的洞穴，這些洞穴有的像人的嘴耳鼻孔，有方有圓，遇著風吹，即會發出聲音來，都可稱為「地籟」。然而由於都是自然形成，彷佛上天賜予，所以也叫「天籟」。這些因風而起的孔穴聲，就像是人間的是非一樣，人多嘴雜，難掩其口，但這與我們有何相干？作者已從這「萬竅怒號」中悟出「洞無所不在，生與死都自洞中來」，唯「無為有益」是賴。

何索・庫爾的第三首詩的故事背景顯然是出自莊子齊物論中最為人熟知的「莊周夢蝶」，不過場景更為活潑有生氣，像是在為故事內容加值，對愛沙尼亞的讀者，仍是新鮮有趣的，詩如下：

莊子臨終時邀請蝴蝶。
牠們來了，雖然天光正亮
飛蛾與尺蠖也隨之而來，
一陣陣沉悶的嗡響

繞著先生飛舞，他說
「今天我夢見
我是蝴蝶的宗師。我有教無類，
不管牠們是大是小，斑斕或晦暗。

長著茸毛或斑點。我的教誨
影響深遠。牠們都頓悟了。蝴蝶
醒來發現自己原來是蝴蝶……」
然而夜已降臨。

啊牠們撲打燈的聲音，
翅膀透著光的乳白。翅上的亮粉
落在破桌上，人們的聲喧、眼光，
像祖先的篝火劈啪作響。

莊子慣於以「齊物」的意象來傳他的道，認為是由於道而產生了天地萬物，人如能做到齊物，便可達到「逍遙」的境界，即是個體的解放。因此他總是以物化的比喻來闡揚道，「莊周夢蝶」是其一。莊子認為醒是一種境界，夢是另一種境界，在夢中莊周化蝶，與飛蛾、尺蠖同舞、不分大小、不分顏色，得其所哉，何等自由自在。究其實莊周仍是莊周，蝴蝶還是蝴蝶，都只是一種幻象，是虛無中道的一種形態、一個階段、一種人生如夢的頑世態度。莊子以物化的比喻來論道，尚有「子非魚，安知魚之樂」（莊子和朋友惠施在濠水的一座橋上散步時的抬槓）、以及「螳螂捕蟬黃雀在後」的寓言都是莊子藉物論道的慣技。

原載於二〇一三年十二月二十二日《四方文學》

懷念高歌二三事

五月六日傍晚，正準備開電腦上工時，隱地來電話問高信彊走了知不知道？我吃了一驚，去年尾，許以祺從北京回台時，一下飛機就打電話問他的身體狀況，高信彊笑聲朗朗的說，我正準備和朋友去喝酒吃飯，你看我身體好不好？我們大家都放了心。誰知現在居然熬不過去了。我對隱地說，真後悔寫了那首晦氣的詩〈大家都要走了〉，而今果然又少了一人。

我認識信彊還是他和施善繼、林煥彰、喬林、辛牧、陳芳明等辦「龍族」詩刊的時候，那時侯這幾個熱血小子，居然在現代主義高唱詩要橫的移植時，高喊「敲我們自已的鑼，打我們自已的鼓，舞我們自己的龍」，回歸中國詩的正統傳承，一時聲振寰宇，也為當時的本土意識詩帶來衝擊。有一天，我被他們莫明其妙的約至瑩星保齡球館餐廳見面，我那時尚是藍星詩社的「掃邊」角色，自忖也不會有什麼大事找我。誰知當時尚是筆名「高歌」的高信彊開門見山就邀我加入他們的「龍族」，我說我是「藍星」詩社的一員，而且我是覃子豪的學生，於情於理我不能離開而加入你們「龍族」。信彊說就是因為你是藍星的人，我們才希望你來，這樣你可以帶來一些藍星的高貴氣息供我們龍族精進。我一聽這話中有話，那時「藍星」內部不和的消息很多，有說我受到排擠，他們等於是來拯救我，順便探聽藍星的虛實的。我只好婉拒他們的好意，願意供稿支持。

信彊後來當了中時「人間」主編，幹勁十足，被他相中而約稿的作家會被他緊迫釘人，絕不放過。中美斷交那一天，他決定在第二天的中時副刊作一專版，予以譴責。上午九時他給我來一電話，要我寫一首詩，對美國大使安克志深更半夜叫醒經國先生，告知美國將與我們斷交，表示極度的憤怒。詩要短而有力，他十一點鐘準時自已來拿。兩小時內完成一首詩，實在太趕工，但他像將軍下令樣說完就走了，

我只好放下手邊公事，專心寫他要的詩。好在我也在氣頭上，為美國人的自大無禮而痛心。十一點一到，信彊果然騎著一輛重型機車候在門外。我的詩題是〈鐵的憤怒〉，他看了一下，說這種情形就是一塊頑鐵也會憤怒，詩短又好。說完他說還要到別家去拿稿，便揚長而去，十足表現出他做事非常積極認真。

信彊入主「人間」掌權，由於點子多，走向新，不學傳統副刊的老套，更對知名的學者專家遠交近攻，且事必躬親，照顧得無微不至，備感威脅的是另一大報的主編瘂弦。兩人除了每早必先看對方的副刊以觀動靜外，據說聯副還把〈人間〉張貼在編輯室供同人隨時警惕，雙方簡直像在打仗。有一天下午我那蝸居，突然來了幾位貴賓，瘂弦請了他的

鄉長周夢蝶，還有我的同鄉詩人商略，提了一籃水果來拜訪我。我這小地方從來沒什麼訪客，瘂弦一來我和內人簡直受寵若驚，但不知為了何事，還須要驚動周公。他們坐定後，瘂弦說今天特別來是要「請你出山」，我更是不知所措，不知道我怎麼會突然這麼重要，瘂弦說「我要和高信疆拼上一拼，就不信『聯副』會不如『人間』。請你到聯副來幫我，我主外，你主內，咱們合作力量大。」我一聽真是傻了，瘂弦人脈豐富，朋友全是高人，倒著數也輪不到我。再說那時我還沒有退伍，軍人豈能在外兼差。我笑著說，你們兩個河南老鄉打架，居然要我這湖南驢子來幫忙，我怕沒這個能耐，再說我這身老虎皮未脫，到外面兼差是會犯軍紀的。瘂弦說只利用你下班這幾個小時，從你辦公的地方到報社只要十五分鐘。周公也笑著在旁打邊鼓。我說茲事體大，容我考慮一下再說。

後來我自歐洲出差回來後，也曾心動去幫瘂弦，結果被內人及時煞車，她說你又不是卅歲，快五十的人還要去熬夜拼老命嗎？我立即電話告訴瘂弦，說老妻不准，趕快另請高明。此事進行得無聲無息，廿年後都無人知。但是不知信疆怎麼得到消息，有一天他笑笑的對我說，聽說你要去幫瘂弦對抗我呀？我說你看我不是沒有去嗎？

高信疆曾為慈濟編輯一本「靜思語錄」，那是證嚴法師在講述佛學時弟子在一旁所作的筆錄，然後寄給中華日報副刊發表。我那時在華副擔任稿件修飾把關的工作，我和副刊的校對林文星先生，必須把筆錄的稿件處理得漂漂亮亮完完整整才送去交印，那是編輯這本書的上游工作。據說信彊在書編整好時是準備給當時的文學書五小出版社，即大地、九歌、爾雅、洪範及純文學共同出版的，誰知那天除了九歌到場，其他出版社都沒有人去，結果九歌就獨家接下了這本書的印製工作，這是一個緣份。今年是「靜思語」出版發行廿周年，可惜編輯這本重要大書的大功臣高信彊已經不在了。要不，信彊在場時會有多高興。

原載於二〇〇九年七月十四日中時《人間副刊》

《雨天書》的故事
——詩集封面是詩與藝的巧配

名設計家王行恭先生最近罕見的和我聯繫，希望我能為他所收集的詩集，就這些書的封面，站在詩與藝配合的角度，說點我這個既是詩創作者，也曾經是詩刊主編的感想。他寄來了從一九五〇年至一九七〇年間所收藏的詩集一百五十六本封面的影印，供我流覽回憶，以觸發我一些靈感。

老實說，當我看到這一大疊詩集封面的拓印時，就恍如看到當年那一大群老少詩友站在我的面前一樣的鮮活，一樣的辛酸。我們那一代當年尚是青年詩人，以及比我們老的尊之為師長輩的詩人，大家唯一共同的特點就是「窮」，往往窮到連吃也只能「克難」，有碗陽春麵偶而能夠加一個滷蛋幾乎就是大打牙祭。偏偏這些人又都喜歡詩這不能賺到些微溫飽的勞什子，為了有一發表詩習作的園地，不去仰賴難得擠進去的報紙副刊，或文藝雜誌，幾人湊份子辦一詩刊，偷偷變賣老婆自娘家祖產留給她的金戒指、玉手環或袁大頭去付印刷費的比比皆是，至於將自己唯一代步的腳踏車去典當應急的，更是尋常。因之想要出一本自己詩集那真是比登天還難的一件大事，幾乎要少吃少喝，不添衣物很長一段時間，還要邀朋友打幾個會才能湊得出那一筆印書鉅款。在一切精打細算的情形下，本來應該一出版就讓人眼睛一亮的封面，也只好以「極簡」的方式見人。真沒錯，現在流行的所謂「極簡藝術」我們早在四五十年前，就已經實現在我們詩集的封面上了。且看這些四、五十年代詩集的封面，那一本不是樸素大方，深具詩藝術的含蓄品味。而這些都是那一時代的頂尖藝術家、設計家如：方向、廖未林、梁雲坡、楊英風、韓湘甯、劉國松、袁德星（即後來的楚戈）等設計繪製，且都是情商無償樂意而為之，不但封面，連書裡面的插圖都一概免費奉送。無他，那時候凡搞藝術的都窮，無非是惺惺惜惺惺，大家樂在其中。

現在就說我那處女詩集《雨天書》成書的故事。當時（一九五八年）我正自士官回爐成少尉軍官之際。能夠免試入軍校再造成軍官，緣在當士官時寫的一些懷鄉詩，獲得了當時初創的軍中文康大競賽的士兵組新詩首獎（第二名為張拓蕪），得獎後唯一好處是保送我到軍校學習新的專長再升官。在我而言，當詩人比當軍官還勝一籌，要是有一本詩集印出來那才真能奠定我詩人的地位。

於是在當上官後我便積極攢錢，一圓我的詩集夢。那是在臺灣八七水災前不久，我積存下的錢仍然不夠到正規的出版社去印詩集，而且那時僅有的幾家出版社也還不出詩集，於是只好響應當詩正推行的「克難運動」，使書在極度節省下出生，印書紙是將一家印圖廠裁剪下來，不要的紙尾當廢紙買來印書。一位在土城「生教訓練所」（即今土城看守所）工作的朋友介紹到他們所裡的實習印刷工廠印製，只花了非常低廉的印刷費。封面設計更是奇蹟樣的幸運，我們藍星詩社創社大老詩人夏菁，當時在美援機構的「農復會」工作，屬下有一《豐年》雜誌社，年輕的藝術家楊英風先生當時是雜誌的美術編輯，一經介紹，英風先生便毫不遲疑的答應了下來，三天之後便獲得了以版畫為底的設計圖，如此一本書的配合件便全都有了，終於在八七水災的風雨中得以順利出版。巧的是，這本書的書名《雨天書》巧合的應驗了出版時的狂風暴雨。而楊先生當時將一個太極的形象，居中置放在風馳電掣的雨陣中，更是費了苦心的設計。這本已出版達五十二年的詩集，早已在坊間絕版。有時在展覽會場收藏者拿出來希罕的獻寶，無不認為那是一個封面設計的精品，畫面與書名調性調和得如此天衣無縫，且典雅生動，恐怕已是百年難得一見的詩與藝及時態的巧配。

原載於二〇一二年一月三十一日《四方文學》

給小數點台灣
——懷念「數學詩」詩人曹開

〈給小數點台灣〉是一首新詩，是一首發金石聲，真正心疼台灣的不朽之作。多少年來，寫我們這立足的台灣，這保有中華文化最值得驕傲的一塊基地的詩很多，大多只是謳歌這塊土地物阜民豐，繁榮昌盛，生命力無限，潛力無窮，是「婆娑之洋」環繞著的一塊「美麗之島」，這先民數百年前所受的感動，如今仍是這個東海之濱的島嶼最恰切的形容。可是這首詩卻不一樣，它捨棄了一切崇高偉大華貴的讚美，而寧以數學式中一個最關鍵的微小計算單位「小數點」來自尊自勉。

寫這首詩的詩人曹開是彰化員林人，一九二九年生。他獨創「數學詩」，以數學運算思考方式來暗喻世間生滅繼絕，繁衍綿延的各形各態。他自號為數學中的「小數點」。〈給小數點台灣〉這首詩是他繫獄在火燒島（現稱綠島）時所寫。在囹圄中，他別出心裁用數學名詞和術語形成的意象結構，來詠嘆他生長的土地，滿溢著一種鄉土的愛戀，國族的情懷，呼籲這塊土地上所有的人要從艱困中更生，孕育不朽的光芒。這首詩共十段，每段四行，現特摘其中精要的五段與大家共賞：

台灣，你在煩雜的世界裡
變換莫測的函數中
經過漫長無情的演算
你仍是個獨屹的小數點

小數點，台灣，你像一顆金星
高配著無窮大的天體
面對無窮的劫數與異數
孕育不朽的光芒

桎梏著的國度，許多虛根正在搖撼
錮禁的括弧將要因式分解

數不清的卑微數群在黑暗中呼喚
渴望你小數點定位，導向正確方向

小數點，台灣，你是一顆至尊無尚的鑽石
渺小偉大而又珍貴的試金石
為何自賤？快起來發揚光大
不要在紊亂中再猶豫徬徨哀鳴

快起來小數點、台灣，按公理依定律
你並非珠胎暗結的晶體，或人造水晶球
你是宇宙母體孕育的舉世無雙的夜明珠
你有崇高至上的名分

台灣確實是很小，從南到北，從東到西總共才三萬六千平方公里，從世界地圖上去找台灣，它的比例確實只能算是一粒比芝蔴更小的小數點。但是台灣小而美，小而精，正如他所形容的「像一顆金星／高配著無窮大的天體」，又像一粒至尊無尚的寶石，也是一顆舉世無雙的夜明珠。詩人用這麼多稀世的珍寶，燦亮的星體來比喻台灣的存在，然後用各類數學術語和方程式分解來串起和突顯它們的重要性，勸勉我們應該多加珍惜，「面對無窮的劫數與異數」，要「孕育不朽的光芒」。這兩句詩正是此詩的重點所在，須知曹開寫此詩時正值他因白色恐怖，以莫須有的罪名關進火燒島的時代，因此他呼籲「桎梏著的國度，許多虛根正在搖撼／數不清的卑微數群在黑暗中呼喚／渴望你小數點定位，導向正確方程」，「讓台灣戴上榮耀的花冠」。這首詩在他失去自由的「桎梏」中執筆，沒有半點怨懟，也沒有強烈的批判，只是提醒，勸勉和鼓勵，這是非常難得的一種認知。

此詩經我反覆的研讀，發現曹開的詩受印度女詩人奈都夫人的影響至深。莎綠琴尼・奈都（Sarojini Naidu）是印度詩哲泰戈爾於一九四一年逝世後，為當年印度的第一大詩人。奈都夫人詩熱情的滂薄，氣象之宏大，均遠超過泰戈爾。而她奮鬥的精神、堅定的意志，尤足代表革命時代的印度女性。奈都夫人的詩全集由早年駐印度大使館通譯糜文開糜榴麗父女合譯中文，民國三十八年香港商務印書館承印經銷，由覃子豪先生介紹至台灣我等當年青年詩人手中（曹開與我同年），時在一九五四年左右。覃先生不但在函授學校教材中介紹講解奈都夫人的詩，後來創辦藍星詩刊也常轉載奈都夫人的作品。奈都夫人有首名詩〈給印度〉，是這樣寫的：

哦，經過了你記不清的漫長年代，你還是年輕！
起來，母親，起來，從你類喪中更生，
像一個新娘高配著天體，
從老的胎房，新的光輝臨盆！

桎梏著的國度在黑暗中哀鳴，
渴望你引導他們趨向偉大的黎明——
母親！哦，母親，你緣何酣睡？
起來，回答，為了你的一群小孩！

「將來」用種種的聲音在叫你，
去獲得美譽，光輝和偉大的勝利。
醒來啊！哦，睡著的母親，戴上皇冠，
你原是至尊無上的「過去」女皇帝。

詩人曹開寫的〈小數點台灣〉無論氣勢，神韻以及賦與的用意，都與奈都夫人的這首

〈給印度〉一詩有異曲同工之妙。而奈都夫人的〈給印度〉曾被印度文學界譽為一首「熱情呼喚印度國魂復活的詩」，鼓舞了多少印度青年奮發的心。曹開此詩不也一樣對我們深愛台灣這塊淨土的真心，具有多麼激切的爆發力！

可敬的詩人曹開已於一九九七年因病過世，他在世時很少人知道他，更鮮有人曉得有這麼一首發金石聲的詩。曹開詩人是一位被現代詩壇忽略不計的「小數點」，對他而言，非常不公平。（註：曹開〈小數點台灣〉一詩見《八十六年詩選》）

原載於二〇一〇年十二月二日《人間福報》副刊

詩，無障礙展出

昨天我在一個非常大型的詩網站，設在深圳的〈詩生活〉網站上，看到了一則發自我們台北的消息，說從十月廿日到十一月十一日，臺北市主辦的「二〇一二臺北詩歌節」將以「詩，無障礙」的展覽方式呈現，屆時臺北將滿城詩絮。會有一個盛大的詩的嘉年華會，詩將以各種方式，突破各種天然或人為的障礙出現。這個華人詩網站是全球性的，所有的華文地區，中國大陸和港澳地區的詩人都看得到，許多詩友都透過臉書或E-MAIL向我詢問，有的人也想來，他們羨慕得不得了。

詩本來即是一種人的自由意志最大發揮，與我同輩但不幸早逝的天才詩人楊喚曾寫過一首短詩，裡面有一句，他特別強調，「詩，是一隻能言鳥／要能唱出永遠活在人們心裏的聲音。」可以發現，詩是一種可以突破任何圍限，任何阻絕的天賦人權，詩可以為人帶來希望、快樂和存活的勇氣和信心。所以今天台北詩歌節以「無障礙」來號召、可以說對所有愛詩的人和寫詩的人都是一種鼓舞。

今年台北詩歌節會有「詩，無障礙」這個靈感是得自於汪其楣教授的獨特的表演藝術，汪教授在七十年代自美學成歸國後，即訓練她的四個學生學習手語，然後組成聾劇團，表演手語詩，所以她是第一個使有聽覺障礙的人獲得詩的享受的首發投手，她是臺灣提倡「詩，無障礙」這個主張的第一人。記得一九七七年十二月二十八至三十日三天在當時的幼獅藝廊小劇場舉行手語詩表演時，所有的觀眾都被那四位表演者靈活的雙手，翩飛表演出比聲音和文字還更生動感人的詩的內涵時所感動、所讚歎，大家從不知道詩還可以這樣發表。使我們突然發覺袁枚那句「但肯尋詩便有詩」確實有道理。我的老師覃子豪先生所說「詩是一種未知，正等待我們去發現」，更是我們在創作詩時，尋找詩的蹤跡時所應秉持的方向，去發現未知要克服多少障礙呵！記得當年演出的手語詩其中最受歡迎的，便是楊喚那首〈我是忙碌的〉，那是一種從來未曾出現過的動感詩表演，那是一場非常享受的詩感動。

今年（二〇一二）台北詩歌節作「詩，無障礙」的演出是全面的，不但有遠自歐洲來的外國詩人朋友，大陸湖南長沙來的用「新湘語」長沙土話朗誦詩的詩人，詩還會突破人的生理障礙，像手語詩、點字詩、還有因語言隔閡的外勞詩會，讓一種全然陌生語言，引來詩的樂趣。跨過文類界限的小說與詩互動、從女性／同志詩作出發，甚至還會從蘇東坡的詩中求體悟等等，這真是一次無界限，無障礙，無顧及的詩的無拘無束享受。所以我要說詩歌是一個無邊際的世界，poetry is a boundless world，詩可以用各種方法，方便取得，

poetry is freely accessible to obtain in every possible means。詩是一種世界性的共同語言，poetry is a universal language，這次詩會一定會全面受到歡迎。

（在二〇一二年台北詩歌節上致詞）

睜眼與閉眼

作為一個詩的愛好者，而且可說寫了一輩子的詩，難免會為看到的好詩而雀躍；也恨不得為一些入眼的壞詩而想指責幾句。兩種情況的結果是，我都會把這兩種詩記錄下來，或剪貼下來，自作眉批，發些感想，或讚美，或疑慮，或批評，這已成了我讀書的習慣和樂趣，也成了我能夠常常有一些議論或感想與心得在外批露的最大來源。於是有那好心的朋友就勸我，作品好壞是人家的事，喜愛與否則是你個人的決定，何必一定要寫出來發表呢？這年頭睜一個眼，閉一個眼，一下就過去了。說的也對，在此大家都在「犬儒」的時代，已經澈底喪失掉對價值判斷的標準時，我這樣的嚷嚷簡直就是給自己找麻煩。倒是勸我「睜一眼閉一眼」的那句話，使我想起讀到的一首詩〈睜開眼睛〉，詩中所呈現的趣味，也許可以稍稍解除我的尷尬，現在我把這首詩公開如下：

睜開眼睛　　車延高

很想請月亮進來
我把窗推開
玻璃沒有生氣
月光也沒有邁步

*

進來的是風
還有不動聲色的空氣
我把自己放在床上
躺下的是睡意
是把自己埋掉的鼾聲

*

時間就此中斷
我沒有看見月光進來
也沒有看見月亮出去

睜開眼睛的時候
太陽在窗口打量我

這首詩是發表在大陸的〈詩歌月刊八〇期〉，作者是車延高，一位我全然陌生的詩人。從那麼多詩中錄下這首詩，完全是由於詩中所呈現的輕鬆感和趣味性，以及「超」習慣性的表現。常常有人形容一處情景為「別有天地非人間」，這首詩中的天地仍是人間的天地，然出沒在這兒的卻是天地人三者都有，這又分明是詩人所虛擬的想像情境，卻是那麼生動活潑一如我們熟悉的日常生活場景。只是我們常人沒有那些脫離自體，而又客觀打發自體的本領，如「我把自己放在床上／躺下的是睡意／是把自己埋掉的鼾聲」，以及「睜開眼睛的時候／太陽在窗口打量我」，詩人在試圖寫出自己是旁觀者的心情。在我的欣賞水準理解下，這位車延高詩人應該是一個優秀的寫者。

然而網路消息傳來，這位車延高詩人不但是我預料的優秀的寫者，而且是今年大陸第五屆魯迅文學獎詩歌類得獎人，更知道他原來是湖北省武漢市的紀委書記，得獎的作品為最新出版的詩集《響往溫暖》，一本非常溫馨感人的抒情詩選，前引〈睜開眼睛〉一詩我想應該收在其中。這本來是一件皆大歡喜的好事，然而車延高卻因得這個獎帶來排山倒海的攻擊，被污名得連魯迅文學獎的評審及主其事的作家協會也遭殃。攻擊的重點，之一是因車延高寫過〈徐帆〉和〈劉亦菲〉兩位女演員的傳記體敘事詩，這些詩都因口語化，而被諷刺為「羊羔體」，不能算是嚴肅的文學作品，豈可得那麼崇高的魯藝獎？第二爭論為車延高係市紀委書記，為政府官員，認為凡官員參獎，評委一定會放水，甚至因得到好處而「買獎」。

車延高被這些莫明其妙的攻擊弄得哭笑不得，他說，兩部敘事詩均為多年前舊作，根本不在參獎的《嚮往溫暖》詩集內，而且參獎詩都不是口語化寫作，何能蒙「羊羔體」的惡名。其二，魯獎係國家級大獎，主其事者和評委都是中央要員，他一個小小地方芝麻官，不過業餘寫作，評委們那裡會把他放在眼裡而輕易放水且接受買獎？豈不有損他們的清譽。此事北京作家協會已發表聲明，公佈事實經過，澄清一切都是誤傳，可以接受嚴格檢驗。評委們也出來澄清一切都是按評審規定辦理，得獎與否係按參獎作品的優秀程度決定，無人敢徇私。

此次得獎風波大陸媒體尚在繼續燃燒，會如何得了結，恐尚待時日。因魯迅獎目標太大，去年雲南詩人于堅得獎也是吵翻了天，至今某些媒體仍在暗放冷箭。在海峽這一邊的我，本可閉眼不管，不過我還是睜開大眼為寫詩的同行車延高說兩句公道話，事實上他並沒有拿舊作去參獎，豈可捕風捉影，故意栽贓。再說評獎所評應是當時出示作品的高下，那裡可去追究既往的表現。至於對評委的不信任，應以抓到證據再說話，隨意揣測，只會破壞公信力，對誰都沒有好處。

二〇一〇年十月二十八日

（老朽附識：這篇短文早已寫好，只是當車延高事件發生後，一片喊打之聲，令我這化外之民，也懷疑起自己可能因資訊短缺，誤判狀況，有點心虛又多管了閒事，因此暫予禁聲。現在事情已過去半年多，看來早已風平浪息，與談應該不會有事了，我還是很喜歡「睜開眼睛」。）

寫不寫詩都荒謬
——為綠蒂《冬雪冰青》詩集說點話

我曾經將很多詩人寫詩的理由彙集成一篇報導，題名為〈寫詩的理由千千萬〉，裡面有很多人寫的「寫詩的理由」令我非常敬佩，譬如有北大才子之稱的沈澤宜教授，他在北大時曾因一首詩〈是時候了〉被關了十二年，釋放出來時已六十多歲，成了一個老頭，有人問他還寫不寫詩，為什麼還要寫詩？他說寫詩是一生的事，詩人永恆的訴求是為了讓世界完整起來，儘管這有點像夸父追日，精衛填海一樣力不從心，但這總比眼睜睜看著它破敗，甚至參與它毀滅的進程要好。

有人看我找到那麼多人，都寫出振振有詞要寫詩的大道理，詩在各方面都有必要存在，就問我能不能也找出些「不寫詩的理由」來。我說不寫詩的理由比寫詩的理由多得更多，也極容易蒐集。我說，就以台灣在一九四九年出生的中生代詩人來說，根據詩人張默在「台灣現代詩編目」的統計，自一九四九至一九七二年出生的詩人有三百九十人之多，這些現今已屆四十至六十三歲之間的詩人，現在仍在寫詩的有沒有十分之一，約四十人左右？沒有，根據我在五年前的觀察統計，至今仍不時有作品發表的頂多二十五人，而一直未曾中輟創作者頂多十二人。而到今天恐怕十二人都不到了，譬如陳大為，譬如孫維民就很難看到新作。如果要去問他們為什麼不寫了，我想得到的理由會有一大堆，無不言之成理。而且絕對不是我們這些七老八十這一代的什麼「精力不繼，器官老化、柏金森手發抖、記憶力減退，有三高，糖尿病、有白內障，青光眼等等」生理上的問題。而是另有他們中生代的詩人寫詩難以為繼的瓶頸在。

最近有人訪問北島，問他們矇矓詩那一輩出來的著名詩人，這些年來在創作上似乎都已停滯，都去從事寫詩以外的行業，你覺得他們遇到什麼樣的困境，北島把手一攤說，「寫詩難呀！可以這麼說，寫詩的人每天都得從零開始，不像別的手藝可以熟能生巧，可以蕭規曹隨」。從北島這樣的回答便可知詩寫不下去，實在不必大驚小怪，就像女人的生理期一樣，該來時一定會來，不來一定是那裡出了問題。

我感到奇怪的是，我們的綠蒂兄到今天的七十多歲高齡，仍然不時會有一本新詩集拿出來。他從十七歲就開始寫詩，接辦過早年唯一風行的《野風》文藝雜誌，已經出了十五本詩集，好像他從來沒有遇到詩會寫不下去的瓶頸，似乎從來也沒有過不寫詩的衝動，好像只有把詩繼續一直寫下去的堅持才是正理。這一點我一直佩服他，上一本詩集《秋光雲影》出版時，我就講過「現在的綠蒂已經走出從前那種虛擬的個人抒情，而去與廣大的世界對話，與不同的風景對話，去和複雜的歷史對話。」他真是越戰越勇，現在又出版《冬雪冰青》，硬把他計劃中的《四季詩抄》完成。

其實就我和綠蒂這幾十年來的交往所知，如果我要是像他一樣遇到那麼多的挫折，被那麼多人的誤解，污篾，甚至為詩弄得家庭破碎，事業停擺，靠一個沒人敢接手的空殼子文藝協會，作為他現在的事業，我早就不去管他什麼詩不詩，放棄詩這勞什子，改行作別的去了。詩到底對他有什麼好處呀？

我今天來說這些洩氣的廢話，並不是來追究他什麼，或者逼他說出什麼堅持寫詩的大道理，而是我最近讀波蘭女詩人辛波絲卡的詩和她的一些言論，發現她在討論「詩人與世界的關係」這個問題上，說出了兩句詩人寫不寫詩的妙論，我可以借辛波絲卡的發現，來印證綠蒂一生為詩堅持的理由。

辛波絲卡說「詩人在世界上存在太尷尬了。因為寫詩並不是一種職業。當一個寫詩的人在填履歷表時，他不能在『職業』一欄裡寫上『詩人』。但是詩人又確寶是為詩而存在。如果說教授們有一方講臺，科學家有一間實驗室，詩人要面對的不過是一方小小的白紙，等待靈感的到來，這就是作為一個詩人的荒謬。但即使如此的不堪，仍然會有那麼多人寫詩愛詩，等待自己與在茫然不知何處的『讀者』一見鍾情。」為此辛波絲卡得到的一個結論是「我偏愛寫詩的荒謬，勝過不寫詩的荒謬」，我不知道綠蒂是不是與辛波絲卡有此同感，而對詩這勞什子樂此不疲，反正寫與不寫都是一種荒謬。我比綠蒂大很多歲，而我對這位比我大四歲而過世的波蘭女詩人辛波絲卡的觀點，完全是心服口服，我們一生都活在荒謬中，多一種寫詩的荒謬也是自找的，綠蒂以為然否？

（按：資深詩人綠蒂之最新詩集《冬雪冰清》，為其計劃中「四季詩抄」之最後一部，已於六月底由「普音文化」出版。）

原載於二〇一二年八月五日《四方文學》

托爾斯泰也要平反

二〇一一年一月十八日的紐約時報上有一則令人吃驚的消息，標題是「No Thaw for Tolstoy In Russia」，聯合報的紐約時報精華中譯版的標題是〈托爾斯泰在俄國尚待平反〉，將「Thaw」（融冰）譯成「平反」非常恰當也正符時令，只是「平反」一詞會落在大文豪托翁頭上，確實會令人震驚，不知他老人家底細的人更會詫異他還會有什麼「反」要平。

「平反」一詞是指受到某種不公平的對待或判定，而今要把真相找出來，還其清白、不再蒙冤。這在過去，共產國家時時發生，這個名詞也是產自那個制度下。我曾分別赴大陸參加李金髮和徐志摩的百年紀念作品學術研討會。這兩個元老級詩人，都曾在早年被莫須有罪名封殺、冷凍，終至含恨以歿。研討會都是在詩人家鄉舉行。李金髮在廣東梅州（原梅縣），徐志摩在浙江海寧，除了邀請對這兩位詩人有研究的學者專家提出研究報告，並將他們的舊居徹底翻修成新屋歸還其家屬，並成立紀念館對外開放參觀。徐志摩的舊居本有國民政府當年徐志摩遭遇空難後，所豎的一塊一人多高的石碑，上刻「詩人徐志摩紀念碑」，這塊石碑在文革時被紅衛兵腰斬成兩截，丟到鄉間舖路去了，現在找了回來將兩截接合好豎立在原地，原被塗抹的中華民國紀元也還本來面目。至於那些討論的論文，每位詩人至少有廿位左右的論者、都是洋洋灑灑，好話說盡。過去那些被論定的罪過或反革命行為，好像從未發生過。最可笑的是，有那從前寫過檢討這兩位大老，欲置他們於死地以為快的學者，現在也來寫翻案文章，一下子又由毒草變成了香花。這便是所謂平反，一切都和當年的說法相反，將美醜顛倒，將是非掉過來。說起來這也應該是好現象，至少已「知過能改」，「公道自在人心」或「知恥近乎勇」等等合乎宿命的慰藉。

聞名於世百年以上的大文豪托爾斯泰而今也傳要平反，除了令人震驚，究其實似乎比大陸文化人的平反更為複雜，因為托翁當年所犯的並非政治認知的不服從或「造反」罪，而是他的幾部大作品《戰爭與和平》及《安娜・卡列妮娜》等小說被認為有對抗並汙衊教會的嫌疑，被俄國國教東正教逐出教會，認為「蓄意挾其傑出才華破壞俄國傳統精神及社會秩序」。這已經是一百一十年前的事了，而托翁也早已於一九一〇年十一月二十日過世，現在要為托翁平反也不知從何「平」起。過去這麼多年來好像俄國從來沒有出現過這麼一個人，他的逝世紀念日也從來沒什麼活動，冷處理得非常澈底。其實列寧當年非常欣賞托翁的「受到壓抑的仇恨心理」，並曾封托翁為「俄國革命的一面鏡子」，但對托翁倡導的和平主義、烏托邦思想仍然不敢苟同。十年前托翁的玄孫曾經請求教會重新檢討他的高祖父於一九〇一年被逐出教會的決定，但教會方面一直未予答覆。

幾年前有一部傳記電影《最後一站》拍的即是托翁晚年精神飽受折磨，對自己藝術理想的追求，對簡單純樸生活的信仰，以及自身享樂主義的人生態度，都讓老年的托翁漸入無所適從的境地。這部在托翁逝世一百周年拍的電影曾在莫斯科上演，卻是在德國拍攝，除了製片人是俄國導演康查洛夫斯基，導演則是美國人麥克‧霍夫曼，主要演員也都是美國好萊塢明星。據說該片曾經向俄國政府要求支援補助，但並未有任何反應，好在有托翁的名聲號召，票房不錯，未失老本。

俄國前總理史泰帕辛，現在擔任「俄國著作人協會」會長，曾經獨自到托翁埋骨的地方憑弔，「看過托翁曾經住過的地方，然後來到這一杯黃土的小丘，從人情與道德角度而言，實在令人遺憾。」與教會關係密切的他曾經特別致函俄國東正教大主教，為托翁請命，請求教會寬恕一百一十多年前被逐出教會的托爾斯泰。教會在回函中認為托翁的「美好作品令人難忘」，並表示可以在他逝世紀念日單獨為他禱告。然而對其當年「蓄意挾其出眾的才華、破壞俄國傳統精神及社會秩序」，仍然認為不可饒恕。

其實托翁一生都在追尋上帝，是最忠實的上帝信徒，他認為上帝的王國人人可以分享，不屬於任何宗教，更不屬於任何形式的教會。他抨擊當時俄國教會的種種階級規範和儀式，除了樹立權威，製造愚昧，無助於世界的和平。他以為人人要瞭解「愛」的真諦，就能赤誠關懷旁人，便生活在上帝之中，上帝也生活在他之中。就是這種對上帝的泛愛觀，他得罪了東正教會，一九〇一年二月二十四日托翁被開除教籍，從此消失在俄國的保守社會。其實俄國人民還是非常信服托翁，當開除教籍公佈的當天，莫斯科有數千人集會，高呼「尼古拉耶維奇萬歲」、「向偉大的人致敬」。托翁的前輩，詩人屠格涅夫在死前曾勸他，「我的朋友，回到文學上來吧、須知你這種才華只能用在這方面，用在別的地方那就是另外一回事。」

然而這種開除對托翁又有何損呢？他的「非暴力思想」、他的「道德自我修養的主張」、「廢除農奴制度，貴族應走向平民化」，以及「他看到資本主義社會的重重矛盾，卻找不到消滅的途徑，只好無奈的呼籲人們按照『永恆的宗教真理生活』」，哪一樣不是對社會、對世界一種永恆光明的主張？他究有何「反」可平呢？

原載於二〇一一年八月二十日《聯副》

不堪春解手

——談幾首「逐臭之詩」

我們現在寫的詩，由於自由的表現，自由思想的入侵，不再為主流代言，也不復傳為美感服務，更由於個人主義抬頭，再加上意象的追求翻新有點不擇手段的駭人，還搞什麼顛覆、解構、越界等所謂後現代手法，因此常常被人罵為不知所云，無關痛癢，或太不嚴肅，根本背離夫子之門道等等。作為一個現代的寫詩人，在如此現代，如此多元的美學氛圍下，要寫出一首人人都可接受的作品實在是太難了，即使在寫詩人這個小圈子中，對一首詩也會有不同的意見，有時竟也會南轅北轍，爭論不休。

昨天我們幾個寫詩的老友在一起聊天談詩，詩人Amen首先提出來一個問題「詩與括約肌」有什麼關係？大家聽了愣在那裡，真的不知道這兩者之間到底有什麼關係？我一聽好像這幾個字很熟，像是女詩人隱匿最近在「自由副刊」發表的一首詩的名字。我說據我所知這是一首詩的名字，是有人看到一隻小貓在草叢裡方便，很輕鬆的就拉了出來，她拿這個現象比喻詩人寫詩也必須拿捏準確、必須控制得當；不能不使力，又不能過度使力，方可一舉成擒到詩。就貓拉屎而言，全賴肛門括約肌的收放有度，所以順利，比之寫詩也是一樣的必須作精力上適度的弛張，解放自己，詩才能順利寫出。

其他幾人多半都沒有看過這首詩，沒辦法接話，資深女詩人Susan大姐對「括約肌」這個生理名詞作了解釋，大小便的控制全靠這一小小方寸的肌肉把關。中間代詩人大家Change看過這首詩，認為我的解釋是合理的，不過是一種意象的巧用，但為大家更清楚，他建議不妨把原詩傳給大家看。這首詩的用喻很俏皮，且不同於一般的大膽，具有諷刺意味，把「方便」之舉比譬成寫詩，在台灣詩史中，隱匿這是第二首，在傳統詩中是不曾有人將這種「不堪入目」的題材入詩的：

詩與括約肌

不用力是不行的
太用力是不行的
沒天份是不行的
只有天份

也不行
如何能夠控剎它？
如何能夠解放自己？
在那小小的方寸之間
在那補滿落葉的小巷子裡
一隻野貓輕輕鬆鬆
為這個乏味的世界
留下了一首詩

Amen詩人似乎不太認同把「方便」這種有異味的行為比喻為寫詩，而且描寫得絲絲入扣，歷歷傳真，有貶損詩人之意。尤其拿畜牲來與人比，更是有點太過份。Juny詩人也不太喜歡詩會這樣出現，Luck詩人則沒有說話。欣賞詩各有角度，各有要求，尤其沒有一種標準的詩的度量衡可作裁量，也就只好尊重各自喜好。

把「方便」之舉比譬成寫詩，我早年在〈晨起二三事〉組詩中有一首詩直名〈出恭〉，看來比這〈詩與括約肌〉更直接，然其內涵表現卻是暗示含蓄的。不妨拿出來比較一下是否可以接受：

出恭

寬衣解帶
把腋下的「反敗為勝」翻至折頁
好一場正襟危坐的
除舊　佈新

艾柯卡的祕笈剛一露招
腹內一陣痙攣
挾泥沙以俱下的
竟有一首
徹夜都消化未了的
現代詩

按：「反敗為勝」為八十年代美國汽車製造巨人艾柯卡自撰的一部書，寫通用汽車怎麼在他經營下轉虧為盈。我上廁所總愛夾一本書坐在馬桶上看。對於現代詩的越寫越離奇，令人消化不了，我有很多感慨，乃藉艾柯卡救通用汽車的祕笈來消遣一番，這種「隔山打牛」的文明借喻手法，似乎還能被人接受，這首詩入選了《七十四年年度詩選》。我問Amen能否接受同樣寫「方便」之舉的詩，他說這首詩寫得文明，不會像〈詩與括約肌〉那樣傳真得令人難堪。我說鍾鼎文老師在收錄這首詩的《水的回想》詩集得獎後，曾經對我說這詩集裡的詩都好，只有〈出恭〉這首詩不該選進去，以後少寫這種「不該去寫的詩」。

「方便」、「出恭」這等人所每日必有的排洩，另一代號叫「解手」，都是非常文明、掩飾髒臭的修飾語，比起美國俚語的leaky（我們也有人說解小便叫「放水」）要好聽。大陸「垃圾詩派」的名詩人徐鄉愁寫了一首詩解釋〈解手〉，非常搞怪：

就是把揣在衣兜裡的手
解脫出來。把忙於數錢的手
解脫出來。把寫抒情詩的手
解脫出來。把給上級遞煙的手
解脫出來。把高舉旗幟的手

解脫出來。把熱烈鼓掌的手
解脫出來

把舉手表決的手解脫出來
把舉手選舉的手解脫出來
把舉手宣誓的手解脫出來
把舉手投降的手解脫出來

按：「解手」是從前年代民間對大小便的「文明」說法，其實真正的意思是指朋友相交「携手」示好，分離時把相携的手解開稱作「解手」。秦觀有詩云「不堪春解手，更為客停舟」。不過也另有考據，據說明朝初立的時候曾經實施強迫性遷徙，被逼迫遷居的老百姓都用繩子綁著，由軍隊押送，途中若要大小便，必須先向押解的官差說聲「解手」，意思是把綁著手的繩子解開，讓他去方便一下。徐鄉愁把〈解手〉的原意解構，賦予時代新意，已經沒有半點屎尿味在其中，我們在會心一笑之際，感覺反諷意味特濃，有大小解之後，渾身輕快的享受。所以這種「不堪入目」的題材入詩，只要寫得好還是可以接受的。老實說不過是「意象」經營的大解放，但肯尋詩便有詩而已。

已經隱居竹山的老詩人蜀弓早在民國五十一年駐防馬祖時，自認寫了一首前無古人，後無來者的「臭詩」題名〈十分鐘的空白〉。現先將詩介紹，看他空白的十分鐘做了什麼見不得人的事：

以疏通九河的精神蹲下
飽滿的大腸拉皺了眉
時問在火柴的閃光中溜走
思維在血管中沉默

一項尷尬的工程
一串叮咚的樂聲
沿自峽谷，出於棧道
氨氣乃自深坑中襲來

三分鐘時間在構工中窒息
閉著眼睛懶看口中吐出的青烟

昨夜的夢己無暇回味
我痛惜昨夜吃下肚的美味

七分鐘突來青天的霹靂
尼古丁與阿摩尼亞交相不讓
終於有崩發的土石流下降
驚悟汗雨沒白下一場

十分鐘，背脊以下頓感輕鬆
終於躍出勝利的窄門
乃有可以飛昇的愉悅感
乃有一切空白的十分鐘

蜀弓這首逐臭之詩確實是寫得有聲有色，使人有身歷其境的臨場感，尤其是早年曾經在尚未開發的馬祖戰地當過兵的人，可說都有這十分鐘空白的經驗。當時戰地的廁所設在光天化日之下，設備簡陋，雖不受日晒雨淋，卻擋不住無孔不入的風。又因經常便秘的原故，每次出恭都得心無二用，有如工程師專注一項重大工程的艱辛，往往得蹲上十多分鐘，蹲得腳發麻，眼昏花，更得忍受下面糞坑衝上來的臭氣，使得人也不得不點上一支香烟來薰一薰。

二〇一二年十二月二十日台灣詩學吹鼓吹論壇

她貼光而行

——另類女詩人柔之

在這島上廣大的詩眾中，柔之是一隻孤鳥，她絕對貼光而行，不留下陰影、雖然陰影像噩運總不放過她。柔之又是這島上詩壇中另類中的另一類，看似柔弱無力，卻又不時開放得風姿卓約的一株孤挺花。

在這一片聒噪，高速隨時在輾身而過的後現代，柔之卻從容得像一個幽靈樣的出沒行走，對外在世界她又無知得像今之古人一樣的陌生。與她熟識的人在她身邊擦身而過，以為她一定會和人招呼一聲或會一個意，她卻視若無睹的只管看著自己的鞋尖走她自己的路。

她似乎真的可以像一個幽靈樣的活著，可以不靠任何必需品維持她的呼吸。她一直沒有固定職業，因之從來沒有穩定的收入，也一直流浪在這個城市，光是我住的這個近郊的山區，她就來住過兩次，雖然這裏環境清幽單純，租金也低，極適合她那有精神官能失調的人居住，但她也因經濟潰乏而搬遷到他處。

柔之處境雖然這麼艱困，生活也沒有一天好轉過，可一直都沒有打倒她，甚至她連眉頭都沒皺過一次。有一段時間，她靠英翻中的低廉稿費來解決她的生活所需，出版社給她一本磚頭厚的英文著作，要她在兩月內完成交稿，她披星戴月，啃土司，吃泡麵的日夜趕工，如期譯成廿五萬字的皇皇大著，她以為換來的代價至少可以維持她短時間內的生活開支。誰知出版社嫌廿五萬字太厚，要她縮成八萬字左右才肯接受。她來問我這怎麼辦，我說這太欺人，不能接受，那刪掉的十幾萬字難道做白工，而且妳是做翻譯又不是做編輯。她考慮沒多久，便因著生活的困境，接受了出版社無理的條件，又花時間刪改完成交稿。她仍然只笑笑的沒出半句怨言。

據我所知，她沒有投靠任何信仰。她唯一的信仰，便是她始終認為詩是她唯一的救贖，她毫不畏縮的貼著詩的光照而行，沿途遭遇的困苦打擊，她一點也不在乎的微笑接受。

曉得柔之還是她本名叫邱麗華的八〇年代初，那時我在編《藍星詩刊》，從七十年代末到八十年代是臺灣現代詩進入好整以暇的光燦奪目時期。年輕一輩的詩人都一個個蹦了出來，都拿出他們最新最有創意的作品，再加上大陸開放，那邊知名詩人的作品像發現新大陸一樣投過來、作為一個詩刊主編，手上有著太多籌碼可供選擇。男性詩人不說（臺灣現在正掌權的中生代詩人幾乎全是那時的高手），女性詩人更是光熠熠的翩然出現，她們是馮青、葉翠萍、楊笛、陳斐雯、毛襲加、夏宇、白雨、丘緩、張筧、洪淑苓、邱麗華、呂慧玲、劉麗萍、戴溪、謝馨等一大串名字，再加上較早一代的羅英、劉延湘、張香華、尹泠、鍾玲、翁文嫻等，組成一幅前所未有的女詩人陣容。邱麗華在我主編這八年三十二期的《藍星詩刊》裏共發表了十四首詩，據通信地址得知她在北投某學校當老師，但總神祕得從不露面。她的一首〈燈下〉寫得濃情蜜意，卻表現脫俗，非一般泛泛的情詩可能比擬：

燈下

思維涉過金黃的水面
我在岸上的沙丘定居
金黃色的沙丘
向溫熱的源頭靠近
（光照遍書冊
是爆發的火花）

這一生沒有什麼的了
除了開一畦向日葵
永遠向你展放花顏
向不朽的源頭

在燈下靜靜謐謐的涉水
水聲小心翼翼地繞過
水中皆是智慧的花朵
水中皆是你名字的
韻腳　流露

很奇怪的是她在〈燈下〉刊過後便不再有詩稿寄來，一直到〈藍星〉在九歌出版的階段性任務結束，那時已是一九九二年七月，便不再有任何她的消息。

直到二〇〇〇年初，詩壇突然出現了一個美麗的倩影，名字也美，叫柔之，是從美國回來的。她大方的參加了許多詩的活動，也陸續在幾大報刊發表作品，「皇冠雜誌」上有她的詩，也歸隊由淡大中文系支持出版的「藍星詩季刊」。終於她在一次詩的集會上來告訴我，她就是那個在我編「藍星」時寫詩的邱麗華，她到美國去讀了一段時間書，但不順利、身體的痼疾也不太適應，沒有拿到學位就回來了。現在只想找事做，最好找個工作還能有時間讓她寫詩和讀一些想讀的書，她覺得自己還是太貧乏，必須一邊做事一邊充實自己。我說這個構想很好，慢慢找吧！機會總是有的。

過了一段時間再度碰面，她說她找了好幾個地方，沒有一處的工作適合她的理想。忽然她發奇想對我說，我出版過那麼多書，和一些出版社一定很熟，要我介紹一家，她說她最想到出版社去，因為那裏有很多新書，都值得她學習。她可以一邊工作，一邊看書，下班後還可以寫作。我聽了之後，只覺得這位大小姐簡直不食人間煙火已到了令人啼笑皆非的地步，這個緊張忙碌競爭激烈的社會，會有那麼好康的工作機會等你去，除非奇跡發生。我對她說，據我所知現在的出版社都因書市的萎縮不景氣，除了儘量少用人外，就是在職的少數員工也要一個當好幾個人用，甚至晚上還下不了班。不信你自己可以去問一問，看是否有妳想像的那種可能。

當然她到處碰壁，一直找不到那種幸運之星。只好委屈自己到處打些翻譯零工，寫些報導性的西方文學資訊，靠此些微的疾病救濟等收入過她簡單的生活。唯有一點她從不放棄，一直抓住感觸就寫詩，原來她把她的心情都讓詩來記載、發洩。雖然詩的待遇更低，甚且幾個月都輪不到發表一首，但她仍樂此不疲，還非常艱困的出過一本詩集《馴服的黑水仙》。現在又設法申請到一點錢，要出版第二本詩集《晨之歌》。她把我當成兄長一樣私下對我說，這本詩集和前一本最大的不同是將思緒純化的結果。而且她還強調，她自知寫不出與大時代脈博相關的好詩，但求在小範圍內求得寧靜與單純的皈依，要我為她的《晨之歌》出版說幾句鼓勵的話。

我這人年歲越大越來越不喜愛錦上添花，唯對邊沿角落被人忽略、少人照顧的野生植物特別感興趣，總為它們那種不畏風雨、孤身迎戰惡劣環境的勇氣和鬥志佩服不已，柔之就是這種典型的一類。《晨之歌》中這幾十首詩，就處處展現出這種以「不戰而屈人之兵」的柔性戰術，你不得不為她這種自成形象，顯現她淡然自足能力的功夫而折服。有時她也表現出一些因無奈而自求樂趣的心態，似在嘲諷自己的無能，讓人為之折服，就像她寫的這首〈詼諧曲〉：

一群雨趕往門廊「避雨」
門廊笑著拒絕
雨在門階上跺跺腳
順此滌去臺階上的煙塵

門內的雨女人
養著一隻雨寵物
開門一見如故
迎雨入屋　愛雨及風
風雨滌去夏之酷熱

風雨故人其實都是她自己
無人陪她走過空蕩的門廊
只有養在掛籠裏的
風雨無聲

這樣一場看似熱鬧的默劇，雖說主角已化身為雨，處處都是和雨在打交道和糾纏，其實演出的不都是柔之自己一生的滄桑麼？難得她在這時候，還有這樣瀟脫的心情輕鬆的演出，其實我這瞭解她身世的人，不由得心中滴血。

原載於二〇一二年八月二十七日《四方文學》

完成一座雕像

——讀女詩人劉小梅的詩

如果我也成了一尊雕像
無法盥洗
還談甚麼形象
如果我也成了一尊雕像
寂寞呵
誰來晚餐

這是從事廣播藝文節目多年的女詩人劉小梅的詩〈如果我也成了一尊雕像〉其中的四句，即此四句即可看出詩人多麼渴望平凡，不願成為眾人仰望而身不由己的雕像，然而她卻寫了一本詩集就叫做《雕像》。讀這首詩不由得使我想起十九世紀美國那位隱匿一生的女詩人愛蜜麗・狄金蓀（Emily Dickinson），她寫過的一首短詩〈我是一個無名小卒／I am nobody〉，一樣不為浮名所惑，一樣的謙虛。

《雕像》是劉小梅從事詩創作近三十年的第四本詩集。對於劉小梅的詩我早就說過話了。記得我那篇文章題目叫做「大家來驚豔」。當然並非看到她而驚豔，那太俗氣了，而且不正經，我是讀到她那本取名《驚豔》的詩集，讓我確實有大吃一驚的感覺。現在再讀到這本《雕像》，我仍要說這本詩集還是使我眼睛一亮而且光度越來越強。也就是說她將來想要不成為一座新的雕像也難。

首先我要說劉小梅是一位非常專業的詩人，尤其在眾多女詩人之中，她對詩專注的態度令人吃驚。很多人寫詩都是客串似的，到必要時才應急或應命交差一首詩。譬如自己所屬的詩社或詩刊到期要出刊了，趕快湊幾行寄去，免得在自己出錢的刊物上缺席。或者有什麼節日，重大災難，為了表示關心，趕工寫幾行文字加入那長長的寫詩行列。現在的詩人多半都是如此在頂著那得來不易，必須截力維護的詩人頭飾，絕不輕易放棄。而劉小梅似乎不同，她這本新詩集裡面的長短詩四十六首，幾手百分之九十都沒在外發表、少數在詩刊發表的也鮮有人看到。這就可以看出她完全是為個人的感受而寫詩，絕不趕場湊數，又不趨炎附勢。她更像狄金蓀，狄金蓀生前只發表過十首詩，死後發現她其實寫了一千八百多首詩，都吝於發表。她那主題多樣，不拘一格的詩，當時評家都認為是「怪才」、「偏才」，直到後來現代派堀起，她那被視為聲調不諧，句法支離的詩才被肯定是現代主義的先鋒詩人。

其次，劉小梅雖然是女性，她的詩卻不是反應女性心理生活的詩。她的詩中沒有女兒經、娘娘腔、老太太的裹腳布。更沒有新女性的袒胸露背、隨時想脫衣清涼，又非女性主義者的故裝強悍欲與男性爭權。她純粹以一個「人」的立場來寫詩。大陸西安來的名評論家沈奇教授說，所謂女性藝術最終是要進入一種無性別的「詩性自我」。劉小梅不自覺的在實踐這種女性詩人所從未有過的「詩性自我」特質。讀劉小梅的詩常常使我感覺像讀到非馬、讀到渡也，甚至我自己。她的詩中既有非馬的小巧機智，譬如〈漫步十帖〉中的第九帖：

一株樹／向我哭訴／總是被風欺侮／我拍拍他的肩膀；／你依然健壯

更有詩人渡也筆下的敏銳犀利，且看她在〈紅塵速寫一百帖〉中的「之十七」這幾句吧：

心煩／無關咳嗽與髮式／或者虛無主義
砰地一聲／將門鎖上／至於那深情款款的黃昏／就讓他在外／淋雨吧

她還有我的最大缺點「乾瘦脫脂」，在〈研究報告〉一詩中，她像我在〈午夜聽蛙〉（我一九八七年七月的作品，刊於「聯副」，並曾由李小平以京劇武生的功夫在台大視聽中心表演）一詩中以卅六個複氽的短句描寫午夜蛙聲之吵鬧，她則以廿六行兩個字，四個字的極短句「嚴謹地撰寫一本論文／標題是／你」。她這個「你」，真是憔悴得可以，卻是動作乾淨俐落得也可以。

談到劉小梅的詩之特殊之處在於她的詩絕沒有冗長的敘述、描寫、形容，也就是當止即止，絕不拖泥帶水。她已擺脫散文的活纏死攪，硬要進入詩的素璞領地。她懂得詩靠意象語言來約束，使其外型凝練，內含張力飽滿深永。她對詩語言的運用技巧的高明已引起高明者的注意。一次老詩人周夢蝶突然問我有沒有看過劉小梅的詩，我說看過還曾經評過。周公說劉小梅的詩真就正如你（指我）在某處所說「以平凡的素材，作出不平凡的表現」。我說劉小梅確實有此本領，能化腐朽為神奇，於是我們就談到幾首詩的精彩之處。就以〈散心〉這首極短詩來說：

漫步湖邊／冷不防／被垂柳吻了一記

很多人認為這三句已經足夠構成詩的效果了。其實這首詩還並未完成、它只表現結果，因果之「果」。至於為什麼突然被垂柳吻了一記，有必要往下看。非常出乎意料之外的是，接著她說：

都是／風／幕後主使

這個成因是出乎意外的，跳皮活潑有風趣的。這個意料之外結尾，使得原本平凡的前三句，突然帶動得鮮活起來。

又譬如〈立場〉一詩（以上所引各詩均見詩集《今夜有酒》），在而今這風吹草動，政治敏感的環境氛圍中，讀來還真獲我心。

搭上公車／覓得最後一排／一個高高在上的座位
放眼望去／兩排烏鴉鴉的人頭／動作一致地看著窗外
一排左傾／／一排右靠／自始至終都壁壘分明
我在面臨中央走道點上／左顧右盼／每當車子轉彎／或有突發狀況時／倍感險峻

這最後的「倍感險峻」也是神來之筆，有人認為詩的結尾應如撞鐘，留有使人回味的餘韻，這句就十足反應了人在莫可如何時的世情。像「立場」這種主題的詩，名詩人向陽早年在《十行集》中的〈立場〉一詩，久已為人傳頌。主要的是在一九八〇的那個年代要表示一個人的立場，比現在更嚴峻。向陽不在無奈上做文章，也不在抗禦上求表現，最終觸及的主旨是，他認為人與土地的愛，不因相互路向的異同而有所岐異，他以「人類雙腳所踏都是故鄉」來表明他的不變「立場」。可以說向陽是在作主觀肯定的表白，劉小梅則是在行旅中作客觀的觀察，則難免不時會耽心有意外險峻的發生。

劉小梅近年更加沉穩，絕不隨便出手，也不管外界如何的風雨。她的最新的一首詩〈問燈〉可以照亮她此時的心境，讀來更像耽於幽閉和冥想的狄金蓀（刊於六月號「創世紀」詩刊）：

又把昨天讀了一遍／雨也繼續下著／淒清已被複印／不怕遺失

雜誌堆積如山／我已許久未跟世界／寒暄／和文字勉強稱得上是／朋友／

門窗拒絕送往迎來／除了風

惆悵是何顏色／我問燈／它向四周打量了一番說：／你不是穿在身上了嗎？

我曾經有過這樣一種看法，詩絕非平面藝術，應是一座立體的雕像，既求完美無缺的外在形象，更需有硬朗紮實的內在肌理，才能經得起時間的考驗。儘管劉小梅無意成為一座身不由己的雕像，但她的詩卻擋不住的在自我完成這個上天命定的任務。其實她的成就已在中外得到多次大獎的肯定、包括英國「金星獎」、美國「傑出作家金鑰獎」、北京「中華藝苑菁英成就獎」、世界「桂冠詩人獎」及台灣的「中國文藝獎章」、「詩歌藝術創作獎」等等，只是，她從不自我宣傳，甘心、沉默的做一個令人敬佩的詩之淑女。（據知劉小梅之《今夜有酒》、《雕像》、《驚豔》等三部詩集均係由文史哲出版社出版發售。她的最新詩集《太陽照過來的時候》於四月出版，這是她於二〇一〇年三月突然中風，然後又罹患肺癌，多災多難，仍然不為命運所屈服的第七本詩集，這樣強悍的女詩人已經是罕有了。

原載於二〇一二年六月十一日《四方文學》

可怕的詩的空隙

電腦突然倦勤，沒有它供驅使，生活頓失依靠，不知要怎麼辦才好，簡直比我那生活在一起五十多年的老妻回娘家去探視老岳母，還令我沒有主張。只好強制自己靜下心來，找一些平日想看卻抽不出時間去讀的書，以之來填補這時間的空隙。

根據法國女性主義學者克麗絲蒂娃（Julia Kristeva）的發現，現代詩中突然出現的「變換」、「省略」、「停頓」，及其缺乏邏輯建構的表面字義流動，已經擾亂和破壞語言中相對確定的意義，在可見的書寫文字裏，蘊藏著豐富的「空隙」。這種不確定性語言侵犯了傳統社會語言理性的安排，打破「作者」和「讀者」之間一致的主體性，主體不再被視為意義的源泉，而是意義的所在。

這是一篇論「陰性書寫策略」中的一小段，我不知道在討論同志詩的文章中，為什麼也會提到這麼一個令我們經常在困惑的，「不確定性」語言的問題，想必是同志詩中也很嚴重吧？

對於現代詩中常出現的這些亂相，早期現代主義寫作策略中，有所謂「設計性的紊亂」一說，可見這些「突變」「省略」「停頓」和缺乏邏輯建構，都是預先設計好的，故意要那樣寫，才顯出作者的高明，以及自認的現代感。

然而自始我就不相信這種自欺欺人的美麗的遁詞。在我的理性分析下，首先我認為這是寫詩人本身先天的不足，根本缺乏和全然不懂駕馭文字的基本功力，以至隨便拼湊些文字，以詩的面貌出現。而且勇氣百倍的就寄出去發表，好命的是總會遇上一位慈悲且眼力不好的主編，甚至評論家，便將之發表了出來，一個詩人常常便這樣輕而易舉的冒出頭來了。

其次，現代詩本無一定的規格標準，寫出來只要是分行，寫得有點似乎別出心裁的文字，便會被加以肯定，有時甚至驚為天人；且有那自認非常識貨的評論家，予以獨到的分析解說。至於詩中出現的非常人所能理解的「創造發明」，則被認為是一種最新寫作策略，再加上早有的「設計性紊亂」的主張，這些「不確定語言」的為害也就視為當然了。

那位女性主義學者所指出的「在可見的書寫文字裏蘊藏著豐富的空隙」，這「空隙」二字可以說是認識得非常獨到。可以這樣解釋，這些擾亂和破壞都是因為「有隙可鑽」、或「有機可乘」，才得以乘虛而入的。如果在報刊負責把關發表園地的大人先生們，能夠一開始就不讓「病毒」入侵，少讓那些非詩或偽詩入境；萬一看走了眼，讓它撞了進來，也別讓那些自認可識天書的高人，再為這些劣等貨色擦胭脂抹粉，將之化裝入時，則這個「空隙」也就不會那麼大，裡面也不會那麼「豐富」了，則詩人和讀者都可蒙福。

原載於二〇一二年七月中時電子報作家專欄

現代詩與高速公路

我在搜尋網上隨手俯拾一些「吉光片語」，記下來之後也隨手丟在枱燈下方，那裡已堆成一個小丘，我稱之為「福德公墓」，那裡面真聚集了不少好聽或刺耳的各種聲音。我這個舉動有點像南朝詩人謝靈運，背著一隻竹簍到野外採詩一樣的癡心。不過我已到老年，腳力蹣跚，已經走不出去，又已將近失智，還能像這樣坐在家裡隨手做點筆記，不失為是不服老的一種舉動，大家應該給點掌聲鼓勵。

現在我要做的功課是，我從這一堆雜七雜八紙片堆中抽出的是這樣的一句，這是一個譬喻：

現代詩人無法拒絕現代詩，正如現代人無法拒絕高速公路。

這個比方說得多麼理直氣壯，何等義正詞嚴。硬是提高了所謂「現代詩」的存在高度，尤其把它比成可以促進「貨暢其流」功用的高速公路，更是偉大到無與倫比。連我這個蹩腳的所謂詩人也感到與有榮焉，能夠像高速公路樣四通八達將存在的幸福澤被到無遠弗屆。然而真是這樣的嗎？現代詩可以比擬現代社會不可或缺的高速公路，我看未必有那麼重要吧！不過是一些寫詩的人在自我抬舉，自我感覺良好罷了。在我而言，只感汗顏。傳出去別人會嘲笑，寫詩的人自大到連自己都不知自己幾斤幾兩。

記得從前我也曾為詩打過一次譬喻。我說這個世界假使一天沒有清潔隊員或清道夫的存在，這個城市會糟糕到什麼程度，不會滿城臭氣熏天才怪。然而即使一百個小時、一百天、一百年沒有詩人，這世界，這社會，日子照過、飯照吃、覺照睡，照樣平安幸福。絕對不會有人向政府抗議，為什麼我們這裡沒有一個詩人。而那些不可或缺的清潔隊員或清道夫，在極低的社會地位，極微薄收入的對待下，他們只要忽略少收一次垃圾，或少掃一條街便會有丟飯碗或扣薪水的危險。高貴的詩人們呵，你們有那麼重要嗎？你們的一首詩能為一條街除臭？你們的一生所寫的厚厚的詩篇，能夠像一條高速公路一樣，承載那麼多那麼高的有形或無形重量嗎？

我很同意哲學家柏拉圖所建的「理想國」裡不應該有詩人存在的看法。柏拉圖認為詩人藝術家只會作表像的模仿，卻隱藏了真理，混淆了表像與實在之間的分野，他認為這是拙劣的，不理性的，他主張將詩人逐出理想國。怪不得有人諷刺詩人只是「七彩煙霧的製造者」，這個形容看來是頂客觀。

卡夫卡有次看了他的小友布洛德的一首十四行詩之後說「你形容詩人是個偉大而神奇的人，兩腳著地，而頭顱隱失在雲霧裏。當然，在中下階層平凡的智力架構中，那是一種十分正常的看法，是一種幻覺，和現實截然不同。」接著卡夫卡強調「事實上詩人一向比社會上一般人更渺小，更脆弱。因此人間生存的負擔，他覺得比別人更緊張，更強烈。於他個人而言，尖叫便是他的歌。他不是巨人，只不過是身在籠中一隻羽毛還算漂亮的鳥。」卡夫卡的眼光是獨到的，一點也不鄉愿。因此我們豈能把一些尖叫，當成現代詩，而且拿來與那麼任重道遠的高速公路相比擬？我有一首十行小詩，叫做〈二人轉〉，也寫出我所發現的現代詩人們的特質（當然也包括我自己）：

二人轉

詩人
死人
非常近似
且都是人

人呀人
一個怕死
一個貪生
進化論者說
有，沒有他們
都不安寧

按：「二人轉」原係大陸東北鄉間流傳的一種民間表演藝術，多以主從二人方式，不斷以粗俗逗笑臺詞引人哄笑為樂，有識者認為是一種「審醜」藝術，格調不高。我今以此為題倒不是躭心詩會沉淪為一種「審醜」作為，而是希望詩至少不會一出現就會嚇跑許多人，或令人不得安寧。我不會拿現代詩來比作現代高速公路樣的高調，如比擬為一條寧靜景幽的鄉間小徑，讓人在此逗留尋思，我倒舉雙手贊成。

原載於二〇一一年三月十日《人間福報》副刊

存在主義不存在了

——回憶詩人周鼎

二〇〇九下半年某一日，我在大陸一家詩歌網刊上，讀到一位大師級名家在大陸某高級學府，談台灣早年在現代詩上發展的成就概況，他說那時配合現代主義如火如荼推行的，還引進由卡繆、沙特、卡夫卡等人所奉行的「存在主義」思想。他並誇張的強調，那時的台灣年輕詩人幾乎人手一本「存在主義」。我看了之後，嚇了一大跳，我也是那個時候的年輕詩人，怎麼我就從來沒有看過「存在主義」這本書，更未曾手上擁有過。

不錯，卡繆、沙特、卡夫卡等西方當年火紅的存在主義作家的作品，確實都曾引介到台灣，造成當時閉塞的台灣文壇不少的騷動，這是不爭的事實，然而真正存在主義的思想理論，則是一點也沒摸到邊。就如同吵得翻天的所謂「現代主義」一樣，也是在瞎子摸象，台灣現代主義龍頭紀弦主張的現代主義，和與反對紀弦主張的學者專家辯論的藍星詩社諸君子的看法，又不盡相同。因為存在主義從未發表過任何公開宣言，用以來定義存在哲學的思路與辯證方式。因此台灣當時年輕詩人所瞭解的存在主義不過是從卡繆等人的作品中，得知一點點皮毛。

卡繆是存在主義哲學家，同時也是荒謬文學的奠基人。他的代表作〈異鄉人〉一書的主角莫爾索，以其冷漠的面孔生活在荒謬的現實世界，讓人看了悚目驚心。沙特以〈嘔吐〉來表達對人間荒謬虛假的厭惡。卡夫卡的小說〈變形人〉則突顯了現實的荒誕與非理性，與精神痛苦。〈變形人〉中的主角無緣無故變成了一隻蟲，而且把妹妹送來的腐爛食物，包括發臭的乳酪，半爛的水果，吃剩下的魚骨頭，全部吃得精光，而對新鮮食物則視若無睹，動也不動。整個故事看來是那麼荒謬無理，絕非一個正常社會所可能出現。然而卡夫卡的目的是在證明一個人的存在到荒謬虛無是那樣的不可預知，更毫無理性的約束。足以顯示他對當時的社會環境有不安定感，乃作自我取向的探求，探求人的存在的各種可能。

我們台灣在五六十年代之所以會從現代主義文學運動中，遇到混進來的存在主義潮流而趨之若鶩，以為找到了知音，因而被誇張成為「人人一本存在主義」，實也因為那時的年輕人，尤其從軍中出來的青年詩人，在那種返鄉無望，前途無寄，囊中無錢，加之又有莫明的白色恐怖隨時罩頂的氛圍下，自己隱約處在一個四面都摸不到邊的空虛世界中，難免會思考到「個人存在」的問題，以及「我為什麼活著？」「活著的價值意義又在那裡」等等的思考出現。

存在主義的想法其實非常分歧，有悲觀型的認為人生乏味，活得沒有希望，根本否定存在的價值。也有人認為人生雖然悲慘，但仍有其光明完美的一面可以追求，只要懷抱希望，慈悲的神就會加以救贖。若有人問我，你為什麼沒有像人人一樣「拿一本存在主義在手」，我會說「我的存在」完全牢牢地掌握在我自己手中，只有自己才能造就出自己，自己如不找活路，誰也幫不上忙。

真是很巧，五十年代最火紅的台灣「存在主義」代表性詩人，已年屆八十的周鼎，悄然在台灣後山的台東榮民之家因器官衰竭，於二〇一〇年九月廿五日凌晨過世。周鼎在其尚是一位廿八歲低級軍官時，曾以處女作〈終站〉道出其對「存在」的困惑，詩極短，僅五行，廿二個字：

終站

寂然

解脫於最後的喘息
以一種睡姿

以一種美
以遺忘

這首詩發表在「創世紀」詩刊第十三期（一九五九年十月）。當時便被認為是一首存在主義」屬性極強的代表作，轟動一時。周鼎本人受此鼓勵，也從此以「存在先於本質」的態度，以消極虛無面對此一存在的現實，接連寫出令人耳目一驚的「一具空空的白」和「詩人墓園」等荒謬性的詩劇。但由於無一固定謀生專長，脫離軍中後，即四處靠勞力謀生，曾當過電視台的佈景工，育幼院的雜役，修過橫貫公路，當過台北橋頭應聘的臨時工。最後是靠微薄的老兵加給，助其返回湖南老家與一中年女子為伴，過他一生中難得的無憂生活。但終因耗損過度，以至身體一蹶不振，悄悄返回台灣住進榮家就醫。周鼎一開始寫詩便以「終站」來預示其一生存在的不幸，但待到他八十歲才終於「解脫於最後喘息」，這種存在的價值到底在那裡呢？周鼎是我們同一輩的台灣詩壇老人，且曾在同一軍種當兵，又都是湖南人，這些年來他來往兩岸的許多不幸事故（周鼎嗜酒），我們都歷歷在目，隨時在為他操心。他的棄世，就更令人傷心了。

原載於二〇一〇年十月十二日《中華副刊》

小病微恙的詩趣

常言說得好，人吃五穀雜糧，沒有不生病的。在此忙碌爭鬥的紛擾社會，更是不可能身體不偶而會遇上些意外。詩人也是人，更是一個社會人，人所一切可能遭遇的災難禍福，以及身體上一些偶發的小故障，他一樣也不能免，上帝不會給予任何特權。只是詩人總是比常人多一根筋，遇到麻煩時，他有他獨特的看法與處理之道。

身體上某處發癢，可說是任何人生理上都會常有的事，一位叫鍾成的詩人寫了一首題目叫〈癢〉的詩，他說：

如果癢只是一種病
那麼止癢便是一種手藝
如果癢變成了一種欲望
止癢則變成了一種手段
其實癢還可以更簡單的

是一種你想便來的東西
只是你想它走的時候
它卻不一定會走

詩人鍾成這及物性的對「癢」的分析，使人認清癢的成因到底是因病還是因欲望；病是生理的，如何止癢有各種療效處方可用。而欲望則是心理的，你恨得牙癢癢的，或是她心裏癢癢的愛著你，要如何止住這種心裏癢則靠採取某種針對的手段才行。根據病理學的研究，癢也是一種重要的知覺及自我保護機制，能對有害的外來入侵因素發出預警。有位流行歌手，唱紅一首「癢」歌，她唱「快活呵，反正有大把時光／愛情呵，反正有大把愚妄／啊！癢！／越癢越搔越癢」，這便是「癢」會想來便來，想它走不一定會走的最佳答案。

有一位叫譚朝春的詩人，一天不知如何在一個公共場所突然打了一個大噴嚏，一時所有的眼光都朝向了他，他因而寫了一首詩〈響亮的噴嚏〉：

一個響亮的噴嚏
驚醒了世界

痛快
痛快之後
好多好多的目光
一下子掃了過來
我　終於
成了一個亮點

打噴嚏其實也是生理上的預警信號之一，感冒著涼了鼻子先會打噴嚏示警；鼻子過敏則會噴嚏連連，一聲響過一聲，而且很難找到過敏源。高齡的我一生別無任何病痛，唯有過敏的鼻子，常常意外的成了大眾中的「一個亮點」，好不尷尬。除了傷風感冒或鼻子過敏，有時好端端的突來一個噴嚏，老一輩的人會說一定是有人咒罵你，或想念你。別以為這是迷信，現在在網路上流行一種「噴嚏占卜術」煞有介事的指出，每一個時辰打的噴嚏會有每一時辰會發生的事故，譬如「子時」打一噴嚏是有人要請你吃飯；「丑時」突然打一噴嚏表示有人正想念你。看來和老一輩的說法雷同。除了噴嚏占卜、還有耳熱占卜、眼跳占卜等另類卜告的方法。無非都是機率的猜度，哪有什麼根據可言。

只怕不深究，只要有看法，一切皆可能。詩人未可吃飯時不小心有根魚刺卡在喉裡吞不下東西，也吐不出來，在莫可如何之餘，他居然因此而悟出一些阿Q式的道理，他稱之為〈一門學問〉：

有魚刺哽在我喉嚨裡／吞不下／吐不出／只好讓它在那裡擋道
米粒，肉、蔬果不得不／繞道而行，我做錯了什麼，以致／它要在我身上當土皇帝
後來我想通了，我把營養學／學到了家，對鋒利的東西／卻只是業餘的玩家
如果我認栽、並保證在糊塗時／不清醒，它是否就主動出來／不要求我拔光所有牙

清袁枚在小倉山房尺牘有言「如聞不慊心事，如骨鯁在喉，必吐之而後快」指有話在心中不吐不快。而此詩則泛指生活中發生的骨刺卡在喉嚨，造成吞咽困難，卻又吐不出

來。他沒得辦法、只好對著那根「擋道」的「刺」說狠話、意思是「大家就這樣耗著吧！我認栽了，說不定你會自動掉出來、只要不拔光我所有的牙齒。」這種不積極作為，靠拖延等奇跡的戰術，詩人說是一門學問，其實此詩「棉裡藏針」真大有諷刺性，世事不率皆如此？

這年頭，大家都無法穩重保護自己，於是摔跤的、跌倒的，比比該是。已故女詩人胡品清教授，年紀已經很大了，一天她從陽明山文大宿舍走出來散步，一不小心滑了一跤，便跌斷腿骨，好久都行動不便，她便寫了一首小詩〈摔傷〉：

生命，一春秋
以善始
（彩葉繽紛）
以惡終
（群芳枯槁）

無法笑得到最後

胡教授的摔倒，摔出了她一生的感傷。年輕時為了圓一個愛戀的夢想，她放棄在法國的一切高級享受（包括地位金錢），來到臺灣與只在情書中見過的戀人相遇，結果一見面雙方都立即幻滅，不歡而散。從此她只好隱居學院，以教書為生，而也不夠平靜、飽受無謂的干擾，鬱鬱的一生，想她如何能笑到最後？

現在的年輕人都急吼吼的，每天一起床都在追趕跑跳碰，難免會摔得鼻青臉腫，屁滾尿流。大陸青年詩人衣米一對一次他的〈摔跤〉作了最恰切的銓釋：

今天我摔了一跤
如果我是雞蛋
就澈底碎了

一個小宇宙碎了
蛋殼四分五裂
那些黃的白的
我的內心世界
流淌出

據一項國人健康狀態調查統計，現在人最多共同罹患的一項疾病、便是「便秘」。過去我們年輕那時代都說十男九痣，痣瘡的成因多半是由於長年便秘所引起，而會便秘則是因水果蔬菜含纖維成份的食物吃得太少，當然這只是就事論事從常理上去推敲。如果詩人要將這個生理上的小故障作詩的處理，會崩出什麼樣怪異的火花呢？究竟這是一個生理和心裡都非常複雜的題材。下面請看這首：

論便秘之於告白

四方的角落四方的天　我獨坐／這好像是沉默固定的格局／（妳就佇立在我眼前
打量身旁的風景／如出水鯉魚開合的嘴　似乎有話要說
半裸　一陣涼風掃過　我顫抖／然而越是瑟縮　尾部的吐信就越是膽怯／（好不容
易妳呼出些許泡沫／卻總是繞過我的耳垂　在身後爆裂）
抖落第一顆雨珠　臉龐是日落的紅霞／我多想推開累贅固執的阻礙／（而妳依然消
化著那些破碎的文章／從心底到舌尖的距離想必漫長得多吧）

我們都有各自的闡述　不斷反芻思量／在體內（在喉中）掙扎地越獄／卻還兀自逡巡　吐吐／吞吞

這是一首今年在「全球華文學生文學獎」高中新詩組的得獎作品，作者羅先豪為明道中學高三的學生，如此年輕便深知便秘的個中況味，頗不尋常，首先題目就抓住了評審的好奇。深讀之後結果我們發現，這麼一首難免會帶異味的「身體書寫」作品，也難免會有見不得人的人體器官名詞出現的困局，結果都被這位作者以高明的象徵手法，加以美化的掩飾；或以括弧內的句子設想對方的心理，或呈現對方的動作，與正文的描寫相照應，加深意境的明晰度，遂使這本來不敢寫，又極難寫得讓人進入的詩境，至少有些許可以意會的快捷方式進入其中。作者在卷首即自承「關於此詩，半虛半實，便秘是我的故事，而告白卻只是我的幻想。」後面又加一句「奇怪的人寫奇怪的詩，不得不說，這是一場天人交戰的冒險。」難以告人的「便秘」痛苦情境，不是這樣以暗示象徵及影射等技巧讓人虛實相生的領悟，難道真以下半身光禿禿的見人？這種事是不能以大白話明說的呵！

原載於二〇一三年十一月《明道文藝》四五〇期

導師之言
——有感於讀網路文章會變笨

一九二五年二月十日，有「青年導師」之稱的魯迅，應〈京報副刊〉之邀，就該刊提出的「青年必讀書」活動，提出他的建議。魯迅便在這一天的副刊用列表方式，回答了他的看法。在「青年必讀書」這一問題上，他的答復是「從來沒有留心過，所以現在說不出」。照說這樣太極拳式的答復，雖說有逃避之嫌，也還過得去，就此走人也可以，然而他卻在後面的附注中說了五大條他自己讀書的經驗，和選書的建議，可見他還是「留心過」，「所以現在說不出」只是在賣關子，這大概就是「導師」的派頭。附注中那四條是這樣子的：

我看中國書時，總覺得就沉靜下去，與實人生離開；讀外國書時——但除了印度，往往就與人生接觸，想做點事。

中國書中雖有勸人入世的話，也多是僵屍的樂觀；外國書即使是頹唐和厭世的，但卻是活人的頹唐和厭世。

我以為要少——或者竟不——看中國書，多看外國書。

少看中國書，其結果不過不能作文而已，但現在的青年最要緊的是「行」，不是「言」，只要是活人，不能作文算什麼大不了的事呢。

像魯迅這樣活脫的「崇洋媚外」，把自己國粹說得一文不值的「導師」之言，當然會驚世駭俗，遭到大家的咒罵。尤其最後那一句「不能作文算什麼大不了的事呢」，很受到一般比較守舊頑固的老學究的攻擊，「文章乃經世濟國的大業」，輕視作文那還讀什麼書？還能作什麼大事？然而青年導師舉世尊仰，縱算他說得過份了點，有人吼叫幾聲，馬上就馬耳東風飄散開了。其實在那封建閉塞的年代，西方已經進步至可以上天入地、我們仍在關門讀聖賢書，真是懵懂得可以，呼籲多讀一點來自西方科技文明的洋書，開啟一些因閉塞無知未能獲得的新知識，確實真的有其必要。作導師的他也必須具有這點「先見之明」。其實魯迅的動機也在此，後來他在「通訊」一文回答徐炳旭的請教時便說「單為在校的青年計，可看的書報實在太缺了，我覺得至少還該有一種通俗的科學雜誌，要淺顯而且有趣的。可惜中國現在的科學家不大做文章，有做的，也過於高深，於是就很枯燥。現在要Brehm的講動物生活，Fabre講昆蟲故事似的有趣，而且有許多插圖的書。」按魯迅提到的兩位外國科學家，一為十八世紀的德國動物學家，一為法國的昆蟲學家，都曾寫過很多帶圖的通俗科普讀物。

臺灣人公認的當代青年導師李家同教授，最近在一家科技學院演講時也發表了一篇宏論，好像也惹來了不小的風波。他指出現在年輕人愛看網路文章，讀多了下一代會變得比較笨，因為有些網路文章邏輯不清楚，無助提升思考能力，也長不出智慧。他鼓勵年輕人要多讀法院判決文，藉此學習文章的條理。李教授也是一位心憂天下，高瞻遠矚的好導師，他看出了現在的青年人作文程度實在已爛到不堪想像的地步，別說邏輯，就是最基本的文理也不通。不過現在的情形是，這些孩子假如會去讀一些網路的通俗文學，已經算是比較用功的了，恐怖的是根本不碰書，除了漫畫和電玩，要他去讀那些「邏輯環環相扣」（士林地院某資深法官言）的法院判決書，那種枯燥乏味純理性的法條文字，恐怕更會讓孩子們畏懼書，怕讀書了。

至於一切歸罪於愛看網路文章，年輕人的文字才這麼差，也似乎有點偏頗。現在存在網路上的並不只有李教授所看到的所謂「淺白網路小說」，好多資深的名作家也都在網路上寫文章，或也有自己的「布洛格」，主要是現在文章發表的通路愈來愈狹窄，只好求助這種自我消費，不去求人的方便之門。李教授長期推廣閱讀，並說他願分享他自己最愛的四本書給大家，分別是《一個都不留》《白鯨記》、《蒼蠅王》及《深河》，可惜的是這四本書都是外國的，網路上也有這些書的電子版，為什麼我們自己人寫的網路文章就那麼「有害」呢？李教授不也說「讀書是很輕鬆的事，不要當件神聖的事」，年輕人喜歡看通俗有趣的網路文章，不也是圖它的輕鬆好玩嗎？

據說有人問李教授有否讀過被年輕人熱愛的作家九把刀的文章時，李教授說他沒讀過，不便評論，但聽說「很有趣」。九把刀也說據他所知，李教授並未讀過任何一本網路小說。其實自從電腦問世以來，不問青紅皂白，為反對而反對這個必將進入我們各個生活領域的新工具的，不知凡幾。多半都是趕不上時代腳步，卻又固執得認為不屑一顧的人。最早認為電腦係以鍵盤打字輸入，不是像傳統的用手執筆寫文章，便說將來的人連字可能都不會寫了。可是現在有「手寫」的輸入軟體了，我現在這些文章便是在「手寫板」上一字一字寫出來的。大陸上有位曾經在文革時罵過毛政權的老詩人葉文福，大罵「網路是個文盲的群體」，另一位叫麥家的作家一提到網路便恨之入骨，說「如果你給我權力，我要消滅它」。有人問葉文福為什麼這樣罵網路，他說「我會上呵！但我不屑於上網。網路是個文盲的群體，文學要和高手打交道，而不要和簡單的ＡＢＣＤ打交道，否則，就像永遠上一年級一樣，永遠也不能提高。」原來這些人所知的網路，只是一些簡單的英文字母（據說這位元老詩人，連二十六個英文字母也認不完），人類已經進步到能預知世界將何時毀滅的今天，仍還有人抱著這樣不知死活既阿Q又義和團的思想在頑抗，不能不說這才是中國人最大的悲哀。

原載於二〇一一年一月二十七日中時電子報作家專欄

郁達夫軼事三則

郁達夫是中國新文學運動中最傑出也最獨特的一位作家，他與郭沫若、成仿吾等文化名人創辦了「創造社」，出版了一批價值極高的文學作品。後來他又退出了創造社，魯迅曾提名他為「左聯」最早的一批成員之一，不久他又與左聯成員發生矛盾，憤而退出左聯，他短暫的一生文學歷程，總是與人格格不入，給後人留下了解釋不清的疑團。郁達夫除寫小說外，尚有不少膾炙人口的散文，如〈沉淪〉、〈達夫日記〉、〈達夫遊記〉將他的愛與恨，情與夢都栩栩如生的躍然紙上。郭沫若在「論郁達夫」一文中便說：「他那大膽的自我暴露，對於深藏在千百萬年的背甲裡的士大夫的虛偽，完全是一種暴風雨式的閃擊，把一些假道學，假才子們震驚，以至於狂怒。」郁達夫基本上也是詩人，新舊詩都寫，但以舊詩最擅長。他的名句「曾因酒醉鞭名馬，生怕多情累美人」，為〈釣台題壁〉一詩中的三四兩句，痛寫他憂時感世的情懷。又在〈西湖春雨〉中有「樓外樓頭雨似酥，淡裝西子比西湖。江山也要文人捧，堤柳而今尚姓蘇。」更表露他憤世嫉俗的心中積鬱。茲提供軼事三則：

一、教授寫作三字訣「快短命」

郁達夫一生狂放，做學問鞭辟入理，說起話來要言不繁。聽他講演很過癮，但也得忍受他那單刀直入的快感。有一天他應邀去演講，題目是「文藝創作的基本概念」，這是一個入門的話題，應該有一番闡釋，諄諄善誘，把學習者引領進去。達夫先生一走進演講廳，二話不說即在黑板上大大的寫下三個字：「快短命」，底下聽眾一頭霧水，不知他這位老師吃了什麼藥，演講變成要人快點短命。

然後他便解釋說，我要講的「基本概念」就是這「三字訣」，「快」就是痛快，「短」就是要精簡扼要，「命」就是不離命題，演講和作文都是一樣，都不能離題太遠。

郁達夫從在黑板上寫下三個字到說完話，前後不到兩分鐘，完全符合他的要訣「快短命」。

二、以英文名字向胡適毛遂自薦

郁達夫的第一篇小說〈銀灰色的死〉於一九二一年七月發表在上海時事新報的「學燈」，署名是三個英文字「T．D．Y」。該年九月他又在「學燈」上發表他平生第一首新詩〈最後的慰安也被奪去〉，署名仍然是三個英文字，卻變成了「Y．D．T」，顯然是前者的倒寫。他是想隱去中文「郁達夫」三字、改以這三字的英文拼音頭一字來代替，然而不論正寫倒寫都有錯，郁達夫的英文名字拚音三首字應是「Y・D・F」，卻都把「F」錯成「T」了。郁達夫的正式英文名字叫「James Daff Yowen」，就是這個英文名字也有一段趣事。一九一九年，郁達夫去參加外交官以及高等文官考試，在北京時他很想去求見胡適，就給胡適寫了一封毛遂自薦的信，署名就是這個英文名字。他在信上說「萬一你不願見我，恐怕與我的dignity（尊嚴）有損，所以我不能將我的中文姓名和學藉告訴你」。

三、擇偶三條件：年歲大，相貌醜，從未被人愛過

郁達夫廿五歲在安慶教書時，他對物色的戀愛對象，開出了三大條件；一、年歲要大一點。二、相貌要醜一點。三、要沒有人愛過。結果物色了很久，才選上了一個名叫「海棠花」的妓女。這個夠條件的女人根據湖南才子易君左的形容「天生一副朱洪武的異相，嘴可容拳，下巴特長，而上額不容三指，又黑又矮，年已廿七八歲，猶是女兒身。不知幾千萬年前所修，修到一名才子文豪獨垂青眼，結下一段莫名其妙的露水姻緣。」這段軼事是真是假恐難查證。

其實郁達夫在很小即已承父母命與同鄉孫氏女子訂親。據一九一五年他與孫女初次見面的印象是「荊釵布裙，貌頗不揚，然吐屬風流，亦有可取處。」孫女即郁達夫的原配孫荃，孫荃亦善詩詞，然一直視如敝履。辛亥革命郁去廣州以後就和孫荃分居，並於一九二八年二月在上海和王映霞結婚。郁王之結合當時有「民國的才子佳人」珠簾璧合的美譽。然由於時代的不幸，陰錯陽差造成二人之間互不信任、斐短流長，更由於郁達夫的頹廢文人性格，嗜酒如命，甚至吸毒，終至王映霞忍無可忍，這段婚姻勉強維持了十二年終告破裂。郁在和王映霞庇離後，到新加坡的星洲日報擔任副刊編輯，與一位在新加坡情報部門的華藉職員李筱英有了一段時間的情人關係，終因他的十三歲兒子堅決反對，未再有發展。郁的第三位正式如夫人是印尼華僑何麗有，何麗有本名陳蓮有，相貌平庸，和郁達夫認識後，建議改名何麗有，即「何美麗之有」的意思。因陳蓮有係老華僑的後代，不懂中文，便也欣然接受。郁到印尼改名換姓為趙廉，避開日本的跟蹤而去與友人合夥開酒廠，自己當老闆。他和何麗有平日交談都是用馬來話，所以只知郁是酒廠老闆，兩人恩恩愛愛，生有一兒一女。直至郁達夫被日本人暗殺，何麗有才知自己是嫁給了一個一生都在抗日的文化名人。

二〇〇三年八月我曾應香港大學文學院安排赴惠州訪問，那次參訪群賢畢至，得遇專門研究郁達夫一生事功的李遠榮先生，獲贈所著《郁達夫研究》一書，內容備極詳盡，他除曾親訪郁氏身邊眾親人故舊外，並將大陸、港、台及郁氏當年流亡至星洲、印尼各地的研究郁氏專家撰文匯整書內。其中尤以王映霞女士提供的與郁氏結褵十二年的第一手資料，包括漢學家馬漢茂爆料王映霞出軌的情書導致郁王婚變的假假真真，對郁氏的瞭解更是珍貴無比。書中並報導王映霞女士曾於一九九〇年十二月廿九日，以八十四歲的高齡訪台，和當年在杭州時的郁家摯友九十歲的老立委胡建中見面，在台三月轟動整個文化界和文壇藝壇，當然也挖出了很多郁王分手的秘辛。台灣過去書禁甚嚴，文壇前賢的一切均無法得知，偷抄得些零星資料，也無法拼湊成全貌。我對郁達夫先生也只知一些他的名詩詞，和他在印尼被日本人謀害未找得真凶的懸案。想對郁氏文學前輩有興趣的人，及對王映霞女士關心的人，從李遠榮所著《郁達夫研究》可多些瞭解。

（註：李遠榮著《郁達夫研究》，香港榮譽出版有限公司出版）

原載於二〇一〇年一月十八日《人間福報》副刊

詩的粗坏也值錢

新詩界有一由資深詩人聚合的「三月詩會」，每月第一個周末開會一次，已舉行了十五年。每次到會的詩人都得按照上次開會決定的題目寫詩，影印十多份分送與會詩友，到會後輪流朗讀自己的作品，及報告寫作動機和表現方法。完後由在座其他詩友提出看法，有人會抓錯，有人在文意上挑毛病，有人認為那幾句最精彩，更有人指出整篇文不對題，應該重新來過。總之都很認真專注，大家都獲益匪淺，因之十五年來從沒人缺席，即使遠道也必定趕來參加。對這些七老八十的老詩友尚如此認真執著於詩藝的追求，我簡直敬佩得五體投地。

我一直無緣參與這樣的詩會，甚至也從未聞問過，雖然三月詩會的朋友都是從年輕就在一起打拼的過來人。也許是緣份到了吧！上月在一個場合，和早年在台大當學生即寫詩，創辦台灣第一本新詩刊的林恭祖見面，他說他是「三月詩會」二月份開會的召集人，同時也趁此吃「尾牙」，堅邀我去當「貴賓」。並說這是十五年來第一次邀外人參加，希望萬勿推辭。結果，我在第三天即收到他的邀請函，他們的同仁麥穗傅予也來電話說「你來看看我們在搞些什麼花樣吧！」於是我帶了我新出版的詩集《地水火風》去參加，每人一本，算是見面禮。而且我說我是來學習的。

討論會進行得有聲有色，發起言來直來直往，毫不客氣。被批評者也非常有風度，即使與自己的觀點有異，也會接受下來參考。新詩本無絕對標準可供借鏡，只要能感動人，真有詩味即行。我在一旁觀戰，感覺真是獲益良多，如果所有寫新詩的都有這種氣度，何愁被人小窺。我拿著他們發給我的一份份詩稿來看，發覺一個有趣也很值得重視的現像，即在我手上的十四位詩人的作品，其中八位係由電腦打字列印，其餘六位則仍是手寫稿。看來電腦作為書寫工具已成銳不可當的潮流，即使七老八十的老人也得跟了上去，否則就會掉隊。情勢似乎如此嚴竣，誰也奈何不得。

這時坐在我一旁的老詩人童佑華兄似乎有點不好意思的附在我耳邊說「電腦打字我怎麼樣也學不會，只好仍操手工業。」我回答說「手工業會越來越少，物以稀為貴，將來更值錢。」他說那怎麼可能？我說等一下輪到我說話時，我來把這種趨勢說給大家聽聽。

近三小時的唇槍舌劍完畢，他們要我這與會的旁觀者說點心得建議。我說你們這三小時意猶未盡的討論，論收穫我最豐富。你們是點對點的對話，各取所需。而我坐在這裡，等於張了一張大網，你們討論出的精華通通落袋，我一體全收，所以我這次來是賺飽了回去。不過我要請你們把今天的手稿好好收存，那經過別人提供意見修改過的手稿，尤其幾位還是用手捉筆寫出來的稿件更應特別珍惜的保管好。各位也許聽說過有錢人拼命以高價收購名畫藝術品，甚至作曲家的曲譜，視為可保值或增值的文化財。現在的眼光好像已經轉到詩人作家的手稿上來了。說到這裡老友們都睜大眼睛看著我，好像懷疑怎會有這種「好康」。

我接著說，就在去年十月，大陸北京一批中國現代詩人的手稿被拍賣，最高價拍到了人民幣一百一十萬。殺妻後自殁的前矇朧派詩人顧城的一首只有幾行的小詩，拍賣價兩萬八千元。革命詩人郭小川的小詩兩萬陸千元。連現在最火紅的口語派詩人伊沙的一首短詩也可賣到兩萬人民幣。據說曾在二〇〇六年九月表演脫衣朗誦而紅的「物主義詩人」蘇菲舒的手稿，也賣出了三十萬人民幣的高價。而那首一百一十萬高價的詩據說發表於一九八四年，距今二十三年。連標點符號共一千三百五十二字，分成一一九行，每個字約合八百三十六元人民幣，等於台幣三千五百元，這真是天價。增值的速度可以比美一九八九年荷蘭畫家梵高的畫「向日葵」。說到這裡眾老友「呵」了一聲，直呼這簡直不可思議。我趕忙剎車說，這當然是不可想像的事。據那邊的專家分析報導，這種拍賣都是幌子，將那些來路不明的黑錢正好洗洗乾淨，順便給這些窮詩人造造勢，抬高一下他們的身價。

老友一聽原來這只是一種幌子，多少有點無趣，不過我仍然向他們強調，自己的手稿仍然要珍惜。雖然拍賣是遙不可及的天邊彩虹，但是就在眼前的國家文學館和文訊雜誌社的文學資料保管室，以及各縣市文資單位都在搜尋各地老作家的手稿書信等資料，他們要像寶物一樣的珍藏，一方面便於作研究的人容易動用，同時以免散失這珍貴的文化資產。這還是其一，請各位看看我送給各位的這本《地水火風》詩集，裡面的插畫便是利用我部分的手稿製成，看來非常別緻。這本書的主編詩人白靈當初出這個點子，我非常不以為然，我說那不過是我靈感來潮時，隨手拿到一張紙片急急忙忙寫下來的raw material（尚未加工的原料）；有一首詩還是在接到一張里長競選小傳單時偷空寫出來，那樣塗塗改改，句不成句，行不成行的亂塗鴉，放在書中會美觀嗎？誰知他說我要的就是這種效果，醜小鴨變天鵝就是這樣的過程。是教學生認識一首詩的誕生最好教材。他的主張我將信將疑的由了他。後來他的話果真應驗了，高雄一位高中老師拿了我這本帶原稿插圖的詩集給學生講詩，他說給他在解釋一首詩時增加了不少方便，讓學生瞭解一個詩人寫詩的心路歷程是多麼曲折多端。所以，詩人們呵！不要小看了你那隨手寫下的幾行或幾句詩的粗坏，說不定將來會值幾文的。

原載於二〇〇八年二月二十六日《華副》

突破與自律

——追求具台灣特色的現代詩

在此高喊全球化，世界村的今天，一切都得像生產線上所要求的標準化一樣，製造出品牌規格一致的作品，作批量劃一的行銷，這是當今世界經濟發展的普遍趨勢，無非是想降低成本，刺激消費，謀取暴利。所幸的是，也算是文化財的詩的這一區塊，似乎尚無人有興趣來染指，甚至還對之冷漠。詩好像是個被人看扁的自閉兒，與一般大眾無關，大眾也不在乎詩是否存在。如今資訊發達，知識流通，獨有詩在孤芳自賞，不欲人知，是不是詩會與人間脫節，與世界脫軌呢？這應該是一個值得探討的問題。在那些把詩看成可以「燭照三才，輝麗萬有」的老一輩人的眼裡，會認為這將是詩文化斷裂或萎縮的象徵，茲事體大，該復興詩運。然在熟知詩與其他生物無異，具興滅繼絕的命定，詩不振，其實乃是重生的先召或思變的前因，不必那麼躭心。王國維先生說得好「文體既久，染指遂多，自成習套，豪傑之士，亦難於其中自出新意，故遁而做他體，以自解脫，一切文體始盛，皆由於此。」也許可以這樣解釋詩的巔躓命運。

在我認為，詩絕對是一種個性產物，不可能像生產線上規格或品牌統一的產品，或與軍旅一樣穿同樣制服的詩人。因此詩絕不可能全球化，詩人也不可能聚居成一個世界村。我們的詩在臺灣這個小島，由於四面被海隔離，海洋文化的浸染，也可形成自己的特色，成為「具有台灣特色的現代詩或新詩」。台灣文化根源於、也包含著中華文化的要素，具台灣特色自不可能脫離博大的傳統中國特色，然亦不能否認，台灣這幾十年來，自行發展出來的台灣風韻，和對詩前途的認知，也必有其存在的價值，和值得重視討論的空間。從近年來台灣現代詩的作品表現和各種相應舉辦的詩活動上看，台灣的現代詩正朝著尋求「突破」和追求「自律」的兩個大方向殊途並進。「突破」和「自律」本乃一相互砥觸矛盾的作為，可以說「突破」代表求進步，求變革，不滿於現存的停滯狀況。而「自律」則為勒住馬的韁繩，保持平穩，使不致輕舉妄動。然而如將兩者針對時弊配合並進，未免不會得出一種相乘效果。其實台灣的詩一直有人在求突破上用功夫。譬如為想突破詩既定的文本的桎梏，欲作跨界或超文本的表現，早在三十年前即有過「視覺詩」及以後自朗誦詩發展成多媒體「詩的聲光」的演出，再以後，演進為二〇〇二台北詩歌節的「方塊字的化妝舞會——讀詩的九十九種方法」，讓詩不只是平躺在紙本上的黑色鉛字，詩可以在歌裡、畫裡、舞蹈者的舞姿或流行的服飾，甚至劇場的口白中，大放異彩。除此之外，尚有詩走向全方位藝術的「數字詩展演」，以及須文蔚之〈文學看電影〉。素有文字魔法師的女詩人夏宇和她的神祕的朋友們，也以一種陌生的「伊爾米弟索」語展演詩歌，製造迷幻氛圍，蠱惑愛詩又好奇詩的信眾。直至現在的二〇一一年，這股詩求突破的潮流仍正方興未已。

新詩文本在台灣歷經近六十年的存在，由於一直是遵循著自由詩的風格在發展，是以詩的散文化如故，隨意分行提行如故，有的一行只有一個字，有的長行到二三十字。而到近期進入所謂後現代狀況，有的已演變成不分行不分段的板塊形式，甚或散彈槍似的點字化排列，以及夢幻式的意識流寫作，都一直在各自奉為圭臬的發展，沒有人敢干涉置喙，也從沒有人想用一種形式來規範。事實上大家在沒有標準形式可依的情勢下，只好讓內容來決定形式，創造各自詩的形式。不知是對這種氾濫式的寫作感到厭倦，還是想改變一下表現風氣，於是一些自覺性強的年輕詩人，有意將一種自律性的「限制性寫作」引薦到臺灣。所謂「限制性寫作」是由法國文學實驗大師奎諾（Raymond Queneau）於一九六〇年所提倡。他相信限制越苛越能令作家突破慣常的思考方式，創作出更令人激賞的作品。認為嚴肅的文學開拓實奠其于文學遊戲實驗當中。於是台灣的青年女詩人夏夏發揮驚人的創造力，仿照已廢棄的活版印刷鉛字，自己製作五百餘木刻活版字，從中挑出一百五十一字公佈出來，利用二〇〇七年台北詩歌節的機會，徵求從此有限字數中創作出一首僅六十字以內的詩作（含題目，可自訂），字可重複使用，但不得加入一百五十一以外的任何字。這是一種限制極嚴，可用的文字籌碼極少，較之格律音韻規定嚴苛的古典詩詞更為綁手綁腳，非得有驚人的文字運用功力，實難以發揮的一種寫詩方法。此一消息公佈後，網路上有人預言：「這種玩法讓不會寫詩的人寫詩，讓會寫詩的人不敢寫詩」。結果完全出乎意料之外，在徵件活動的一個多月中，收到兩岸三地及東南亞，英、美、紐、澳等地近三千首應徵作品。顯然限制性寫作，未能嚇走真正欲求新求變的新詩人，反而使他們鼓足勇氣向未知的天嶄探險。其實我們的古詩不但要求嚴謹的格律音韻，更必須作到「句要藏字，字要藏意」，及「刪蕪就簡，句絕而意不絕」的制約目的，我們詩的先賢早就知道運用「限制性寫作」來自律詩人了。這些來應徵的大量詩作，經過嚴格挑選，已選出一百五十一首，編成一本只有手機大小的迷你詩集，諧趣性的命名為《一五一時》詩選集，非常受到愛詩者的歡迎。另外前述所謂「詩跨界寫作」的一些作品，事實上早就在回應「限制性寫作」的自律要求了。譬如由詩人林德俊在「聯副文學遊藝場」策劃的「車票詩大行動」，便需在傳統火車票的狹小空間上（在起迄站約廿字的位置處），以頂多廿字（含標點符號）的簡短詩句表達生命歷程的心境與情感。

在高雄編青年期刊達三十年的中生代詩人黃漢龍，忽於二〇〇九年出版一本《詩寫易經》的新詩集。原來他已窮二十餘年對「易理」的研究，逐步以現代的解構方法，從原卦象中釋出合乎現代的易理新意，更以通俗易解的詩的語言，悟出現代人能夠感受的天人道理。這種從冷僻處找詩材開發，實也是台灣現代詩突破困境，新闢坦途的可貴之處。早年來台的第一代詩人覃子豪先生，曾在其最重要一本詩集《畫廊》的序文中有言，「詩，是游離於情感和字句以外的東西，是一個未知的探求，是一種假設正等待我們去求證。」今年二月是他百歲冥誕，今天又是詩人節，台灣的詩人並沒忘記他這幾句寶貴的箴言，不斷在作詩的突破開發與奮進。

書中之書
——介紹魯蛟的《書註》

在此每個文學中人都為家中的書越積越多，多到佔領所有室內空間，甚至床榻都被不知那來那麼多書霸住，感到書多為患的時候，居然發現老友詩人魯蛟先生氣定神閒的為收到的贈書，一本本的為這些書的內容以及作者作出簡短評介式的書寫，並在收到的書的扉頁，在作者簽名贈書的字跡旁，當即以自己秀麗的字蹟簡練的道出收到書時的第一感、以及各種旁人想都想不到的交往情形及獨特的觀點。

這件工作並非自近期開始，而係自民國四十三年八月十八日，當魯蛟在收到詩壇大老紀弦先生出版的首本詩論集《紀弦詩論》，在這本書的封面上有他的好友劉保緯自花蓮購得此書贈他的草書字蹟、他乃在旁加註「這是我在寫作路上獲得的第一本有關詩的書」，左上角貼出的小簽條上註有「０３９魯蛟藏書」。在封面的紀弦先生的口含烟斗自畫像下，則用紅筆註記下紀弦先生二〇一三年在美加州過世字樣。這本《書註》共介紹了一百廿本書（共收到贈書近三百本、都已同樣的作加簽加註的工作，但成書將太厚、不得不割愛大部分），至今年二月隱地出版的《2012／隱地》一書為止每本書在簽名的扉頁上都有同樣密密麻麻的簽名註記，是那本書別人難得見到的一些私秘或趣事。

而《書註》一書中最難得的是這些書的封面和所有這些扉頁上的文字都以原版彩色精印，加魯蛟為每本書所作的約千餘字的評介，這本書本有的形神諸貌均已呈現無遺，所以我將之命名為一本「書中之書」，或一本迷你的百科全書。魯蛟兄是位資深的詩人，他的精美的散文已選進兩岸國文課本，而他曾任行政院新聞局主任秘書多年，他珍藏的文學及詩刊的創刊號珍本之齊全更是國內首屈一指。這位書痴所做的另類藏書護書癖好更是極富創意之舉，為世界所罕見。

原載於二〇一四年一月一日《聯副》

我在粉碎「一切」障礙
——想起巴爾扎克的這句豪語

生於距今二百一十三年，死於距今一百六十多年的法國大文豪巴爾扎克，是法國的一位天才型文學巨人。他的野心勃勃，曾言「他（指拿破崙）用劍開創的事業，我要用筆來完成」。他創作的勤奮，速度和數量，世界上所有的文人幾乎無人敢與他比美。他作品中創造出的人物形象，可列入不朽的達數百人，「人間喜劇」系列中的小說「高老頭」即是典範的一例，一個以麵粉商起家致富的人，為了虛榮將女兒穿金戴銀打扮成高貴血統，將她們嫁給了貴族成為伯爵夫人，然而兩個女兒揮金如土，不旋踵即將父親家財全部敗光，而且再也不認父親，父親暴死在一小閣樓上，她們連葬禮也不去參加。父女親情表現得如此恩盡緣絕，高老頭成為了拜金主義者的陪葬品，真是情何以堪。巴爾扎克將人的吝嗇，貪婪與虛榮寫成驚心動魄的罪惡篇章，對人欲橫流道德淪喪的當時社會作了非常強烈的抨擊。

如此率性的面對人倫，人性的毀滅場面，巴爾扎克勇往直前，毫不畏懼，他在他的手杖柄上寫著「我在粉碎一切障礙」，以示決心。無怪乎巴爾扎克被認為係法國現實主義作家中最具批判力道者。後來法國另一思想型小說家雨果在巴爾扎克的葬禮上致詞時悲痛的說：「他的去世嚇呆了巴黎，從今以後、眾目仰望的將不是統治者，而是思想家，一位思想家不在了，舉世都為之震驚。」

我們的臺灣文學館曾以「文學拿破崙」之名舉辦「巴爾扎克特展」，展出的文物將近三百件，包括那枝「手杖」，我真想去看那上面寫的「我在粉碎一切障礙」幾個字還在不在？

不過這幾個字卻在後來好幾位中外有名的作家詩人中隱約變化出現過，尤其通過「一切」背後所指的「障礙」，處處令人觸目驚心。在巴爾扎克死後四年（一八五四年）出生的英國唯美主義運動的宣導者、愛爾蘭詩人、劇作家王爾德，曾經大大的感慨，說「我能抵抗一切，除了誘惑」。抵抗比粉碎消極得多，但他仍抵抗不了「誘惑」，可見「誘惑」力道也夠強烈。王爾德宣導的唯美主義藝術，當時風頭出盡，尤其他的幾部唯美劇作，每一部都受到歡迎，演出欲罷不能。而他的所謂抵抗不了的「誘惑」究是什麼，令人費猜疑，可能與他天生的同性戀個性有關罷？正當他意興風發不可一世時，他居然與一位侯爵的兒子發生關係（當時稱作「雞姦」），被告到官裡去，說他有傷風化，關進監牢吃了兩年牢飯，弄得妻離子散，朋友也避之唯恐不及。十九世紀末維多利亞女王時代，英國上流社會保守成性，哪裡容得下王爾爾德這種自由開放及反傳統的「胡作非為」，但是「誘惑」一來，誰又能抗拒得了。

比王爾德又晚生約三十年（一八八三）的卡夫卡可能是最崇拜巴爾扎克的人。他在一篇論文中就把巴爾扎克的那根手杖上的一行字搬出來，模擬自己的反是，他說：

在巴爾扎克的手杖柄上寫著：我在粉碎一切障礙。
在我的手杖上寫著：一切障礙都在粉碎我。
共同的是「一切」。

這裡所謂的「一切」代表各種阻抗，無數道的逆流，在挑戰人們打拼的精神，挫折勇邁者前行的意志。和巴爾扎克所遇到的「障礙」不同的是，據卡夫卡自己供述是他與生俱來的「人類的普遍弱點」，而他居然利用這種弱點（他認為那是一股巨大的力量）將時代消極的東西狠狠地吸收了進來，他說我從來沒有與之奮鬥過，從某種程度上說，我倒有資格代表它。如果說巴爾扎克代表的是一種積極有為的奮勇精神，要和拿破崙一樣用劍爭鋒。而卡夫卡這個布拉格百貨批發商的兒子，則自小即羞怯，內向和懦弱無能，再加上他猶太血統處處遭到的壓抑，他無法與世俗「普遍弱點」對抗，只好吸收過來將自己無情的

「粉碎」，要不是他用他的三部都未完稿的長篇小說，揭示了他內心對現實的荒誕，非理性、及無人性帶來的痛苦，而使他在文學事業上嶄露頭角，可能整個世界永遠都不會知道有這位文學巨人。也可以這樣說，「一切障礙」反而成就了他的文學事業。

出生於一九三五年的我們中國詩人昌耀（本名王昌耀）是另一個用「一切」來形容他所受遭遇的人。他在一九九八年接受一次訪談時說：

在我的詩裡，我可以摧毀一切，
但在生活中，一切都可以摧毀我。

昌耀十五歲就從湖南桃源鄉下出來當兵，被派去抗美援朝，結果在一九五三年時在朝鮮戰場受傷，後轉入榮軍學校讀書，旋即開始寫詩。一九五五年即調入青海省文聯成為省級作家，廿郎當歲即有此地位身分，可見他年輕的詩作特出，受到重視。然而誰知道意興風發沒兩年，一九五八年即因發表〈林中試笛〉一詩打為右派，從此顛沛流離於青海墾區，做了廿一年的無主囚徒。直到一九七九年才獲得平反，回歸青海作協任專業作家。一九八二年參與「新邊塞詩」運動，成為主要代表人之一，並曾率團出國訪問，被封為當代偉大的民族詩人。他的詩以張揚生命在深重困境中的亢奮見長，確實他有「以詩摧毀一切」的功力。

但在現實生活中他卻一籌莫展，主要是昌耀早年一到青海即與一藏族女子結婚，一連給他生了三個女兒，五口之家在那無主放逐的墾區過日子，其生活之窘廹可以想見。即使平反之後，在青海那個沒有什麼產業可以養活人的窮地方，青海作協也常常發不出最低工資。待到一九九四年全國各地都已經濟發達到遍地都是萬元戶的時候，昌耀都因缺乏作協的車旅費支助，無法到深圳來參加國際詩會。後來經大家協助，總算勉強來到深圳。我和他因係同鄉彼此心儀已久，他鄉相遇多次深談，始知他生活得仍非常艱困，作協仍發不出工資，即使過大年也頂多只能領到一袋麵粉。三個女兒大了，也找不到工作，讀不起書，仍全靠他撫養。本來話不多的他，我們交談時，他常常無言以對，生活中的「一切」確實不斷的在摧毀他，使他只好沉默。昌耀是在二〇〇〇年因癌症末期，痛不欲生，跳樓而結束自己的生命的，他終於被「一切」摧毀。

一九四九年生本名趙振開的矇矓詩派掌門人北島，早在一九七七年時，以〈一切〉為題寫過一首詩，劉穿「一切」後面的陰險虛妄，消極無望得令人難以安身，這十四行的〈一切〉我將之串寫如下：

一切都是命運／一切都是煙雲／一切都是沒有結局的開始／一切都是稍縱即逝的追尋／一切歡樂都沒有微笑／一切苦難都是淚痕／一切語言都是重複／交往是初逢／

一切愛情都在心裏／一切往事都在夢中／一切希望都帶著注釋／一切信仰都帶著呻吟／一切爆發都有片刻的寧靜／一切死亡都有冗長的回聲

如此對一切都置疑的詩，表現中國大陸七十年代青年詩人對現實的不滿，對時代的挑戰。然而卻也不是所有的詩人都持同一看法，也是矇矓詩派的另一重要詩人舒婷卻似乎不以為然，她在一九七七年七月廿五日發表一詩響應，題為「這也是一切——答一位青年朋友的〈一切〉」，詩曰：

不是一切大樹都被風折斷／不是一切種子都找不到生根的土壤／不是一切真情都流失在人心的沙漠裡／不是一切夢想都甘願折掉翅膀
不，不是一切／都像你說的那樣！

相對於北島的「一切」都已絕望，舒婷以她母性的敏銳，發現不能以偏概全，不會完全是你說的那樣遭，還有暖暖的一線希望，但她終究沒有北島那麼悲壯。

原載於二〇一〇年十二月十九日北京新京報「名家專欄」

我為詩人，純屬意外

有次有人問我「什麼是使你最高興的時候？」我馬上回答他說「是認不出我是個寫詩的人的時候。」那個人很奇怪的看著我說，「詩人是無冕之王，是人間的另一個上帝，誰都以做詩人為榮。已經在寫詩的，就怕人家沒認出他是詩人，都要裝出一副詩人的模樣。你為什麼不要別人認出你是詩人？」

我對他說：「如果他們一眼就看出我是詩人，那就和青菜蘿蔔一樣好認了。請問詩人應該是什麼長相？人家憑什麼一眼就認出我這人是個詩人。就像一首詩一樣，如果一看就說那是詩，那一定只看到一首像詩的形式的東西。真正是不是詩是要經過細嚼慢嚥，吃出一點味道來，才去肯定它是詩的。詩人應該和常人沒有兩樣。我曾經被人認為是各色各樣的人過，從沒有人說我是詩人，我就感覺很快樂。」

那人說「你這人真有毛病，這有什麼好快樂的？」

我說講段故事給你聽。有一天我應某校古典詩社的指導教授邀請，到他們設在烏來山澗邊的一處私人俱樂部文藝營去講現代詩。因為我對那處地方全然不熟悉，特別提早到達，沿溪行，找了好久才找到那棟建築，但教室內卻空無一人，我有點懷疑是不是被人放鴿子。於是我就在路邊的一塊石頭上坐著歇腳。

快到下午兩點鐘的時候，山澗下人聲鼎沸，原來同學們都到山澗去戲水上來了。他們打我身邊經過，看我土土的坐在那裡，有個女同學便停下來問我多大年紀，有沒有七十歲？我說我剛剛過七十二歲。誰知那女孩一聽便興奮的叫道「我知道了，你一定是這裡的地主。」我有點受寵若驚，便也將錯就錯的急忙點頭稱是。他們一窩蜂的走進了教室。兩點鐘一到，我也走進去上課，他們大吃一驚，這個像地主的土老頭，怎麼會是為我們講現代詩的老師？看吧！沒人認出我多好。給他們一個驚喜多有趣。要是他們早知道我是誰，那有這種娛樂效果？

為了證實我不是個冒牌貨，我知道他們除了做舊詩外還要練毛筆字，學做對子。我對他們說我雖然是寫新詩的，但仍然重視舊詩的營養。我一直以為詩無新舊只有好壞。新詩吃虧的是推翻了音韻格律之後，便沒有章法可循，從前我們當小孩子的時候，總是鼓勵我們讀唐詩，說「熟讀唐詩三百首，不會吟詩也會吟」，現在的新詩這麼拗口，誰能讀得熟呢？所以現在學寫新詩沒有那個方便之門，比舊詩更難寫。但我現在背一首舊詩給你們聽：

獨坐池塘如虎踞，綠楊樹下養精神。
春天我不先開口，那個蟲兒敢作聲。

這首舊詩我敢說你們沒有聽過、甚至你們的老師也不見得會知道有這麼一首舊詩。這首詩其實並不舊，頂多一百零四年，是共產領袖毛澤東在十六歲時在家鄉舊學堂讀書時所寫的詩〈詠蛙〉。我們湖南人有一句觀人的歇後語「人看即小，馬看蹄爪」，意思是人有沒有出息，可從他自小的一言一行看出來。毛澤東十六歲就以這種龍盤虎踞的口氣來明志，表露出不可一世的氣概、難怪後來成為紅色中國的開國元勳。詩人詩人，有什麼樣的詩，就有什麼樣的人，詩人不能裝蒜，他的心態絕對會從他的詩中露馬腳，一點也假不了。這是我今天大膽來你們這兒講詩要說的第一點。

你們不是也學寫對子練毛筆字嗎？現在我獻醜用我的毛筆字，寫一幅對聯給你們看。孩子們當然馬上鋪紙碾墨伺候，我用筆寫下了這首七言對仗：

抓癢不著讚何益
入木三分罵亦精

我說這是清代大儒鄭板橋先生的文學批評態度，他認為讚美別人，為別人叫好，一定要抓到癢處，不痛不癢的，又有什麼用。批評人家也要深入抓到重點，就是罵人家幾句也會很精彩。

這場與古典詩的交流我得到不少的掌聲，他們很意外，這個看來土土的，一點也無詩人氣質的老頭子，居然還能說出一些詩的掌故，真是不可思議。

那人聽完我這一番話，仍然不信的問我：「你這是故意逗樂子。怪不得你的名片上印的只是『文字工作者』這樣的頭銜。說正經點，究竟怎樣驗明正身說這人是個詩人。」

我說：「別無他法。只有這人他自己的詩，才能證明他是不是個詩人。」

原載於二〇〇七年九月十六日《中華副刊》

詩人須與時間較勁

——讀藍雲的《日誌詩》

這是一個可以肆意「跨界」的時代，也是一個刻意追求「創新」的時代，只要「跨」得不逾矩；只要創意得近乎人意，就是搞怪一點也會令人感覺新鮮為人接受。別的不說，我們詩的這一行業，就已經進入到這麼一個令人感覺與過去大不相同的新境，老老少少詩的工作者都在作一些新的嘗試，向從來不敢逾越，或想不到也可以發揮的領域進軍。

過去的詩與文是有著非常大的界限的，基本而言，詩是講求秩序性和音樂性，現在的新詩雖然已無格律和韻腳的限制，然在形式上仍守住分行和每行字數簡短的潛規則；在語言上則仍是講究以意象語言，來達致詩的含蓄內斂和飽和的張力。屬於非詩的其他文類如小說散文戲劇則多屬敘述性的散文語言，只要起承轉合流暢裕如，是不會有文句的字數限制，更無需內斂含蓄的講求、可以作盡興的發揮。

最近有位年輕詩人名「煮雪的人」出版了一本《小說詩集》來挑戰小說與詩兩者本

具的各自規範與限制，而達到兩者融洽調和，成為一種新興詩體，亦如早年「散文詩」的出現與存在然。這是一種難得的超越與進步，令人興奮詩並沒苦守在原地踏步，而是在求得新的進境。據為《小說詩集》作評介的名詩人鴻鴻的讀後評價，他認為「作者以『小說詩』為全書的內容與風格定義，畢現作者初生之犢的自信。『小說詩』的特色在於有角色、情節，然而因為邏輯超乎現實，詩意於是油然迸出。由於詩句都在描繪情景，動作，意象鮮明可觸，不致陷入抽象意念的繁衍增生，可讀性極強。」從鴻鴻的研判「小說詩」確實已具將小說與詩合體、在互惠的原則下出現的一種新詩種。不過它是用小說的一些原素，而使詩「油然迸出」。

在此之時另一種看似文類互惠的詩體也「迸」了出來，老詩人藍雲出版了一本《日誌詩》。無論日誌或日記其文體本應屬敘述性的散文語言，而其文本內容更不講究修辭或修飾，只求達意存真即可。由於其目的在記載每日瑣事，也具「備忘」作用，它與詩的要求是南轅北轍的。尤其詩要求每首詩都有其獨創性，有如北島所言「每首詩都是從零出發」、「詩又不像別的手藝，可以熟能生巧」，因此以日記或日誌文體來寫詩就會困難重重，在未仔細讀這本《日誌詩》之前，我們不免存疑藍雲先生怎麼樣完成這本一年三百六十五天，天天都寫的「日誌詩」。

讀書先看書的「前言」或「序」「跋」是比較能瞭解書的來由和主旨，更可進入作者寫此書的心路歷程。當我先將本書的前言看完並翻看後面的詩創作之後，便發現藍雲兄寫「日誌詩」的動機與寫「小說詩」所採的方式完全不同，雖同屬尋找詩的新途徑，但「小說詩」採取的是兩種文體交配互惠而得出的一種新詩體，而「日誌詩」是「以日記方式每天寫一首詩」（見書前言），而詩仍是分行的新詩，內容並非像行事曆一樣記載那一天天的瑣事細節。三百六十五天每天的詩都必有各自獨立的內含，互不相涉，也不像日記樣記流水帳。這種「天天必交卷，交卷必是詩」的苦工，恐怕對任何一個天份高的年輕詩人都是一種挑戰，何況一個已達七十好幾高齡的老詩人藍雲。

對此，藍雲在前言中亦先作了交代，他說「自知年邁又缺乏才情，每天寫一首詩，寫一整年，尤其還得照顧久病在床的妻子，三天兩頭跑醫院，每日一詩，未免太自不量力。」但他執拗的認為既然決心已下，便得著手進行，以之視為對自己的挑戰，無論多麼難，他都要一試。在他的堅持下，終於二〇〇九年這一整年的三百六十五首詩創作就呈現在我們面前了。想必伏案創作一整年的詩人藍雲自己，當其終卷完成之時，必定會長噓一聲，狠狠地一吐這一年來心中的鬱積與勞累，就是我這旁觀的讀者，當我按奈住詫異與興奮，讀完他這一年最後一首詩（二〇〇九年十二月卅一日），標題為〈世界末日來臨時〉，我終於瞭解我的這位老同學（一九五三年中華文藝函校詩歌班同學），他是將「每一天都視如世界末日般／善盡我做人的本份」，他是要將這些詩當作「留下自己活過的證據」（前言的後段），原來他是在如臨深淵，如履薄冰般在完成他這生的一件大事。

這本《日誌詩》有幾處特殊的地方值得特別介紹，它是以每日一詩的方式，仍以詩集的方式呈現，至於日誌或日記方面，也就是那一天他的日常生活情形，他並沒有完全放棄，僅用極少的文字，以條列的方式，用「記事」的標題安置在詩行的下方。我們仍可從中看到他每日生活的重點所在，可以說全以他所一手創辦的《乾坤詩刊》為主，刊物的集稿、排版、校對、印刷、發行，以及與同仁接洽一切瑣事他都簡要記述。其次才是他夫人久病，他必須不斷忙碌奔波在醫院和家之間，他說有的詩不是寫於醫院候診時，便是誕生在公共巴士或捷運車上。

藍雲在台灣詩壇應屬老生代，和瘂弦、麥穗及我等都是覃子豪前輩的學生，但要不是他出來辦《乾坤詩刊》，幾乎很少人知道台灣還有這麼一個資深的詩人，主要是他從來不參加任何活動，寫東西也是惜墨如金，絕不隨便發表作品。他辦詩刊的目的，幾乎和我們的老師覃子豪先生當年自微薄的薪水中拿錢出來辦《藍星》詩刊一樣，為的是要鼓勵和培植後進。藍雲在本書中有一首五行小詩〈山谷中的百合花〉，他對那些望詩卻步的年輕詩人給予了殷切的期盼：

你寫的詩
沒人讀，還寫嗎？

當然

那深山幽谷中的百合花
豈因沒人欣賞便不綻放

詩的追求必須付出堅強的耐性與持久力，更需與功利絕緣，沒有人讀便退卻，真不如深山幽谷那些從沒人理睬的野草閑花開放得怡然自在，更令人尊敬。至此，我不免也要如夢初醒的高呼一聲，藍雲！你真老得漂亮，這麼一本厚厚的與時間較勁的「日誌詩」，足以證明你是一個堅不與世俗妥協的真正詩人。

原載於全國新書月刊一六一期

你看紫鵑在寫詩

寫詩寫文章的人如果完成的作品放在抽屜裡，或者鎖在保險箱裡，沒拿出來發表，或者無處發表，只好任其擱置，真有如楚項羽所說的「富貴不歸故鄉，如衣錦夜行」一樣感到非常遺憾。究竟作品是讓人欣賞而寫的，由人欣賞而得到回應，該是多大的鼓勵和慰安。而偏偏有好些詩人作家把自己的作品敝帚自珍的不讓人輕易看到，或因某些原因而使作品受限出現，我可以舉出幾位女詩人做例子。

首先我要介紹的是遠在十九世紀的美國女詩人艾蜜麗・狄金孫。這是一位慣常隱居的女詩人，她的詩風凝煉，比喻獨特，題材多樣，不拘一格，但極不被當時的詩壇看好，認為這是她的能力不濟，才氣不足，才寫得那樣枝離破碎。因此生前只發表了十首詩。其實她是一位多產卻高傲的女詩人，寫有一千八百多首詩，不願隨便發表。後來被現代派大師龐德和其弟子艾略特發現，認為她那聲調不諧，句法支離的詩才最能夠代表現代人的感受，一躍而為現代主義最早的開路先鋒，受到極大的重視。

其次在今年二月剛以八九高齡過世的波蘭女詩人辛波斯卡，在她六十多年的寫詩生涯裏，只發表不到四百首詩，當問起什麼原因時，她風趣的回答「我的書房裏經常有個垃圾桶，昨天晚上寫的詩，早上起來會再看一遍、很多詩都沒能留下來。」原來她寫詩的品管極為嚴格，認為不合格的馬上就淘汰掉了。這位老太太又是一個極為謙虛的詩創作者，在她獲得諾貝爾獎致謝詞時她說，所謂詩人，真正的詩人，他必須不斷地說「我不知道」，她認為「每寫一首詩都可視為回應這句話所作的努力」，這種對自我的嚴格的要求，也是使她作品寧缺不濫的最大原因。

其實，就在我們身邊有位女詩人劉小梅也有這種為詩不急著讓人知道的習慣。當年她的第四本詩集《雕像》出版時，裡面的長短詩四十六首，幾乎百分之九十都沒拿出來發表。她屬於一個詩社，也出身媒體，詩也有口皆碑的好，她的詩要發表是極為容易的事，然而她卻極為謹慎的處理自己的作品。

現在，當我遇到紫鵑要我這路邊攤老師為她的詩講幾句話時，我也就很不解的問她，妳好像沒有寫什麼詩吔？我只看到妳作了很多詩人的訪問，也接了不少其他文類的邀稿，甚至為廣州的「南方周末報」、「深圳商報」寫專欄，又為繽紛版寫了很多雜七雜八的短篇，這些年來妳在詩刊當主編，專門為別人的詩作嫁，好像妳並沒有時間寫詩，也沒看到妳發表多少詩作在那裏，現在妳要我講評、沒有詩作張本我從何講起呢？

紫鵑一聽，感到很委屈的回答我，她這些年來其實寫了將近八百首詩，只是都沒有拿出來發表，存在電腦檔案裏。我一聽又一個狄金蓀，又一個劉小梅，怎麼現在女詩人都愛當宅女，寫詩又惜詩。她說她寫的多半都是組詩，一個主題下有好幾十首短詩，那裏有那麼多版面供我發表？這倒是一個難題，現在要發表一首小詩無論報紙副刊或同仁詩刊至少都得等三個月以上（同仁詩刊都是季刊），長詩或組詩當然更需久等或根本沒機會。我很佩服她的耐性，但仍要她把詩從檔案調出來給我看再說。

紫鵑寫詩引起我的高度注意是在二〇〇五年左右的事，當時她已常在網路及各詩刊發表作品，並且已獲得二〇〇二年優秀青年詩人獎，且迷上MSN，頻與詩友對空談詩，頗為受人注意。我在二〇〇六年編《情趣小詩選》（又另一怪怪名字「曖・情詩」）時，她的一首詩〈縮小〉一貼出便受人重視，很多人都欣賞她這種「小戰略」的愛情觀，我也很喜歡，便將這首詩收入在這本詩選的「癡情篇」一類中。詩如下：

我正縮小
縮小成飛鷹的小情婦
我正縮小
縮小為一朵山茶花

我正縮小
縮小入你的口袋
我正縮小
縮小成一張地圖
我正縮小
縮小鑽進你心房
最深最柔軟的角落

附記：當愛來時
記得將自己縮小

當愛到最深時，為了讓對方接受瞭解，會無所不用其極的委屈自己，就像這樣一再把自己的比例縮小，能夠安於「小」也是一種氣度的表現。此詩使我想起名詩人洛夫也有三句不怕「小」的詩，「即使把我縮成雨點那麼小／小／也是我的小」。紫鵑的〈縮小〉與洛夫異曲同工。

緊接著，不容我到處搜尋，紫鵑的存詩大潮洶湧而至，我收到一大本密密麻麻緊緊排在一起的詩集，戴上老花鏡細數，果然至少有八百首詩。她以事實證明，這麼多年來雖然外面看不出她在寫詩，她並沒有忘情詩，而且一直在寫詩。我再仔細看這些長長短短橫陳在一起的詩，似乎都不是一個專心致志於詩的創作的詩人的作品。而是把握時間，抓一個感觸、找出隨機而生的相應意象，用隨興或激情方式馬上表現出來。原來這就是她不斷用組詩的方式寫詩的原因，這樣且戰且走的尋詩方法才可以持續有詩出來。寫組詩就像畫家拿著一本素描簿看到合意的景物就用筆馬上勾勒下來一樣，所以在一個主題之下，會有各式各樣的風情、風景，看起來會多彩多姿。

另外一個會這樣大量組詩出現的最重要的原因，是這些年來紫鵑是個非常忙碌的人，她遊走兩岸、駐足江南，被那裏的景物、人情感動或牽絆而寫的詩很多。還大膽的寫了她喬裝男子所寫的情色詩，貼在對岸的新詩論壇。結果沒有任何迴響，她自承那根本不夠「色」，只是自我思想解放。她也做了些詩形式的實驗，譬如「一行詩」的追求，就在總標題《十字繡》的帶動下寫了七十八則，其中也有一些精品。所謂「十字繡」是以十字為度寫一首詩，譬如：

#51〈雙人枕頭〉

那山豐盈　那山殘髮蕭蕭

＃64〈未忘人〉

枕邊人　隱身縮成一相框

＃66〈電蚊拍〉

瞬間　靈魂在電擊中　轉世

這些年來年邁的周夢蝶由於身體各部位器官老化，常常緊急送診，每次紫鵑聞訊都會緊張的趕來照顧她的夢蝶伯伯。她為周公寫了好幾首詩，表達對這位她所尊敬的詩壇耆老無比的關心。也許下面這首詩表現得最為真切：

譬如，我看你——贈夢蝶伯伯

花季落幕前——

蝴蝶　蜷縮成一片枯萎

「我死了，不許哭。」蝶說

鎖眉的重又皺眉
潮濕的青苔　濕的更濃稠
我們再度緊握雙手
合掌　迎風逆行

「把心交給菩薩
把身體交給醫生
把時間留給自己
手錶我替你保管」
紙片
　滴
　　滴
　　　落下

以空瓶　納入
無量　無悲　無盡

楊枝淨水遍灑三千
「以後不准你再叫我爺爺
不然，跟你絕交。」
絕字開了花　成海
以淩空的「陽光真好」落款
兩雙手再用力一握　一捏
詩　與夢撞個正著
酒　離蝶四面八方

2010/3/3

此詩的本事在二〇一〇年一月十三日，周公因心臟衰竭緊急送進慈濟醫院加護病房進行急救，我等友人飛馳前往照料，紫鵑直衝病床前緊握周公的手，周公睜眼看是紫鵑，第一句話就說「我死了，不許哭。」這首詩就是順著這個鼻酸的場景寫了下來。紫鵑自小就皈依佛法，而周公一生都在聽經學佛，這一老一少詩人的投契，亦是一段妙法因緣。

紫鵑這種慈悲為懷的本性在詩人中極少見，現在的女性多以新女性反對傳統束縛一份子自居，紫鵑亦從未有這種時代潮流的執拗。紫鵑的身體健康情形一直不佳，她形容她自己乃一「莫明其妙的中年女子，溫柔半兩，多心一片，肝膽五錢，淚水六斤。愛父母多愛九個三兩，愛朋友多愛情四分。都怪那粗糙劃草的笨手，裁詩裁得歪歪斜斜七零八落。」這麼一個自謙保守的女詩人，這麼一個不在乎自己詩作發表存在的女詩人，我想只有與我所提到的狄金蓀和辛波斯卡兩位世界級的女詩人歸為一類。不過，我真心的祝福是，她應該放下一切，首先將身體調養好，所謂文學，所謂詩俱是身外之物，只要身子骨有力，那些都是唾手可得的。

二〇一二年八月《文訊雜誌》

張愛玲詩寫《落葉的愛》

近代文壇才女張愛玲崛起於四十年代，在民國紀元最曖昧混亂的一段時期出現。七十年代起開始風靡全華文世界，自此，難以抗拒的張愛玲熱即一直隔不了幾年會藉屍還魂活在這世上，越來越多的有關她的秘辛發掘或公開了出來，吊足一般張迷的胃口。張愛玲那神祕蒼涼的手勢，並未因她已離此詭譎繁華的後現代已經整整快二十年而稍止息。為她的名言「成名要趁早」做了切身的實證。新詩這一區塊，本來認為她並不在行，也沒有見過她寫過一首詩，好像沒有可以騷動的地方。何況詩一直是由詩人自己那個小圈圈在自行取樂，別人多半也敬而遠之。誰知今年三月二日晚上臺北國家劇院竟演出改編自她早年的一個短篇小說〈心經〉編為歌舞劇，大標題為《落葉傾城張愛玲》，而在劇演出的開場大銀幕上，竟然在落葉紛飛的背景畫面中，出現她的一首二十二行的詩、題名〈落葉的愛〉。最妙的是那首詩係由我們超現實主義大師名詩人碧果的酒勁書法寫出，張愛玲的這首詩不怎麼有名，但由於有碧果龍飛鳳舞的書法加持，再加上落葉飄零的景致配合，為整個開場的氣氛增添效果不少。從來沒見過張愛玲寫過新詩，只知早年（一九四四年）在上海時對當時的年輕詩人路易士（即現居加州的詩壇大老一百零二歲的紀弦先生）的詩揶揄挖苦過，而今她自己寫的詩竟然公開展示在劇場，當然值得推薦給場外的公眾一見，詩如下：

落葉的愛

大的黃葉朝下掉；
慢慢的，它經過風，
經過淡青的天，
經過天的刀光
黃灰樓房的塵夢。
下來到半路上，
看得出它是要，
去吻它的影子。
地上它的影子，
迎上來迎上來，
又像是往斜裏飄。

葉子盡著慢著，
裝出中年的漠然，
但是，一到地，
金焦的手掌
小心覆著個小黑影
如同捉蟋蟀——
〈唔，在這兒了！〉
秋陽裏的
水門汀地上
靜靜睡在一起，
它和它的愛。

據說這是張愛玲剛剛遇到胡蘭成的時候所寫的一首詩，當時她在青春年華，生命正是最輝煌的時刻，而其時的胡蘭成並不那麼順遂，但看她把胡寫成「大的黃葉子朝下掉」「經過天的刀光／黃灰樓房的塵夢」「看得出它是要去吻它地上的影子……裝出中年的漠然」，便知當時的胡蘭成正落魄，正如一張秋天枯黃的葉子朝下飄落，還要裝出一幅中年人淡然處之的模樣。最後這段很精彩、落葉掉到地上，覆住自己的影子，打了個捉住蟋蟀的小譬喻，然後在秋陽裏，落葉和他的影子合而為一、說這就是「它和它的愛」，為這首早年罕見的狀物寫情的詩，留個圓滿的ending。張愛玲對胡蘭成可說是一往情深，寫情詩用這樣象徵性的手法，完全跳脫徐志摩那種浪漫抒情口吻，在那麼早年的詩壇算是非常突出，可惜張愛玲並非以新詩為專業，只偶而客串一下，便可驚為天人。

張愛玲是否尚有未發現的客串的新詩有待考證，最近夏志清教授所公佈的張愛玲寫給他的信函，談的多是七十年代末到八十年代以後張晚年的一些瑣事，據說早年在上海與胡蘭成膩在一起的那些信函日記早已被焚，不復找到，甚是可惜。不過我倒找到兩首香港詩人蔡炎培的〈代寫情詩〉，一是張愛玲寄胡蘭成的，一首是胡蘭成致張愛玲。這兩首詩一在報告上海生活的近況，一在溫州訴說「西風惡、人情薄」的苦情，究竟誰先誰後，情節是否有所本，只有代寫的詩人蔡炎培能夠解答。兩詩原貌如下，讓更有心的人去推敲到底是怎麼回事吧：

張愛玲寄胡蘭成

上海還是這個老樣子／無軌電車叮叮響／高叉旗袍見車上／我沒搭錯車／可我車過
虹口過了站／過了站了／猛然省起兄之語／語我這樣高。怎得了／我的婦女銀袋並

不高／五十個大洋兩個雙龍抱／文君當爐

胡蘭成致張愛玲

西風惡，人情薄／搭上烏蓬船／船到橋洞又一個橋眼／溫州歲暮苦寒／枯樹橋頭繫

我一生榮辱／念去去煙波千萬千／楚天抒岫／當為子抹拭香爐

原載於二〇一三年五月十四日中國南方藝術

舊景觀，新變異

——談李笠和劉川的寫景詩

從古到今，凡屬名勝古跡，香火鼎盛的寺廟，遊人如織的都會所在，也就是現在的所謂「觀光景點」，必定有那騷人墨客，幫閒文人，為文或題詩，歌頌讚美一番，一方面宣揚了那處地方的美的重要，另方面則藉此彰顯自己曾經到此一遊的名人身分，真是賓主互蒙其利，沒有哪個文人顯要會放棄這個名留千古的機會，更不會有人當烏鴉嘴，把那地方不免的劣跡作出負面表列。我們每到大陸遊一處景點，必定會收到或買到一些對那地方說得美不勝數的小本本。據說只有唐代大詩人李白最掃興，有次到武昌黃鶴樓去賞景，一時詩興大發，本想也題詩贊美一番，誰知抬頭一看，比他早到的崔顥早已有「黃鶴樓」一詩題在壁上。一看崔顥此詩雖騰拉變化，隨意東西，卻句句都落在黃鶴樓上，一氣貫注，精神不散，真是佳妙之作。李白一看，覺得自己寫的恐怕未必會勝過崔顥，便以「眼前美景道不得，崔顥題詩在上頭」這一藉口，而放棄題詩的念頭。這雖然是一則無法查證的傳說，但卻也可看出古詩人動筆的謹慎，也可突顯崔顥寫的「黃鶴樓」難以有人能與之匹敵。

詩歌進入現當代，乃至後現代，受到現代美學原則「淡化感情、強化感覺」的影響，從前那套觸景生情，啟齒便是讚美頌歌的習性，早已被現代詩人揚棄。古人那些傷別離，遣悲懷，傷春悲秋的傷風感冒型的俗套，不帶真性情的寄情詩，也已經被嗤之以鼻了。現代詩人對自己內心的審視和對外物的觀察關懷，早已隨著進步的時代潮流，而放言高論，而口沒遮攔，將古人那套溫柔敦厚的詞語取代。現在選兩首最近發現的詩，其對世事的觀察入微，旁若無人的批判力道，令人感覺現代詩人已經是一群開放又敢言的禦史大人型人物了。

首先是當今大陸一位後矇矓詩派代表名詩人李笠所寫的〈九華山遇霧〉。九華山在安徽省池州青陽縣境內，為中國四大佛教名山之一。相傳為地藏王菩薩的道場所在。有寺廟九十三座，佛像萬餘尊，僧尼七百餘人，融自然景觀和人文風光於一體，每日遊人如織，香火鼎盛。李笠於某日到此一遊，正遇上整個山景為大霧所籠罩，我們且看他如何在霧裡來寫九華山。

九華山遇霧　　李笠

十米外就看不到想看到的景了
你一定在霧裡。香火
叮噹作響，把世界鑄成一尊肉身金像
走來，磕頭，下跪
海嘯聲洶湧，一個不信佛的人雙手合十
而另一個人，一個老和尚
眉開眼笑，數著擁擠的人民幣
我們在這兩者之間穿行
時而挨著金像，時而挨著和尚
而這之外、霧！霧說「有便是無」

李笠這首旅遊詩，起因於九華山被濃霧包圍，使他十米之外就看不到山的外貌。便只好將在霧裡面正香火頂盛，鐘鼓齊鳴的廟內景觀作一番仔細流覽。結果他發現來廟內對肉身金像頂禮膜拜的，只有兩種人，一種是「不信佛的人」在雙手合十；另一則是眉開眼笑，「數著人民幣的老和尚」。最後在摩肩接踵穿行之際、他想起外面的霧，從霧而發現，這眼前一切才是佛家所透識的「有便是無」的真諦所在。他從佛學真言所體悟的是，這名山勝景在當今之世，連崇高的信仰亦不免淪為商品作公開交易，實乃一極端低劣的墮落行為。這九華山的一切崇高美譽，歷史定位都將因這一醜陋行跡化為烏有。詩人觀察冷靜深入，幾句詩就道盡一切。其實這種假信仰之名而行腐敗之實的風氣，已不止九華山一地，只是少有李笠這樣敢於放言揭發的詩人。

「北京」，中國大陸的神經中樞所在，乃歷史名城，曾經經歷過六個朝代的風雨興衰。而今更是世界注目的崛起大國的首都，提起北京，世界上的人，無論大國小國，邊疆角落的少數民族，無不豎起大拇指，稱聲「好樣的」。然而有個東北遼寧的七〇後詩人劉川（曾獲首屆徐志摩詩歌獎），卻用詩的語言，將現在熱鬧的北京，衛星定位式的素描出一番異樣風景：

北京　　劉川

外面

由一群遊客、外來者包裹著
剝開這一層層擁擠的人兒
裡面就看見密密麻麻的北京人了
剝開這些北京人
就會露出裡面許多鐵打一樣表情的軍警
再剝開這一層堅硬的軍警
其實最裡面
只是
一枚冰涼的國徽

這應是大陸文壇所一直懷念的一首非常標準的現實主義的詩，只是這現實已非「革命時代」只有頌歌才可當紅的現實。這皇城根兒的北京，一直是大圈圈內包圍著一個小圈圈，小圈圈內再有一個黃圈圈。只是現在大圈圈已不止一道，三環，四環連五環快速道都已快速完成，北京城已大到將附近十幾個州縣環在更大的圈圈內。擁至北京的中外各色人等，早將真正老北京住的大小胡同快折光，我那有正黃旗血統的岳家也只好一個個圈在多層公寓房內，這就是密密麻麻的北京人了。再往裡看，便是由軍警層層守護的中南海一帶國家行政中樞了。過去這裡便是皇帝老子頒發御旨，享受三宮六院前扶後擁的黃圈圈。現在則真的是只有天安門上那枚接受風吹雨打的國徽來代表了。這到底是揶揄大國崛起的某些失落，還是惋惜既往的風光不再，就憑看詩的人各自去隨意揣摩了。其實，世界上現在的哪一個國家不都是保護著那枚「冰涼的國徽」在「依法行政」麼。

原載於二〇一一年八月十六日《華副》

龐德論詩人

一九一五年元月住在紐約克爾哈曼區的現代主義大師依茲拉・龐德（Ezra Pound）給現代主義雜誌（*POETRY*）主編哈莉特，蒙羅女士（Harriet Monroe）寫了一封信，裡面大談特談他對現代詩的看法和主張，還月旦幾位有名的詩人。哈莉特・蒙羅認為「審美活動是不能脫離公眾或公共文化而獨立存在的，否則就成了毫無意義的行為。如果視詩為一種封閉於它自身世界，並按其自訂的規則與價值作出判斷，將使詩歌藝術引向空洞無用的修辭遊戲。」龐德的信中沒有呼應蒙羅的任何說詞，只是就詩論詩，道出一己對詩的見解。信如下：

親愛的哈莉特・蒙羅：

詩必須寫得和散文一樣好，語言必須是一種優美的語言，除了高度的簡潔以外，與一般的話語沒有兩樣。一定不能有書卷氣的詞義或倒裝句。一定要像莫泊桑最好的散文一樣簡練，像斯丹達爾散文那樣硬朗。

文字中不能有突然的感嘆，不可有飛起來又毫無著落的詞，縱然不可能每次都達到完美，但必須是一個為文者的意圖。

節奏必須有意義，不能僅僅是漫不經心的信筆所至；對詞語和感覺沒有絲毫關係和掌握，光是機械式的平平仄仄是不可以的。

不能有套語，用爛了的話，千篇一律的老生常談。避開這些毛病的唯一方法是精確，這是對所寫的東西高度精神集中專注的一種產物。對一個作家的檢驗就是他是否有能力精神專注，並且有毅力一以貫之，無論這首詩是兩行或兩百行。

客觀性，再一次強調客觀性。至於表達，不要前後倒置，不要有腳踏兩邊船的形容詞（像「腐敗了的苔蘚潮濕」），不要有丁尼生式的語言（按：丁尼生被視為英國文學史上最優秀的哀歌詩人），不要有任何你在一定境遇或情緒高潮時所不易說的話。每一書卷氣太濃的寫法，每一具學究氣的詞，都在消磨掉讀者的耐心，消磨掉對你的真誠感覺。

語言是由具體事物組成的，在不具體的措辭中作一般性的表達是懶惰。那是說話，不是藝術，不是創作。那是事物對作者的反作用，不是作者的創造性藝術。

「修飾」通常是抽象的——指的是人們在關於詩歌書本上所言的「修飾」。唯一值得去使用的形容詞是對段落的意義至關重要的形容詞，而不是裝飾性的形容詞。

理查‧阿爾丁頓（Richard Aldington）（按係意象派運動創始人之一）偶爾也能做到凝練，但他總有可能寫一點好東西。他有一點小聰明，有時又有一點自大而可悲的缺陷。有時又有硬朗的一面，從這一面裡隨時會出現一篇好作品。

弗萊契（John Gould Fletcher，一八八五～一九六〇）（按：係印象主義派詩人）是個唾沫橫飛，說話天花亂墜的，具印象主義氣質，半秒鐘就會激動萬分的人。

希爾達‧桃麗泰（Hilda Dolitte）（按：亦係龐德所組意象派詩人）和威廉‧卡洛斯‧威廉（William Carlos Williams）在感情結構上都比阿爾丁頓強，但缺乏即時的機智，需每隔一段時間才產生出好作品。

艾略特（T. S. Eliot）（為龐德的得意弟子，曾為艾略特的長詩〈荒原〉原稿八百多行，刪掉一半、僅剩四百卌四行）才華橫溢，但我對他認識還不夠全面，無法做出預言。大師也會偶爾觸礁，他應該從他詩中梳走那些新聞記者用的那些詞語。我祝林塞（Vachel Lindsay，一八七九～一九三一）（美國早年吟唱詩人，強調詩的音樂性）交一切好運，雖然我們走的不是一條路，但都盡力反對根深蒂固的老化。

桑德堡（Carl Sandburg，一八七八～一九六七）（桑德堡承繼了惠特曼那種對土地的熱愛、詩的內容現代化、形式自由、粗獷、強烈）也許會寫得不錯，但怎麼寫，他得好好學一下。我相信他的意圖是正確的。

我真的希望能在我的朋友和同好們的雄心中見到更多一點沙孚克利絲（西元七世紀前希臘女詩人）的嚴竣。新派作家的一般缺點是鬆散，缺少節奏上的講究和強度。其次，出現一種「濫用修飾」的傾向，把應該視為漩渦的東西作為招貼或刷牆水來用。關於艾蜜麗，狄金孫（Emily Dickinson，一八八〇～一八八六）則太糟了，為什麼她不能把自己想像成為一個文藝復興時代的人物，而要把自己成為一個精神上的領袖呢？她確實不是一個精神上的領導人呵！

好了，就此打住。

二〇一一年摘自網路，刊中時電子報

有人問這也是詩嗎

這個問題問得很直率，我們每天打開報紙或書刊，看到刊出的新詩，幾乎都會有此一問。但幾曾有人會出來釋疑？即使有那高明的學者評家，硬掰出個是非道理來，卻是越說越令人難以服氣。先不說這些，我們來先看這首會令人發生疑問的詩：

除夕夜十一點，我突然想去埃及　楊黎

我獨自站在橡皮的門前
突然想去埃及
不是為了金字塔
也不是為了女人們
（雖然從沙漠上走過時
她們從來不穿鞋子）

我想去，只是因為除夕的夜裡
街上一個人也沒有

現在再看評者李笠先生對這首令他困惑的詩，所寫厘厘落落的一大篇興問的雜感，他劈頭就說：

這是詩嗎？讀了兩遍，我問。題目奇長，十三個字。正文只短短八行（包括重複題目的結尾「突然想去埃及」），一碗清湯：除夕，傳統節慶，夜晚十一點的街上空蕩無人（這荒涼顯然因寒冷所致），詩中的「我」想去遠方，或者，逃離現實，生活在別處。別處是埃及，有「從來不穿鞋」在沙漠行走的女人，我到過埃及，拍攝過沙漠中走動的女人，她們穿著鞋，在沙漠裡赤著腳走路是要被燙傷的。注意，第一句，開場白，有個獨特的細節，即「獨自站在橡皮門前」。橡皮門是什麼？現代建築材料？一個女人的下身？或者另有他指，讀者必須自己去猜。接著是六行解釋想去埃及的理由：「不是為了金字塔，也不是為了女人，只是因為除夕的夜裡街上一個人也沒有」。這種表達，這種句式，或確切地說，這種思維方式是顯得過於簡單、粗陋，大有偷懶或投機取巧之嫌。

然而我錯了，過於武斷，沒看到有人說「這是首禪詩，一首貌似極簡實為禪意十足的上乘之作」，但若真為禪詩的話，我認為有開頭和結尾兩句就夠了。詩？這，是嗎？我懷疑，或者說悲哀。但既然有大名家推薦，那麼，它應該是。但我仍覺得缺了點什麼，複雜的向度？深刻的內涵？獨闢蹊徑的技巧？出人意料的發現？

讀了三遍，這首被一個名詩人推薦的另一個名詩人的作品，我不禁要問，為何要推薦這麼個東西？作為詩，它太輕浮，缺少對詩歌的恭敬。一個把散文句子弄成詩歌形式，既無思想又無技巧的「作品」將在一份有影響力的雜誌上傳播。

看完這洋洋灑灑雜感或隨感的文字以後，會發現這是一篇當今罕見的評詩文章，是大陸詩壇當今最夯的三位中生代名詩人中一位楊黎的詩作，詩人李笠對這首詩有了意見，他詫異這麼一首「輕浮」的作品，竟有另一位名詩家（未見名字，可能登在別的地方）推薦給大家看。通常文人之間一有爭論，多半會諷刺為文人相輕，互挑毛病。因之我們極少發現真正的批評文字，全是互相吹捧一番，免得大家傷感情。但敢站出來的李笠似乎不管這些，乃有「這是詩嗎？」的大哉問。（見「詩生活」詩網刊，二〇一〇年六月九月李笠專欄）

自古以來即有「詩無達詁」之說，但詩一旦發表出來必須經得起讀者的欣賞，和識家的分析乃天經地義的事。此詩很短，也一目了然，須以十三個字的題目來點明其主旨，首先就顯得多餘。詩中有埃及女人在沙漠上行走「從來不穿鞋子」一句，這是作者常識上的欠缺，沙漠上的溫度變化極大，高達四十多度乃平常事，連蛋都會烤熟，何況人皮的腳板。第一句的「站在橡皮門前」，「橡皮」這一意象表現極為曖昧，顯然用的喻何所指，可能連作者也說不出其所以然。至於其他對這首平淡無奇短詩的要求，如「複雜的向度」，「深刻的內涵」和「獨闢蹊徑的技巧」，連想也別用想。只能說名詩人的筆下太隨便了，以為隨便掰兩句便是詩，反正有那同氣相求的同好叫好，可他沒想到有個看不慣的程咬金——李笠殺了出來。當今的華文詩壇可真要多幾個這樣的程咬金來清理戰場。

寫到這裡，我們台灣真也出現了一個這樣不怕事的程咬金。中壯詩人鯨向海最近在中時人間副刊提出了「詩壇偶像」這樣一個題目，他說：「台灣詩壇雖小，也有偶像崇拜。而某些偶像詩人雖已失去了強大的創作力，由於舊日成就太輝煌，總是持續受到熱烈歡迎，光環不減。但人們崇拜的乃年輕時候的他們。這種尷尬往往顯示於詩人興沖沖想朗誦自己的新作，台下觀眾大喊安可的卻是幾十年前的舊作。同時這些偶像在作文學獎評審時，發現來稿已不是自己可以理解或認同的了，卻選出令眾人不滿的得獎作品。更別說那些利用偶像高位，突兀地發表種種毫無詩意的觀點，惹來莫名的爭議。」最後鯨向海建議，詩人最應該做的事情，就是好好寫詩，不要自以為自己真的是可以呼風喚雨的偶像。偶像是如此的脆弱，只不過是被眾粉絲所保佑的神明罷了。

鯨向海對「詩壇偶像」所作的指摘均是眾所皆知的事，大概除了麻木不仁或死忠的粉絲會認為不妥或不敬外，其他人應該會認同的。鯨向海最後的建議是絕對的正確，作為一個寫詩的工作者，除了寫好你的作品能證明你的身分外，其他的只能說是身外之物，絕對使你偉大不起來的。作為一個知名詩人或已被尊為詩壇偶像者更應對自己作為約束自制。

原載於二〇一〇年十月三日《四方文學》

讀方良《三十「躬命」塵與土》

這是一個講究「多元價值」的時代，人們由於自由意志的可以充份發揮，憑著只要我喜歡沒有什麼不可以的倨傲，連在家庭結構上也有「多元」的提倡，因此在詩的這塊沃土上看到也有「這個詩，那種詩」的多元出現，便覺這才是詩走上復興的一個好現象，詩已不會定於一尊了，真是「但肯尋便有詩」。

老友詩人方艮當年出道時，便是詩壇「方氏族群」中非常另類的一員。所謂詩壇「方氏族群」是指早年（民國四十五年左右）曾經以知性抒情耀眼詩壇的方思、神祕苦思的方旗、被余光中視為中國意象詩旗手的方莘，其後便是方艮了。方艮的詩所以另類是他被名家認為是男性詩人中的「婉約派」，當時的詩壇大老覃子豪、紀弦等人總把他與葉珊、敻虹這些把詩寫得美美的詩人論列，在選入台灣首套「中國現代文學大系」詩卷（一九七二年元月出版，巨人出版社）中的一首他的詩〈生命〉，詩中有這樣的幾句：

從你來　你是鹽
我的神
曾是從神來
而今　你是
海

你是海

無論從意象，從句型看都是那時最迷人的抒情詩，透著一份浪漫虛幻的苦澀與甜美。當年出版有詩集《朝陽》、《水鄉》、《旗向》、《濁流溪畔》（與丁穎、帆影、彩羽合集），那是方艮在台灣詩壇的黃金時代。

然而這樣的好景不常，方艮便突然無預警的從詩的這塊寸土上消失了。說起來公元一九六〇年左右開始台灣便走入一個經濟開始轉型的年代，加工出口區的設立引進了多少國外有名的電子工廠，提供了好多就業的機會，同時為因應電子工業的發展，許多可以在台設立的周邊設備製造工廠也由本地的有識之士應運而生。筆者也是那時從美國修習最新電子科技回台（一九六一年），我的同學一回台即被美商電子公司網羅而去擔任廠長之職，我想方艮之突然從詩壇消失，而出現在一些工商企業及電子公司担任要職，多半也是因難得有職業轉型的機會，同時正好貢獻所學為企業獲利，誰知一待就達卅年，而就荒廢了詩學的漸進機會、在詩壇消失得無影無踪。

在商場歷險三十年後，方艮終於鎩羽歸來了，他發覺還是寫詩好，只有詩才能真正一吐心中塊壘，於是我們又發現方艮體的美美的詩了，一點也不減當年的風味，可是他自謙不如當年，他一心一意想寫的是一首長詩，以一吐過去三十年在商界失魂落魄的經歷感受。他知道有這樣遭遇的人很多，但用文字而且用詩的方式把它表現出來的尚未出現，他知道這對他是一個極大的挑戰，他必須一切從頭開始摸索，無中生有的寫出這首從商經驗的詩來。經過一段長時間的苦思，他終於完成了這首三十節四百七十行的小型長詩，並命題為〈三十「躬命」塵與土〉。在此詩的後記中，他記下詩人周夢蝶曾以書法錄下日本作家川端康成的一段話送他，「你失去的跟本與你擁有的一樣多，反之，亦然」，他認為周公對他知之甚深。他自己也說「以片斷的回憶寫這首長詩，確有些累，讀者可能更累，為了彌補這三十年的失落，我還是寫了。和讀者以彼此的大腦對話，雖然沒有面對面，詩，就是另一種眼神。」

自有詩人這個行業以來，從前頂多只有詩人被拔擢去做官，或老來歸隱田園的，從來沒有那個詩人中途轉業去經商。本省籍詩人中也有家族本就是商家，但他們多半並未傳承，而改由求得高深學問而進入學院教學作研究。我們這些老芋仔詩人更是想從商也沒本錢，更沒這個機會，只有已故的詩人商禽，由於生活困頓，曾在福和橋頭設攤賣過幾天地道四川牛肉麵，結果不久即虧損得血本無歸。所以說台灣的現代詩中從來沒發現過寫商業的詩，或經商歷程心得的詩，方艮這本回憶他從事工商企業垂三十年的長詩〈三十「躬命」塵與土〉算是第一本，他替詩的多元價值體係增多了一項以商為主題的詩種。

長詩難寫，過去中外的長詩多半都有一個故事或一段歷史神話作主幹，沿著主幹作首尾呼應的發展，便是一首完整的長詩。但是像但丁的《神曲》那種宗教意味的長詩，古希臘的經典史詩，荷馬的《伊利亞特》和《奧德賽》現在都已無那些時間背景，沒那種專注的詩人去寫了，連我們傳統詩中唯一可稱之為長詩的〈孔雀東南飛〉家庭悲劇敘事詩，在傳統倫理道德淪喪之下，也已經是空前絕後之作。台灣早年反共時期文藝金像獎競賽，首次徵詩得首獎者為古丁的〈革命之歌〉長詩一千二百行，將國民革命全部史實，一一加以意象化、人格化，發為鼓舞、發為雄辯、成為一股波瀾壯闊的原動力，實是一部空前未有的現代白話史詩。現在在時空環境完全變換下，也再無人為此接力了。方艮這一本四百七十行的長詩取材前所未有，亦無一整體敘事背景供其作線性發展，全係他在工商界三十年打拼遭遇的零零總總各類風險挑戰，可以說是千頭萬緒，難以整理歸納成一有系統有頭尾的詩歌體系、如前述的中外古今長詩然。昔云商場如戰場，如讀此詩便知現代商場比真刀真槍，荷槍實彈的戰場更形複雜千萬倍，其爾虞我詐，勾心鬥角的有形或無形角力鬥爭的陰險更無以倫比，是以方艮完成此詩必定煞費苦心，不知熬死多少腦細胞、躭誤多少為自身病痛（近八十歲的方艮現正罹患膀胱癌末期）所應付出的心力。

如此龐大複雜且極後現代的反映當下商戰廝殺的詩，要找出一個現存的範例與之相較實在很難，我從西方現代詩的典範中去找，大概只有美國詩人艾略特的名詩〈荒原〉差堪比擬。在形式上方艮此詩四百七十行，分三十小節進行，而艾略特的〈荒原〉則為四百三十四行，分五大段論列，兩詩長度編排大同小異。在內含上，艾氏的詩動用了七種文字和三十五位名家的摘句、從舊約聖經、梵文經典、西方詩哲、詩聖如古羅馬詩人味吉爾、聖奧古司丁、但丁、沙士比亞、密爾頓至波特萊爾的章句，以至西方流行的歌劇和澳洲的軍歌也都一體全收，予以巧手編織，在詩中既可領略到西方文明的宏偉進化、更可享受到古典的餘韻，也可讀到無詩的現代口語。

而方艮此詩則全係現代工商界每日面對競爭所用的財經術語名詞，及與之打交道，隨之冒風險，跟著受波及的老闆、股東、董事、融資戶、經銷商、投機客等等商場人物之間的接戰交際情況，其中的詭詐計謀，下面這一段（十七）詩可以看出：

機件維修與進口材質在合約上不見影蹤
所以發現的漏洞是早已隱藏的暗溝
建物重估資材調整淨值提高
黑板上的線路在上方識笑
夥伴們　上轎吧

法說會結束後　才發覺自己是多麼愚蠢
數字的密笈是建立在時間的見證中
過濾講稿　從良知出發
是滿紙的嘲諷

而下面第二十段描述的場面更反映出商場中鬥爭的驚險：

驟風急雨傳來證所稅的雷聲
而證管會的總機被一堆跳樓的幽靈霸佔

說是狂跌不如說墜入深淵的滑板
誰的吶喊無人分辯是空是命是絕望
丙種業者一如萬能的金箍棒
沒有人知道　一揮即止或一挑即上
唯有斷頭籌碼遍地哀鴻
無人救無人看無人擦拭棒上血腥

可以這麼的歸納，艾略特的〈荒原〉五段：「死葬」、「棋戲」、「火誡」、「溺斃」、「雷語」其所傳達的旨意，不外藉這些經典的隱喻道出古代生活的文采風流和現代文明的空虛無聊作一強烈對比，以象徵人在缺乏精神修為和日益工業化的社會病態下，將淪入萬劫不復之境。而方艮此詩則無異指出在現在資本主義商業導向、唯物質文明至尚的當今社會，所形成的人性惡質惡化的成因。

方艮在此詩後記中說「以片斷的回憶寫這首長詩，確實有些累，讀的人可能更累。」誰說不呢？其實艾略特的〈荒原〉從發表至今每個讀的人無不喊累，咸認是有史以來最難讀通的一首詩，雖然為解釋〈荒原〉的註解有的多達四百多條。而方艮此詩結構之多面性，引用工商業金融業名詞術語之專業性、複雜性，以及財經資訊流通之快速敏感其所可能造成的之引爆及風險評估，甚至老闆、主管敏銳多變的嘴臉表情脾性都會早晚時空不同的出現，不入此行的外人，觀風景看熱鬧的路人是會有撲朔迷離之感的。何況詩是以片斷回憶連接而成，不能構成一上下混元一氣的整體連通；再加太多專業性意象的隔閡，正像後現代拼貼藝術一樣的令人待解，詩中當然也有一些感性的片語，如「時間回答說：我不是歲月／我是永恆」、「昨夜夢中的翅膀是無形的傘／簡單的飛翔久而久之成了不簡單的自由」，但這些詩性語言只能說是偶而出自感性的滑潤劑，減緩語言跳接的鴻溝。因之我認為這首出自「知命達人」方艮的長詩〈三十「躬命」塵與土」〉，是詩這多元家族非常罕見的另類的一「元」，它記錄出這後現代情況下工商財經這一板塊的詭變風雲及身歷其境者的整體感受，是詩世界中的一朵奇葩，亦可以說是一歷史見證。（按：方艮長詩〈三十「躬命」塵與土〉已發表於《海星詩刊》第十期，二〇一三年冬季號）

原載於二〇一四年《文訊》二月號

魔方中的詩質

——須文蔚詩集《魔術方塊》賞析

這是一個「但肯尋詩便有詩」的年代，但看我們今天出現的詩五花八門，幽深織廣，各種招數盡出，便知清代袁子才〈遣興〉詩的這頭一句，可說預示得非常有遠見。已故臺灣詩壇前輩覃子豪老師也說過，詩是一種未知，正等待我們去發現，也是同樣道理。

須文蔚的這本詩集以《魔術方塊》作為書名，看似一極為通俗的消費性的符征，實際上充滿著極為嚴肅卻又難解的吊詭，形成一個頗為複雜的隱喻，十足顯示這位國內罕見的搞數字文化科技的詩人，對這個紛擾的世界有著與眾不同的看法與見解。「魔術方塊」乃一對等性的三度空間立體結構，其中又由六色六面各據一方，每面又分為中央塊六個，角塊八個，和邊塊十二個，排列組合成一種艱深的各據一方的掌上益智型積木遊戲，由於當其被扭轉亂套失去應有定型排列時，破解還原非常不易且費時，遂亦不失為一加強腦力激蕩、腦筋加速急轉彎的鍛練工具。文蔚在這首詩的一開始即點出：

我們以不同色彩伏貼在
不停翻轉的立方體上
……
我們總在顛倒的空間中張望

誠哉斯言，我們可以以此顯微的角度，去追溯這整本〈魔術方塊〉中所呈現的詩的肌理，省視他在不斷顛倒排序的立方體空間中張望到了些什麼？又創造了什麼？似乎這是我們讀此詩集的人所感興趣的事。

《魔術方塊》詩集概分為五輯，各輯均以同性質詩的歸類。卻也不然、作者詩的觸角就像刺蝟樣的多端伸出，因此即屬同性質詩的彙集，也都可感受到每首詩所予人不同的詫異與驚奇，表示出作者對每首詩的經營都有每首詩的立意，無論從詩思的確定、意象的安排、語言的表現都絕不重複、力求創意，表現出這是一本令人目迷五色，不斷有新事物突出的詩集。這裡面有〈長著貓尾巴的鸚鵡〉的異常、也有〈一百隻犀牛負傷逃出廸化街〉的觸電新奇。當然更有懷舊的但也令年幼一輩聞所未聞的詩，如〈陪父親看失空斬〉及〈帶你去找我遺落了的乳牙〉。它告訴我們詩是一種意外，一種發現，一種讓已遺忘的記憶，重新發掘出來，溫暖我們麻痺了的心靈。我們的思考力會老化、靈感會枯竭，但詩永遠年輕。但肯尋詩便有詩，詩會透過文字語言的巧思從不同時空出現。

臺灣詩人成長的方式很特殊，可以說都是野生植物般自生自滅。像我等老生代寫詩的，內戰把我們從大陸內地趕到了臺灣，孑然一身，學識低能得有如白癡。我們無一技之長，最後選擇去學習寫作，完全是出乎生存的需要，和年幼時讀過一些啟蒙的古典詩詞所致，這樣的條件去求詩，有如根本不識水性的人，去泅游大海，不馬上滅頂，已是萬幸。然而我們一寫便是一生，而且仍樂此不疲，繼續在寫下去。

而緊跟在我們後面、二次大戰後出生，現在已是中生代的詩人則與我們大異其趣。他們在無風無浪，經濟繁榮，政治穩定的太平局面下成長茁壯，個個都求得高學位和專業知識，他們投入這塊前人開拓出來的詩墾地，吸取了當年詩壇前輩在兩次新詩論戰的經驗教訓，從而厘定詩的追求方向，不再盲目追求陌生的、源自西方的現代主義或超現實主義，更未跟隨一九八〇年代以來的後現代風潮，不再依附任何派別組織，創出自已獨有的一片天空，這是當今臺灣新生代詩人的特有風景。

須文蔚出生較晚（一九六六～），屬臺灣中生代後期的詩人。當前期的中生代詩人一個個冒出頭來，令人刮目相看，突出各自不同的詩風時，須文蔚尚蟄伏在詩刊和學院之間發表少數作品，同時主持臺灣最早成立唯一獲得政府支助的「詩路」網站，他藉此蓄積能量。這個時候他對加拿大詩人兼鄉村歌手Leonard Cohen（Beat Generation的後繼者）的幾句名言最為欣賞，Cohen說：「詩只是生活的證據，若能盡情的燃燒生命，詩不過是層灰。」這個時期他寫了許多讓記憶還魂的好詩如〈檨仔樹〉（噶瑪蘭人視為的「聖樹」），〈陪父親看失空斬〉（一首道盡父子兩代深情和相惜的詩）、和〈在子虛山前哭泣〉十六首短詩集成的組詩，這組詩裏交雜著十六種不同的狀況，有時令人驚心，有時令人自責不智，其中有一首小詩題名〈來到河邊吧〉，只有四行：

其實水是柔順服從的僕人
服侍著你種一棵樹，在此之前
能請你離開電視機裏無聊的心理測驗
到河面收視自己的眼波

似此巧黠的提點，是要讓人在作某種認知之前，先要認清自己，有常言所謂「去撒泡尿照照」的味道，這是一個隱喻氾濫的時代，這首詩的技巧不同於一般。

待到民國百年前後期間，須文蔚在學院和文化藝術各方面已取得一定的地位，新聞研究所博士的獲得、高升系主任、被羅致擔任公視董事等等事業的順境，同時也墊高了他詩的視野。他認為：「隨著『全球化』的論述撲天蓋地而來，現代詩人面對更加現代化的社會與文化環境，也面臨跨國經濟商業浪潮的衝擊，詩人置身於無可遁逃的文化際遇中，書寫時更需掌握血液裡的古典傳統語境，找到當代的抒情聲音。」這種有別於一般詩人專注於一己之思，罔顧窗外已無異於萬花筒變化多端的全新面世觀點，顯出這就是須文蔚作為一個學者詩人的高明處，與眾不同處，尤其他提醒大家：「要掌握血液中的古典傳統語境，找到當代的抒情聲音」，更是發人深省，也確實刺痛到了時弊。

然而文蔚不但是一個跟得上時代的詩人，更是一個超越時代的科技詩人，在面對眾多自外於資訊產品的使用，仍然滯留在手工業時代作撰稿傳輸的遺老作家時，他早已在默默涉足「數字科技文化」的領域，曾兼任東華大學數字文化中心主任，現則正協助臺北市成立數字臺北文學館，儼然已是國內從事數位科技文化的權威。按所謂「數位」實乃電子計算器發明後所唯一認識的「0」與「1」兩個數位，即電腦所用來運算的「二進位」制的數學元素，而非歷來使用的十進位制繁複的加減乘除，「二進位」英文稱作「Binary Digit」。自「集體電路」發明及廣泛運用後，世界已進入一「微電子科技」全然統治時代，一切數位化已成一不可逆轉的趨勢。「集體電路」可說全為「數位化」的快速處理而設計，如果沒有指甲大小的電路晶片，就會沒有現在全能的「數字相機」和「智慧型手機」。須文蔚在數字文化這個領域探索，知道各種資訊知識已進入一個大匯流的時代，文學和圖像、多向文本已開始整合，也進入一界線模糊的空間。詩文學一向勇於冒險，也慣於向未知挑戰，因此他在蘇紹連、向陽、白靈等中生代前輩詩人之前，已從數位文學出發，作超文本詩創作的實驗。這本《魔術方塊》詩集第四輯中即有這種「觸電新詩」數首。這種利用數位技巧將詩與圖像結合，使詩成多義性、多樣性的呈現，是一種開拓詩領域向各種可能發展的最新途徑，須文蔚在使詩的走向不致停滯，也功不可沒。

須文蔚並非像我等老生代一個個別無所長，只會寫幾句詩的專職詩人，更不是如前行中生代詩人樣多已進入學院教學或作研究，幾乎多已無多少詩創作交出。須文蔚雖仍棲身學府，但他博學多能，興趣廣泛，接觸面廣及東華大學所在的花蓮社區和兩岸大學校際間的交往。在這麼繁忙的時間支配中，還有這麼多的詩創作結集，而且所有的作品中，都沒忘他是一個地道的臺灣詩人，詩中充滿在地的臺灣文化元素，值得我們由衷的佩服。看到他的這本涵蓋面極廣，關懷面極深的詩集，我覺得我們的詩前途特有希望。

按：文中所引須文蔚教授的幾處發言，均為他在三本「食餘飲後集」《七弦》、《眾聲》、《喧嘩》中他的選詩前的「詩觀」。

原載於二〇一三年十月全國新書資訊月刊一七八期

樂活在當下

活著是一種樂趣，也是一場苦戀。活著有時會很逍遙，有時卻是處處桎梏。

曾經有人要求我們活著要「養天地之正氣，法古今之完人」。也曾有人要我們活著「以國家興亡為已任，置個人死生於度外」。

活著是一個迷惘的無限延伸，活著也如達文西密碼難以破解。有人死皮賴臉理直氣壯的活著，有人認為好死還不如賴活；有人即使已經靠插管維生，只要有一口氣在，還是在斤斤計較一塊五毛的活著。

沒有人要求詩人要怎麼活著，但對他所寫的作品，必要求活生生的寫在當下。已故詩壇祭酒覃子豪先生，在一九五四年他創辦《藍星周刊》的創刊號序言中即闡明，「我們不寫昨日的詩，不寫明日幻想的詩，要寫今日生活的詩。」剛剛過世的百歲詩人鍾鼎文老師要求更嚴格，他在一次有眾多寫詩人聚在一起時，像革命黨人誓師北伐時說的一樣，「我們要寫一首比我們生命稍長的詩」，兩位前輩都是在說，我們要寫活在當下立馬到位的詩，而且這首詩要在我們咽下最後一口氣後還是活著。

世上有多少詩人，就有多少種詩人活著的方式，也就有多少詩人活著的不同資訊傳了出來，你不得不相信這世界儘管在到處鬧著「白茉莉」寧靜革命；地球暖化，北極冰山高速溶解，離地球沉沒已沒多少時日，可是詩人還是活得五彩繽紛。一位詩人叫高玉磊的寫出了他活著時的處境：

活著　高玉磊

兩隻黃鼠狼
一隻住城南
一隻住城北
城東住著一隻母雞

很多年後
我才發現我是一隻公雞
住在城西
為兩隻黃鼠狼而活著

這個戲劇化的場景，是一首寓言詩，寫出存在的荒謬是無論身在何方，處在何時，都是在等候著一種威脅降身，只是遲早而已，不乏先例。與那句歇後語「坐吃等死」沒有多少分別，是一種宿命的苟活。

有人明知一生沒有幾多時間好浪費，不如看開一點，偶而找一些輕鬆的餘興節目消遣，也是一種活著的生活方式。有位名字怪怪叫做囚肉的年輕詩人寫了一首詩寫出窮極無聊，趁機及時行樂的調侃味道：

插播時間　　囚肉

抽根煙吧
調個情吧
放放風箏寫寫詩吧
星期六星期天像兩個卵蛋
我拿在手上當作健身球玩
我現在正在學習浪費時間
人的一生有幾斤乾糧呢？

有位叫做吳兵的詩人，他用十一節組詩，寫出了所謂「活著」的一些道理，娓娓道來確實讓人信服，通過美好的想像，一切都會甜甜蜜蜜，他認為這並不難，只要活著便觸手可及：

觸手可及　吳兵

1

陽光滲入體內
穿梭，骨節輕微響動
所謂活著
就是把那些穿梭和響動
想像得
像櫻桃那樣紅
像蘿蔔那樣脆

3

他鄉的細沙可以當作藥
敷給內傷一些溫熱
薄如蟬翼的感情
捉摸不定的飛翔
不要落下來
河水依然緩緩流動
倒影依然慢慢搖晃

5

不要什麼甜蜜
只要一些風輕輕吹過
只要一件薄衫
像月光一樣薄

月光一樣的薄衫
隨手而來

只一件
甜蜜就隨風散開了

這首詩還有很多美好的，幻象似的「活著」情景，太長無法細備，即此三節，也活得夠滿意了。不過，也有人認為，這不就像「阿Q」一樣的活著。

一位住在歐洲的詩人名叫克文，他專寫「九行」為度的詩，有四行加五行的九行；有三行加三行再加三行的九行，總之就在九行之內變換隊形，只要成詩就好，他似乎樂此不疲，「阿克詩九行」成了他的招牌。有首九行詩名叫〈活下去〉：

一切都可以活下去的
坐在一棵大樹下
樹葉在風裡陶醉
偶爾漏下一些無關緊要的囈語
決定在一片草地上活下去
那些不知名的小蟲就是最好的榜樣
活下去的火車有著完整的軀體

穿過隧道，穿過黑暗
前面就是果園，那蘋果原諒了一切

我這人一向活得很自在，可說從來沒有太多高蹈的欲望，而今已是八十五歲，總是被人認為虛報年齡，怎麼看起來，頂多五十八歲，這外表騙人，真是有口難辯。最近我寫了一首詩，也許可以解釋我看來「幼齒」的究竟原因，我就是這樣活著過來的：

我家外面

我家外面
沒有鐵蒺藜　沒有鐵絲網
無論江洋大盜，燕子李三
隨時歡迎來訪
反正我家裡面
也沒有什麼值得誰伸手偷搶

我家外面
除了爽朗的陽光　光潔的月亮
和一口清澈的大水塘
隨時有好奇的生物來訪
有的臉圓得像向日葵，有的
蜻蜓點水式的伸頭一探

我家外面
其實並不門前冷落
當然也不可能門戶為穿
有時在家高唱「一馬離了西涼界」
興起之時寫幾句詩打趣自己
那管它外面成敗悲喜

比我小三歲的日本當代著名詩人谷川俊太郎，去年（二〇一一）十二月中得到中國民間所舉辦的「中坤國際詩歌獎」，他的名詩〈活著〉一直為人傳誦。這首詩是為日本大地震受難災民而寫，他歌詠生命存在的價值，發現「當下活著」是如何的可貴與美好，他呼喚不幸的災民們要面對無常，要堅持自身生存的勇氣。〈活著〉分五小節，連題目共四十行，現在不分行以分號斜線連綴如下：

活著　谷川俊太郎（日）

活著／是活在當下／是喉舌的乾渴／是枝椏間日光燦爛／是倏忽想起某段旋律／是打了噴嚏／是牽起妳的手

活著／是活在當下／百折裙／天文館／約翰．史屈勞斯／畢卡索／阿爾卑斯山脈／邂逅所有美好的事物／以及／要小心隱蔽的惡

活著／是活在當下／是可以哭／是可以笑／是可以怒／是自由

活著／是活在當下／是現在遠方的狗吠／是現在地球的轉動／是現在他方出生的嬰啼／是現在他方有士兵負傷／是現在秋千擺蕩／是現在時間流逝

活著／是活在當下／是鳥兒在振翅／是海浪在呼嘯／是蝸牛在爬行／是人與人在相愛／是妳手掌的溫度／那就是生命」（許偉泰改譯）

這位日本現正當紅的詩人呼籲大家要「活在當下」，要正視現實如此的美好，可以有嘻笑哭怒的自由，可以邂逅所有美好的事物，可以牽起妳的手，妳手掌的溫度，那就是生命的實證。看到他這首主張積極〈活著〉的詩，使我想起伊朗詩人阿巴斯，他在一九九〇年伊朗遭受八點九級強震後，親自到現場去感受那種徹底毀滅的淒慘況味，然後他拍攝了《生生長流》（英文原名 TheEarth Moved We Didn't）這部紀錄片。他發現災民雖背負著極大的沉痛哀傷，卻是以一種充滿積極有信心的態度，面對生命，繼續生活。因此他非常贊同生命不該在遇到災難時停擺，生活更該在重建中繼續，「地球雖然在悸動，我們卻不為所動」。這也是在強調大家要「樂活在當下」，尊重生命的最高期許呵！

原載於二〇一二年十一月二十九日《中華副刊》

新詩品種層出不窮
——介紹「小說詩」、「日誌詩」、「鬼扯詩」、「廢話詩」……

廿一新世紀隨身跟進帶來的所謂「後現代」，真不知這「後」何時會「後」完，創新的點子這麼層出不窮，腳步遲滯者多會眼花瞭亂得跟隨不上。當年「後現代」初始時，詩的這個品類多出了好多新的命名，譬如「都市詩」、「情色詩」、「政治詩」、「下半身寫作」、「詩到語言為止」等等所謂後現代現象寫作詩種。而現在在所謂「跨界」或「跨領域」等詩戲謔運作的勇猛鼓舞下，又多出了一些詩的新花樣，更讓人感到要趕上這個後現代真難，再用功、再用力氣的人也仍然會感到掉隊落「後」老遠。

臺灣剛剛出現了兩個詩的新品類，先是所謂「小說詩」，繼而是「日誌詩」。前者是由青年詩人「煮雪的人」出版《小說詩集》，來挑戰小說與詩各自的規範，達到兩者融洽調和，成為一種新興詩體，亦如早年「散文詩」的出現，然後至今仍存在然。而由老詩人藍雲出版的《日誌詩》，則是另一種詩的挑戰，他的「日誌詩」並非以詩的語言來記每日的生活瑣碎，而是挑戰自己的智力與耐力，堅持做這種「每日必交卷，交卷必是詩」的苦工，對一個七十好幾的高齡詩人而言，必是一種重大的考驗與折磨，然而他做到了，已經出版呈現在讀者面前接受指點。

就在此時，一位學院派主力詩人，曾經在學生時代得過九屆全國學生文學獎的唐捐博士，突然伸出了來自日本摔跤絕技的「金臂勾」，寫出了一本令人難以招架的《金臂勾》詩集，秀出了臺灣詩壇真正具震撼性的跨語言，跨文類屬性的一種怪誕詩，評家李進文認為他延續了魯迅在《複讎》中所言「以死人似的眼光，賞鑒這路人們的乾枯」，可視之為怪誕的升級版。另一早就在BBS網路時代即是跨界先鋒的青年詩人鯨向海，在為《金臂勾》一書的推薦語中，更語驚四座的說：「有史以來最不堪的金鋼變形超屌體與最瘋狂的十八層地獄亂入鬼扯詩」，自此我終於又發現了一種新詩體「鬼扯詩」。

「鬼扯詩」也罷，跨界，跨文體寫詩也行，我總認為我們臺灣的詩還是在詩的正常軌道上求超越求進展，縱然常常語言奇特，意象駭人，但總還是一種創新，不像在此同時，大陸詩壇出現了爭論極大的「抄襲詩」和「廢話詩」，就顯得有些發展得離經叛道了。

先說「抄襲詩」，大陸知名的《詩選刊》雜誌舉辦二〇一一年年度詩歌獎中的「先鋒詩歌獎」，被一位八〇後的女詩人代雨映獲得，發佈後一位名叫衰老經的評者以題為「一個詩歌嫩模的橫空出世」為題揭發了出來，副標題為「兩年不過卅首，首首都是抄別人」。他將三十首得獎詩鉅細無遺的公佈出來，並標明抄襲的出處，多為大詩人、名詩人的作品。其中有一首中的詩句居然係偷自我們臺灣名散文家簡媜女士的散文名篇「四月裂帛」，真是膽大妄為之極。最不可思議的是，這麼明目張膽的通盤抄襲，居然能通得過那麼多知名大評審的法眼，而贏得先鋒詩歌的美名。有一位漢家先生看過這些抄襲作品之後撰文說，令他驚異的是「代雨映抄襲合成後的詩歌，具有著驚人的風格一致性。也就是說，這些東拼西湊的文字、居然能歸攏於一統一的語言風格和意境。」他感到可怕的是，到底什麼是好詩？散文分行會產生怎麼樣的詩歌效果？怎樣評價「類詩歌」文體的價值？都是值得反思的問題。

代雨映抄襲事件之後大陸詩壇掀起新一輪的語言狂歡，叫好者有之、漫罵者有之、寬容者有之、看熱鬧者有之。最後代雨映在三月三十日公開道歉，聲稱藝術沒有獨創性，就意味著剽竊。我這個路人甲，在網路留言版上道出了我的感概，我說「對每一個『橫空出世』的大詩人、天才詩人我都一直保持懷疑態度，尤其現在有那麼多偷懶、鄉愿、不負責的主編、評審或專家在掌權，更有一批專業的造神部隊，連泥菩薩都可塑成靈驗的太乙真人，叫我如何不謹慎一點去相信這是不是真的原創。」

再談所謂「廢話詩」，先把這首惹起風波的詩錄在下，大家看看是不是「廢話」：

對白雲的讚美　烏青

天上的白雲真夠白啊！
真的
很白很白非常白
非常非常十分白
極其白
賊白
簡直白死了
啊～～～～

前衛青年詩人烏青十多年前寫的這首作品不知怎麼被人挖了出來，引來不少人的調侃，有人直言「烏青體的詩，是廢話說到最夠『廢』就能成詩。」由於全是形容詞堆砌的大白話，人人看得懂、人人似乎也可以寫，於是模仿此一體的詩便滿天飛，大陸各行各業都有廣告詞在學烏青體的詩，就像娛樂圈的打歌一樣被操作得火紅。於是「廢話詩」這一詩的新品種便風行了起來。當然撻伐之聲便也四起，有人說這是形成對詩命名的一個尷尬笑話，如果烏青體的「廢話詩」能夠成立，那就等於取消了詩歌的基本形態。然而詩的基本形態早就被胡適之先生推翻了，現在寫的都是所謂「自由詩」，「廢話」不就是「自由意志」下的自由談笑麼？倒是烏青自己一點也不在乎，他說「其實我受爭議最大的詩並不是這首〈對白雲的讚美〉，而是十二年前寫的〈月下獨酌〉，我將李白的名詩〈月下獨酌〉後面再加上一句『這首詩是李白寫的』，誰能說它不對？」對此，香港詩人廖偉棠表示他另種看法，他說「這樣的所謂詩，唯一價值就是顯示作者的語言貧乏程度，已經達到極限。」烏青馬上反駁「在廖那種詩還是被技巧化，即使技巧，表現宏大也是過時的。」

有人發現這「廢話詩」其實是三四年前備受爭議女詩人趙麗華的「梨花體」的翻版，趙詩也是白到等於扯談的大白話。怪不得第一個站出來力挺烏青的便是趙麗華。她言辭犀厲的說：「近來有些傻瓜喜歡對詩歌說三道四。我早在十年前就對這首詩驚為天人了。這樣的詩歌是對以往過度修辭，故作高深、拗口詰牙的詩歌的一種反撥，是對宏大敘事和假大空的主流話語體系的一種顛覆；是對一切所謂能指、所指、詩意、寓意以及強加於詩的陳腔濫調的比喻的澈底切除。」

趙麗華這番話其實是與當年韓東、于堅、王寅等人提倡「口語詩」，所謂「詩到語言為止」的主張相類似，也是對那些繁複的修辭主張、藝術主義等反感，想讓詩歌和現實生活靠近一些，因而在語言方式上，拒絕特別書面化的語言，傾向於以口語寫作。於是于堅、韓東等這些「口語詩」派的大詩人也表示肯定〈對白雲的讚美〉，于堅還說這首詩我以前就說好，現在又看見更多，他的好詩真不少。韓東口氣很凶，他說「你說那不是詩，那是你的無知。」四川一位年輕詩人何小竹指烏青這首詩是「反詩」，是詩人之所以成為詩人必經的過程。詩不像小說可以參考前人的典範，詩歌每首都必須創新。他認為這首詩是烏青對詩語言的新發現。

看起來「廢話詩」果真是對艱澀修辭推砌的所謂「現代詩」的一種反動了。其實這本也是很正常的現象。只是我這路人甲一直認為，無論在詩字前面加上任何指涉的形容詞，「政治詩」也好，「情色詩」也罷，「廢話詩」也無不可，前提是必須仍然是詩，不能光有政治，儘是情色，廢話連篇，毫無詩語言的含蓄，張力等美學成份。究竟詩的口語化並非下里巴人的自來腔、順口溜，詩仍應是一種經過修飾整理有深度的文字藝術。

原載於二〇一二年五月號全國新書資訊月刊

詩的想像力弔詭

詩寫到頭髮全白，總會被人誤為應是一本詩的百科全書，詩的萬能博士。詩的各種問題會紛至沓來「請教」。當然各種美譽會接踵而來，而不同的詆毀、誤解自然也會應運而生，使人哭笑不得。然而把幾十年的讀寫詩的心得，密藏不外洩，總覺有點自私。而隨便道兩句經驗之談，或指出一兩處如何去寫，該如何如何的借鏡參考，而使問的人豁然得益，那種快感，也是我至今仍樂於助人的原因。

前幾天我收到一束詩稿，要我看看他的詩有什麼問題，提出一些建議，供他參考改進。他是一位已經有三十五年詩齡的詩人，過去的詩一直在一些詩刊上發表，無怨無悔。但也無人聞問，有如角落裡的一株小草，在自生自滅。現在他想走出同人詩刊，到報紙副刊或文學雜誌上露臉，但經過這幾年的投稿試探，從未成功過，不是退稿，便是石沉大海，渺無音訊。終於他懷疑起自己到底出了什問題，找上我來「指點迷津」。我看了看他的詩，雖無特別動人之處，但也中規中矩，謹守一個詩人應守的本份。但是詩文學這一行最無情，守成便會遭冷寂以待，創新才會令人括目相看。台灣的詩人多如過江之鯽，多半都只能擠在同仁詩刊裡相濡以沫，從未接受競爭的挑戰過。有這種同樣遭遇的詩人太多太多，我自己便是過來人，近些年有人說我「向晚愈明」，即是說我到晚年才漸漸發光，原來過去幾十年都是晦暗的。寫詩人的命運大抵都是如此，幸運之星鳳毛麟角。

因此對於這位同行的「請益」，我從他作品中實在找不出什麼問題，也無從建議什麼。除了把上面的話委婉的同情並安慰他以外，我也找出了兩三位中外名家對詩人這一行業的真心話，供他瞭解凡詩人的處境幾乎全都一樣。有我國文壇教父之稱的魯迅曾經說過：「沒有非凡的才華，最好不要寫詩，好詩讓唐朝人寫光了。」又說：「有人說詩人重要，認為他的詩左右著一個時代的風氣。其實事情往往也會是另一面，時代的風尚會從不同的創作傾向詩人中，挑選那些適宜大眾時尚氣味的，從而使他們成為『著名詩人』或『先鋒詩人』。」魯迅這番話，至少是一甲子前觀察所得，拿來對照現在，似乎仍挺適宜。只是我不同意「好詩讓唐朝人寫光了」這句話，唐朝人的時空背景能和現代人相比擬嗎？我們就不能寫出我們這個時代的好詩嗎？

也許當代英國詩人蕭恩・奧布來恩（Sean O'Brien）說得比較實際。他在第三次贏得「前鋒詩獎」表示，他把他所從事的詩的寫作視為一種「折磨」，而非事業。他說「詩的前途非常難以預測，報酬也不太好。如果有人要擇寫詩為業，我會勸他，趁早另圖他就。但假如天注定讓你沉迷其中，那就沒有什麼好選擇了。」他還呼籲年輕詩人要勇於對名利的誘惑說不，要耐得住寂寞。在詩藝成熟前，不要過早付予出版。現代人遇事總要馬上看到結果，但詩不應是這種方式。這位英國詩人說的可是經驗之談，絕對不是故意潑人冷水，或者吃到便宜賣乖。只有受過這種折磨的人，才會說出這種肺府之言。詩之路也如殺戮戰場，唐朝不知等死掉多少被折磨一輩子的詩人，最後才留下李白，杜甫和李商隱等少數幾人，享受後世千百年的尊仰。

說到這裡我要回到前面那位問計於我詩的同行的故事，這位老實詩人問過我之後，又拿著他的作品去請教一位當紅且掌權的中生代詩人，誰知卻得到了「你寫的根本不是詩」一的回答，說他的詩中既無意象的表現，又都是白描的語言，詩不應是這麼平白無味的。這下他受挫更大了，但他對詩卻是忠誠無比，百折不饒，他認為大家幾十年來都一樣的寫新詩，為什麼別人寫都可上大報，我卻只能窩在同人詩刊裡發表，原來寫了幾十年，寫的都不是詩，那到底是什麼原因呢？最後他歸罪於自己學識底子太差，對詩的認知不夠，他非得在詩學方面多求點知才行，於是他以近七十的高齡考入一家大學的中文系，經過四年的苦讀，他終於得了中文的學士學位。這樣的文學深造以後，照他的想法，他現在應該可以寫出高深有學問的詩了。事實上，他回來後，連他過去的同仁詩刊上也都沒有他的詩了，我問他怎麼不再寫詩，他回答我現在是根本不敢寫了，連過去那種不被承認是詩的長短句也寫不出來。我不敢再和他說什麼？因為我也很困惑，究竟詩真是一種學問的表現嗎？還是「熟讀萬卷書，下筆如有神」那句話是騙人的。

下半局我要說的是另一種困惑。兩岸開放後，參加了很多詩會，也接觸了不少老詩人，發現很多當年主領風騷的老詩人，如藏克家、邵燕祥等都回頭去寫平仄合韻的舊詩去了，更多是寫五四時代的豆腐乾體。全國性的大型詩歌朗誦會上，如隔年一次的中國詩歌節，朗誦的詩幾乎全是唐詩宋詞，第一屆中國詩歌節兩小時半的豪華詩歌朗誦會全部朗誦節目中，新詩只有戴望舒的一首〈雨巷〉和余光中的〈鄉愁四韻〉，其他全係古詩。又由於舉行的地方正是李白的墓地及汲水月而歿的南京采石磯，所以又以李白的作品最多。新詩革命已近百年、新詩作品千千萬萬，難道就不能多幾人的新詩作品朗誦出來，以向這麼多年來新詩人的努力交待。至少新詩人不會感覺白費了一輩子的力氣。

這種舊詩又被重視的現象在中國大陸複雜且凡事控管的環境下，自不足為奇，奇的是這股復古的風氣也在台灣許多重量級的老詩人的身上出現，他們不是回頭去寫古典詩，而是將古典名詩或近代名作拿來仿寫或進行解構。在這種詩有各種可能出現或發現的今天，將這些經過時間考驗的好作品拿出來仿寫或解構使之另出新意、甚至超高舊作，當是一件可喜的事，可是我們看到的並非如此，且全是令人非常失望的作品，遠不如原古典的高妙。究竟那些都是經過千百年時間陶冶出來的精品呵！

就以仿寫來說，在此電腦仿製（simulate）技術軟體高度發展的今天、一個指令下去，無論要仿什麼都可以立即仿真得微妙微肖，且花樣多端，比手工製作的精緻精彩多了。大老們的這種作品已經在網路上被指名道姓的指摘了，而且話都很難聽，有人在看過某大老在年度詩選入選的作品後，認為那是詩思最不堪的一首詩，簡直就是新詩草創時期的水平，且說今天的他既然詩藝大退步，真希望他退下詩壇去做些翻譯或寫些畫評。另外一位以自己的書法大量仿寫別人作品的大老，被仿寫者雖都獲得一份筆飛墨舞的仿寫原稿，然對自己的作品被仿寫也覺得並不盡如人意。其實老了之後腦力退化，甚至會失憶，都是無法逃脫的命定。愛因斯坦曾經對現代藝術說過一句名言，那就是他認為「想像力比知識更為重要」，他覺得知識受限於我們所知道，所了解的事實領域之內，但想像力卻擁抱了整個世界，甚至那些尚未被發現、被了解的領域。從這一簡單定律推論，我們可以發現那位因詩而追求學問，結果有了學問而仍寫不出詩的同行，實在不是他沒有知識學問，而是他缺乏去發現詩的想像力。而老了之後放棄他本來好的新詩，回過頭來寫舊詩，也是因為舊詩只要熟讀幾百首，不會吟詩也會吟，而新詩則全係無中生有，這也是老了之後想像力退化為保持詩人這頂桂冠的權宜之計。至於大老們將名詩拿來仿寫或解構解讀，事實上也是想像力不濟而出此下策。我的老師覃子豪先生，六十多年前即曾說「詩是一種未知正等待被發現」，沒有想像力哪裡發現得到詩？

最後我要介紹大陸青年詩人張慶和的一首詩〈詩人是一棵草〉。此詩表達出一種詩人難得有的豁達大度心境：

不用播種／不必水澆／其實／詩人不過是一棵草／是生是滅／是枯是榮／全憑自己的那點靈性
種上草坪的／便被重用／遺忘路邊的／是自由生命／想踩的／就由他去踩吧／想燒的／就任他去燒吧／應天而來／順時而去／誰在乎風抽雨打／去葉除根

這也許才是詩人應守之道吧，順應自然，不忮不求，詩人如能認同一株小草一樣的樂天知命，便不會有那麼多煩惱了。其實為什麼一定要寫詩呢？既然寫詩會是一種折磨，有那麼多痛苦，如果真正喜歡詩，愛詩，在一旁欣賞別人寫的好詩，不是會輕鬆快樂沒有負擔嗎？其實這個世界已經詩人太多了，如果人人都寫詩，那才是災難。大陸女詩人林子在一篇隨筆中道出她半輩子（現已七十四歲）與詩同行的心得，她的獨到見解是「不寫詩時盡可以不當詩人就是了」、「詩人也不是終身制」，這也就是說當你已經缺乏詩的想像力時，就不要為了保持虛名而硬寫，即使被人忘記自己是個寫詩的，或者是個大詩人，也不失為一瀟灑從容的智者。詩是很弔詭的，不要被它耍得團團轉。

二〇一四年四月六日於高師大對碩士生報告

耳叟和周公詩與藝的巧配

——懷念兩位詩藝全能的老人

詩與藝的巧配與結合是中國詩人與藝術家特有的共同基因。這一基因緣自中國文人自小即接受中國古典文學的教養或傳承，造成他們對中華文化認知的積累深厚，終至在詩與藝的創作上獲致超凡的美學素養，形成一獨特的倨傲世界的詩與藝傳統。所以傳統的中國畫家幾乎人人能在畫上題詩，而且十分精彩，有時勝過專業詩人。而寫詩的人往往也能畫幾筆文人畫，至少都有自己專擅的書法藝術。蘇東坡詠韓幹畫馬時說「少陵翰墨無形畫，韓幹丹青不語詩。」蘇東坡更讚揚王維：「摩詰詩中有畫，畫中有詩。」可見古代的詩與藝術不但形成姊妹樣的親熱，不可須臾分離，更是水火樣的互補，造成更加強力的藝術特效。

究其實，詩和畫是分由兩種不同的語言為之，各有其語言不能達至的極限。「詩中有畫，畫中有詩」應該說是「詩中有畫境，畫中有詩意」；詩中有「畫境」，是說詩的文字透露出色彩的繽紛，線條的肌裡，有如畫的構圖。畫中有「詩意」是說畫中有詩的暗示性，詩的象徵技巧，詩的言外之意。「畫境」是實景的反映或描摹，是可以冥想得到的，就如現代所謂的「虛擬實境」一般。「詩意」是意識到的一種感覺，它是朦朧不明的，要把虛的詩意傳達出來，得藉一個相應可感的實相來象徵或暗示及比喻，這便成了詩家所謂的「意象」一說。因此詩不是「直白」，是靠意象語言來表達。而畫則靠「描繪」來表意、透過色彩、線條來傳達，有時可能連描繪也不能傳達「詩」中的畫境。王維的詩〈山中〉（亦稱「藍田煙雨圖」），可說是一幅活生生的秋天景色圖景，詩曰：

藍田白石出，玉川紅葉稀。
山路原無雨，空翠濕人衣。

此詩前三句，畫家都可以以畫筆描繪得出來，到了第四句「空翠濕人衣」便會為難了。「空翠」只是一種感覺，一種狀態的形容，非常抽象，畫家要如何以畫筆畫出這種只可意味，無法實描的空靈感受呢？這裡可以看出詩人文字表達的可能，畫家筆觸表達不出的某種極限。所以我說「詩中有畫，畫中有詩」實是詩與藝美學上的互補作用，如此才能達到完美極致的藝術境界。

這種詩家抓住空靈而表現的「畫境」，畫家捕捉現象所透視出的「詩意」，已在中國古典詩與畫的作品中相互表現了幾千年。畫上的題款識，也就是在畫上題詩大約從宋徽宗的「蠟梅山禽圖」便已開始，徽宗的「瘦金體」便寫出「山禽矜逸態，梅粉弄輕柔。已有丹青約，千秋指白頭」此五言絕句。此題款識便補足了畫境未能完全表達，卻曲盡了畫家心中的幽思。敦煌的石窟內，除唐代留存的佛教藝術品如壁畫和佛像雕塑外，更有所謂敦煌文學，其中詩賦、碑銘、偈讚、歌謠、詞曲，就連李白、王昌齡、白居易等名家的詩文也在敦煌的文學藝術中發現，可見詩畫一體，或互為表裡是自古以來中國詩畫藝術的最顯著特色。

進入所謂「現代」以後，此一完善的歷史悠久的詩藝一體美學傳統已逐漸完全斷裂，甚至消失於無形了。台灣在早年尚有許多接受過古典傳承的畫家如溥心畬、陳定山、張大千等，讓傳統的畫藝詩藝點綴在這逐漸式微的古中國文風中，已是最後的勝景。現代主義的狂飆先從詩的這一千年古堡攻堅，將詩必具的「秩序性」（如格律）和「音樂性」（如音韻），自胡適之主張的文學革命手段中打倒後，接手再次澈底的摧毀，使詩失去任何可能的規範，而形成詩人隨心所欲的所謂「自由詩」，詩已變成只要我喜歡，沒有不可以的狂野。緊接著現代畫風隨起，他們主張純粹藝術，強調原始創造精神，表現幻象或超現實畫風，視畫中的實相為描摹或抄襲，欲與世界抽象藝術思潮接軌並引進其表現技法，使得具所謂前衛精神的青年畫家如現代詩人般的更加狂野，兩者結合成一股推展現代藝術的強大力量，形成的風潮席捲整個詩與藝兩大世界，反傳統的氛圍十分濃厚。

這種氛圍下的現代台灣詩人與藝術家由於方向目標相同，他們是非常投契的，友好的，合作的，幾乎每個現代詩人都與一群臭味相投的現代畫家相結識，共同合作推展現代藝術的工作。只是現代詩人與現代畫家的如膠似漆的結合，與傳統詩與藝的契合是截然不同的。傳統詩與藝的結合是藝術家一體的兩面，純粹是一種互補其各自語言的極限，而達到美學表現的圓融極致。而現代詩人與藝術家的能緊湊在一起，則純是追求現代創新精神的一致，現代詩人或文學家以他們對世界現代藝術潮流的認知，通過報導或研究使藝術家們對西方現代藝術多一些資訊的獲得、或精神的鼓勵，而藉助表現在他們的現代畫風中。傳統的所謂「詩中有畫，畫中有詩」，或「畫為不語詩，詩是能言畫」，在超現實的難以感知的現代詩語境，和講究抽象或變形的現代畫風中，是難以那麼了然的顯現的。

然而自稱耳叟的全能藝術家陳庭詩卻是現代中國畫壇的「前無古人，後無來者」的唯一，他既有古典國畫藝術的深厚根底，更是現代藝術拓荒的先鋒。他三歲啟蒙跟母親識字，然後即入私塾跟著老秀才遍讀中國經典詩書。十三歲即拜張菱坡大師門下學國畫，學山水、人物、花鳥。十七歲受當年留法畫家徐悲鴻影響學習西洋畫技，開始作素描與油畫。中日八年抗戰開始，他廿五歲時即以「耳氏」筆名發表他第一張創作的木刻版畫於福建《抗敵漫畫》旬刊。他在世的九十年歲月裡能夠瀟灑的出入於傳統與現代兩大畫派的門徑，直到他不幸臨終的前幾年，仍然不斷以今日之我追趕過昨日之我，力求超越過往成就，創造另一嶄新畫風，為藝術獻身的精神，大概近代畫壇、除了早逝的林風眠和尚存的吳冠中兩人的成就可與他相比外，可說尚無人能夠企及。尤其台灣畫壇無論新舊尚無人能作第二人想，而他的不太示人的中國水墨和書法作品，至今恐尚無人能望其項背。而在現代繪畫的創新上，他的獨創的以蔗版作素材的版畫作品，早在七〇年代即被國際級的藝評家推崇為世界級的重要作品，曾獲「第一屆國際版畫雙年展」首獎，作品曾赴歐美及日韓各地無數次展出。他的現代水墨作品，大筆揮毫下出現的抽象筆力與勁道，曾令識者震驚他傳統水墨修養的深厚功力。晚年他別出心裁利用拆船廠留下的廢鐵，拼湊創造出形狀百出的鐵雕藝術，作多次的展出，造成轟動，多數巨型作品被識者收藏。

觀諸耳叟一生各個年代創作的作品，無論版畫，現代水墨，及壓克力彩繪抽象油畫和最後創作的鐵雕，雖然都號稱現代藝術作品，並且能與當今世界的潮流與畫風無縫接軌，然而在他所有各類作品中仍然充滿著豐厚的中國元素，仍不失東方古國的傳統哲學精神，只看其作品多以「地水火風」等中國傳統宇宙觀元素命名，便可知陳庭詩對他創作個性的堅持，以身為一個正港的中國畫家的堅持為榮。一次某詩人在陳氏畫展的當場把他的各類作品的創意比美為當今西方的某重要大師，並謂其所作均為最前衛藝術，我在旁為他以筆傳譯（他四歲即失聰），他看後笑著寫下「我寧為我」四字。耳公非常自信執著的認為，他的藝術境界完全出自他自己旺盛的生命力和不服輸的企圖心，不需任何外在的美容。

現代詩人和現代畫家玩在一起在台灣早年是很風行的事，現代詩朗誦會的會場佈置著現代畫家的巨幅畫作；詩刊的封面上每期都有藝術家的畫作，在在顯示出現代繪畫與現代詩的創作精神相呼應。現代詩人們更企圖擺脫文字詩的框架，越界創作所謂「視覺詩」，要從平面由心靈審視的詩境，寫出也能一眼就看出的畫境，一時也成為風氣，受到現代畫家的熱心鼓勵。但心靈藝術的詩，與視覺藝術的畫，終究有其難以逾越的圍限。故也只試驗一段短暫的時間，然後便技窮的消失於無形。只有陳庭詩始終在走自己認知的路上，他雖然也曾參與「五月畫會」最後一次的團體展，與劉國松、陳景容、顧福生、莊喆、胡奇中、馮鍾睿、韓湘寧、謝里法、王無邪，甚至藝評家虞君質、張隆延及名詩人余光中等結合，形成當時推展現代藝術的勁旅。其後（一九五八年）「中國現代版畫會」成立，陳庭詩也是這個畫會籌組發起的一員，但他似乎從來不太熱心投入這種組織性的工作，常與他在一起談得來，興趣盎然的反而是一些並不太熱衷於現代的，甚至看來比較傳統保守的純粹詩人，其中與他最投契的是老詩人周夢蝶，以及曹介直和我等數人。女詩人翁文嫻教授和青年畫家高興則以亦師亦友的感情在照顧他，和向他請益。

周公和耳叟能夠如膠似漆的交往那麼多年，就我一直在旁的觀察體會，我以為他們兩人共同擁有的特點和興趣太多，他們倆在一起有共同語言，共同的興趣，更有熟知的話題可以交談，也可以說，他倆仍然擁抱著他們早期投入過的中國固有的詩藝與畫藝傳統，他們陶醉在其中，享受在真中、雖然他們也都是頂尖的現代詩人、頂尖的現代畫家。

就兩人成長的遭遇看，耳叟在四歲時因爬樹掉下來不幸傷及內耳，從此一輩子都聽不到這個世界，同時也喪失學習發聲功能，更不能對這個世界咆哮吶喊，甚至溫柔的傾訴，他永遠是一個沉默的人。但無聲的沉默並不能壓制他內心火山樣的熱情的呼喚，生命的「六覺」雖被奪去「聽覺」連帶也失聲，但其他感覺器官特別發達，助長了他在繪畫視覺藝術上的特別成功。而尤其他的傳統詩的修養，名家周棄子先生曾盛讚耳公的詩可與韓偓、龔定庵、甚至詩僧蘇曼殊相頡頏，惜為畫名所掩，知之者甚少。照說一個四歲即失去聽覺的孩子，發聲無從仿學，他如何能將古詩韻的嚴格講求，那麼嚴絲合縫一點也感覺不到生硬或走失的運用在他的詩作，簡直說是一種奇蹟，是上帝對不幸者公平的補償。怪不得他的老友周公看到小友畫家高興四處搜尋到的他的舊詩一大疊時，不覺拍桌感慨的說「真可惜沒有為陳庭詩出一本詩集。」

周公夢蝶也是幼年即失去母愛，在家隨私塾的秀才老先生勤讀詩書。正當在鄉村師範進修時，戰亂把他趕出家門，投身軍旅。一九四八年隨軍來台，一九五六年因病退伍，因無一技之長，於一九五九年起在台北市武昌街擺書攤維生，專賣無人聞問的詩集和純度極高的文學作品。他在一張圓圓的四腳木凳上寫詩讀經和練毛筆字。街邊人來人往、川流不息，他卻旁若無人的每日在街邊做他的功課。由於收入極微，連吃住都成問題，穿著也極破舊，畫家席德進為他畫的第一張穿著別人贈送的舊大衣，草繩纏腰，滿臉風塵的那張街邊素描，雖是西畫技巧，卻也看來卻有如國畫人物中的「寒乞」像的滄桑。其時常去周公那書攤陪他聊天的，除我們藍星詩社的幾位同仁像我和張健外，陳庭詩也常從徐州路的版畫工作室來看他。他倆是用筆談，陳庭詩總是隨帶著一本手掌大的拍紙簿，供他倆暢「寫」。陳庭詩筆快如飛，三兩下即有一句問話落筆；周公則執筆如捉雕刻刀，一刀一刀的在費力刻字，速度極慢，周公常常自嘆不如耳叟的快速俐落。我曾問周公，你們筆談得這麼興緻盎然，到底談些什麼？一張紙或一本拍紙簿寫滿即撕碎扔掉，我們有點好奇，也覺得非常可惜。周公對我說，別以為他耳朵聽不見，嘴巴不能言，他所知道的可比我多得多，上下古今，天文地理，時事八卦，他一來便令我湊手不及，反應不過來，這也就是我必須小心翼翼，搜索枯腸，找出回答他的話頭的原因。

但是這一對都是孤家寡人，無牽無掛的藝術家卻是數十年來相知相惜的莫朔之交，在這麼冷漠的現代，這麼人情澆薄的現實社會，這兩個寶貴傳統遺留下來的活標本，令我們這些在旁湊數的老友常感自嘆不如。譬如陳庭詩每有新作品展出，他必找我們這些寫現代詩的詩人來為他配詩，而其中周公必為主將，周公且不吝以他獨有的瘦金體書法謄寫，像為耳公版畫「畫與夜」第八十四號所寫之〈為全壘打喝彩〉，及為鐵雕展之一作品「約翰走路」題詩，都曾轟動一時，認為真乃珠簾壁合的藝術絕活（此詩之手跡印在爾雅出版之《周夢蝶世紀詩選》扉頁）。耳叟對以周公為首的現代詩人，尤其自軍中出身的一群特別親切，他為為數約十七位的這些詩人各作了一首嵌名聯，並親以自己的書法裱褙相贈。贈與周公的聯句是「夢迴枕上詩初就　蝶舞花叢興正酣」，真是無上的功與切。然周公卻認為寫我的那兩句為所有聯句中頂尖最好的，他且隨口背出「向晚登樓先月上　明朝覓句後雲歸」。

除了這些詩藝上的興趣交往，周公在那路邊詩攤上，從不缺女粉絲和向他討教的女弟子前來陪伴，在精神上倒也並不枯寂。但耳叟就沒那麼幸運了，先是他的失聰和失語造成他與人交往的不方便，同時他那工作室裡除了有單身漢不太注重生活小節的零亂外，另外作畫時必有的與常人異的氛圍（我曾常去他在徐州路的版畫工作室，常見他赤身露體，只穿一條短褲衩在那裡又敲又打，油墨味刺鼻難聞。）都不太適合異性朋友逗留，因此他在精神生活的調節上是闕如的。這樣直到周公因病結束擺詩攤，在淡水租屋靜養，而耳叟亦遷至台中置屋作永久工作室，他們兩人才兩地分離。但耳叟每月必有一天來台北與周公及我等聚會，每次由耳叟在仁愛路的「鄉村江浙菜館」訂席飲宴，座上除兩位老友和我以外，總有三四位女士出席，他們都是他們兩老的粉絲，且都為名媛淑女。每次聚會耳叟都很興奮，筆談所費的白紙要撕掉好幾本（最近我和周公說起這段往事，都惋惜當時要把那些「字紙」留起來，現在可是一筆不小的珍貴文化資財），直到盡興，耳叟已酩酊大醉才盡歡而散。每次都是由我順路護送耳叟至金山南路他姑母家安歇。所謂「護送」實因耳叟失覺聽力後，夜間走路身體失去平衡，容易跌倒，平時他極少夜間外出，現在醉後更需小心扶持。耳叟一路依呀發出怪聲，但無疑這是他每月最快樂的時刻。

耳叟最令人值得紀念的一件事，就是兩岸開始交流後，他回到故鄉福建長樂去探親，他的家人見他那麼大的年紀仍是孤單一人，乏人照料，因此為他介紹一位名叫張珮的女士作他終身伴侶，他與這位女士見過面，印象也很好，只是想到自身年歲已大，又是一個殘疾人，怕誤了別人終身，乃說回到台灣後再從長計議。耳叟回來後考慮又考慮，他與老友周公筆談磋商，分析結合的利弊，如此拖了三年又三月，直至一九九二年十月張珮女士才有來台與耳叟團聚的訊息，周公於是年七夕寫了兩首詩，一為〈未濟八行〉，一為聞訊耳公之新婦將於十月蒞台的〈既濟七十七行〉一詩，前者借喻牛郎織女尚未有群鵲搭橋作天河巧配之惋惜，後面這詩則喜悅的說「我們的織女和牛郎，終於／手牽手肩並肩的走過來了／在三年又三個多月之後」，可見周公對這位老友終於有伴共度餘生的期望是多麼熱切，雖然他自己仍然是孤家寡人一個，每夜獨伴沒有體溫的孤枕。張珮來台之後，周公率老生代所有的現代詩人曾為這對新人舉行一次極盛大的慶祝聚會，可惜喜事並不如想像的那麼美好，過不久張珮即獨自一人返回福建，從此便再沒有見過面，也沒有任何可喜的復活消息。

待到二〇〇二年初，耳公獨自一人住在台中的生活愈形艱難，畫家高興自屏東來信給我說，耳公已完全無法與外界交通，唯一與外界連絡的傳真機，因手發抖，筆不成書，傳不出去。腰部因負重受傷（做鐵雕接合）已直不起來，極需有人去看望他，帶他出外吃一頓好飯，他便滿足。我接信之後悲痛異常，周公更是緊張得不知如何是好。周公極少遠行，那次我陪他去到台中耳公的居處，兩老見面雖然都很高興，但也只能陪他吃一頓飯，參觀一下他作鐵雕的工場（其實就是房子前面的院子，堆滿笨重的廢鐵和割切及燒焊工具），然後拜托照顧他的鄰居阿嫂多費點心。我們這些也是老人的人，雖有心而無力，不捨不忍也得離去，這是活生生的可怕現實，誰也奈何它不得。那是耳叟與周公在這世間最後的一次見面。現在已經九十二歲的周公，也是因全身重要器官老化，生命有如風中殘燭了。為寫此文我曾多次戚近他的耳朵，大聲告訴他我在應命寫這樣一篇耳叟與他相交一生的文章，想他親口再告訴我一些他們之間我所不知的軼文雅事，老人只是含笑默應，想他恐也是有心而無力了。我不敢再在他耳邊多言，因為引發老人作太多痛苦的回憶，也是一種殘忍。

（此文原為紀念陳庭詩逝世十周年紀念展所印畫冊《滿庭詩意》而寫，策展人畫家劉高興為陳庭詩及周夢蝶兩位老藝術家之得意及門弟子，認為我對他們兩人比較親近熟悉，有必要將他倆的結交過往就記憶所及紀錄下來，時在二〇一二年二月。）

【KUSO李白】之一：李白出生地懸案

KUSO一詞即中文的搞笑的意思，是源自日文的KUSO－GE，意即unintentionally，非有意的或無心的逗樂子，不傷感情的把人臭一頓，或取笑一番，純為尋開心。現在電視綜藝節目以KUSO某人為大宗，搞笑得越讓人哭笑不得，收視率越高，是一個非常好的賣點。我今天的取這個「KUSO李白」為話題，並非我要趕流行去搞笑一個千多年前詩人的老祖宗，那是多麼的不敬。為了表示我並無惡意，我要朗誦一首詩。題目是〈在李白墓前〉。這是我在二〇〇六年，我到安徽的當塗縣采石磯畔參加第一屆中國詩歌節，拜謁李白的墓塚而寫的。各位聽完以後，便知我在詩仙李白的面前是多麼的虛心，絕對沒有半點搞怪之意。

在李白墓前

我不敢出聲
在李白墓前變得更安靜
不敢承認我是他的後輩
不敢高攀他是我的典型

沒有跟他人一樣起鬨
買酒來澆淋墓塚三匝
據說可以帶來好運
我不要好運，聞酒就醉
永不可能步斗酒詩百篇的後塵

我的IQ和EQ都比他差
學不會吟清平調，跳霓裳羽衣舞

在李白的墓前感到更卑微
我的身高遠不如他墓草魁梧

再者，也沒有帝王再拿龍巾拭吐
也沒有甘於下賤的高力士為我脫靴
我再積極也做不到筆落驚風雨
在李白墓前我急著回家
只有養鳥的與趣他和我相同

在這首詩裡我是多麼的低調，多麼低聲的在數落自己的卑微，引經據典的在證實李白偉大的不虛。所以首先聲明我不是要來搞笑李白，而是，要把一些我所看到的正反寫李白的詩或文章找出來，甚至惡搞李白的詩或事件說出來，以供大家一笑，看看我們這些無聊的後人甚至學者如何看待一個已經埋骨千年，無力還手的我們都尊敬的詩聖。

要談詩聖李白，首先我覺得應該先瞭解一些他的身世，因為李白是一個曾經活得多彩多姿，各方面都爭議不斷，甚至至今都查考不出真相的一位大詩人。即以他的出生地和他的死因，人生出沒的兩大問題的眾多懸案，至今都無法確定誰是誰非。

李白出生地的懸案

以李白的出生地而言，明代學者胡應麟即曾感慨的說過「古今詩人出處，未有如太白之難定者」。確實李白的身世非常撲朔迷離，好多地方都爭相召告，李白是出生在他那地方某處，而且都引李白自己的詩來強調無誤。爭相把李白當作老鄉的有金陵、山東、隴西、蜀中和西域數地。

一般寫李白的履歷都會寫「李白，字太白，蜀人」。與他同時代的一些人，如他的從叔，著名書法家李陽冰，李白詩文集《李翰林集》的編者和序言作者魏萬，以及好友范傳正等都認為李白是蜀人。如果我們一讀李白的詩，即可看到李白自己也認為是蜀人、四川人。例如李白的詩〈渡荊門送別〉：「渡遠荊門外，來從楚國遊，山隨平野盡，江入大荒流。月下飛天鏡，雲生結海樓，遙憐故鄉水，萬里送行舟。」李白把從三峽奔騰而下的長江水，稱為「故鄉水」，可見李白是把長江上游的巴蜀之地，看成自己的故鄉。如果我們到四川江油的青蓮鎮去旅遊，就可看到這裡確實像是李白的故里，在青蓮鎮西北有一山名匡山，相傳是李白少年時讀書的地方。鎮西有李白故居，名曰「隴西院」，院後尚有李白胞妹月圓之墓，院門口有幅對聯「弟妹墓猶存，莫謂詩人空浪迹。藝文志可考，由來此地是故居。」《江遊縣誌》上更強調「匡山下臨陪江水／中有謫仙人故里／道旁父老為我言

／颯爽英姿疑未死」，這許多人事物地都證明李白的藉貫確實在四川，而且是在江油縣的青蓮鄉。

但據史料中李白給一位安州的裴長史的信中說「白本家金陵，世為右姓，遭難奔流咸秦，因官寓家，少長江漢。」因此有李白乃金陵人一說，且是李白自己在詩中告訴大家。但明代學者胡應麟卻懷疑，認為「李玄盛之世，南北瓜分已久，即云先世金陵，後遷隴蜀，亦萬萬不通。」也有人認為「金陵」可能是金城之誤、「江漢」可能就是廣漢，也有說江漢也可以指蜀地。故金陵一說值得存疑。

然而為什麼說他是隴西人呢？「隴」指的是甘肅，李白會被指為隴西人，說對也不對，我們的百家姓的每一姓都有一個堂號，指出那姓祖先最早的來歷，李姓的堂號是「隴西堂」（我這董姓也是），所以說他是隴西人也沒錯。但李白生平好像從來也沒在甘肅住過的記錄，詩中從來也沒河西走廊一帶的行跡。可是他在贈張相鎬詩中說「本家隴西人，先為漢邊將」、又在致韓荊州書中說「白隴西布衣，流落楚漢」。根據李白的叔父李陽冰在所著草堂集序言中的說法是「李白，字太白，隴西成紀人，涼武昭王九世孫」，所說隴西成紀，實是李白先祖的籍貫，即是甘肅省，可是到了李白這後代，早已轉徙他處好多地方了，說他是隴西人也很牽強。

至於也是山東人則肯定是一場誤會，原因是與白居易同輩的元稹曾經誤解杜甫而寫了兩句詩「近來海內為長句，汝與山東李白好」，且在〈杜君墓誌銘〉中說「是時山東人李白亦以奇文見稱」。以後《舊唐書・李白傳》元代辛文房的〈唐才子傳〉卷二中也跟著元稹這一說法，把李白說成是山東人，且說李白的父親曾經做過「城尉」這樣的官職，說他「隱於祖捺山，酣歌縱酒，時號竹溪六逸」。這一查無可靠證據的說法直到明代胡震亨在他所著《唐音癸籤》中才搞清楚，他說「李白，蜀人，非山東人也，山東李白之說，乃當時關東之稱謂，意白時正寓關東故耳。」後代的一些地方誌不明白唐代的山東與元代以後的山東的區別，硬把李白拉進了山東省。

原載於二〇一三年三月十六日《中華副刊》，新文壇季刊三十一期

【KUSO李白】之二：李白的死也有問題

至於把李白視為西域人者有兩種說法，一說是「李白生於條支」，唐代的條支是在今天的阿富汗中部一帶，其首府昔稱鶴悉那，即今之加茲尼。研究的人係從李白的一些詩作中得到這種結論。另一說是說李白出生於中亞的一個叫「碎葉」的地方。這一說是詩人兼史學家郭沫若先生研究提出來的。這樣一說倒並非全屬空穴來風，在早先的許多文獻中也曾有李白來自西域一說，並說李白的先人在隋末因事流徙西域，隱姓埋名，至唐武后時子孫始還居四川的綿州，因沒有戶藉，李白的父親便以李客為名。至於傳說李白有通曉番文的本領，且曾在皇帝召見外國史臣時當過通譯，可能亦係因父母久習西域文字，因而李白也受到薰陶。

至於「碎葉」究在中亞何處，據郭沫若的考證是在中亞一小國名叫「吉爾吉斯」的境內。「碎葉」在我國唐代有關西域文獻中頻繁出現，為偏遠的西北方的一個軍事重鎮。也是絲綢之路上中外客商雲集的城郭，受當時稱雄中亞的西突厥控制。西突厥與唐朝時有邊界磨擦，唐高宗曾經派兵前往平定。公元六七九年唐朝正式在碎葉屯軍，李白的父親可能就是這樣派到碎葉去的。據郭在一九七一年所著《李白與杜甫》一書確認，李白出生在碎葉城時為公元七〇一年，五歲時才隨父舉家遷往綿州昌隆（今四川江油）青蓮鄉。妙的是李白出生在吉爾吉斯碎葉城已為該地政府所承認，並曾於二〇〇一年舉行李白誕生一千三百年周年紀念集會，當地總統到會並吟李白的詩作，李白的詩被譯成當地文字。當地的中國移民後裔以有這麼一位詩人「同鄉」而自豪。

以上已把李白出生地的爭論大致作了一個介紹，當然這種都把李白爭作自己老鄉的事並不曾就此打住，尤其在此爭把文化名人往家鄉裡拉，以為炫耀，極為風行的年代，譬如老子是安徽人還是河南人，便因老子的故邸豪州，原來屬於安徽，現改逮屬於河南，這兩個地方便為此爭論了很久。二〇〇九年的時候，湖北安陸和四川江油互爭「李白故里」這一文化古蹟頭銜，官司便打到大陸國家工商總局，結果工商總局居然判定湖北安陸使用李白故里一詞不構成侵權。這樣一直認為李白是江油在地人的江油政府當然會不服，而且這種涉及文化名人的官司照說應該由文化部門找出歷史文獻證明才出面裁決，又不是公司行號的營業證登記，商標侵不侵權問題。當然又是因李白名氣太大而引來的大笑話。總之李白究竟出生在哪個地方，因為無法把死了千多年的李白從地下請出對證，恐怕永遠說不清。就是直到現在李白到底結過幾次婚，後人有幾人也無定論，有說他第一次與一位姓許的女子結婚，不久因病過世，此女子是相國許師圉的孫女，當時李白是在安陸許家作客。後來又娶了一位劉女士，劉也訣別，再在山東認識一婦人，終於娶了過來，有子女三人，大兒子叫伯禽，又名明月奴；次子頗黎，小名天然；女兒名叫平陽。

一位台灣留學英國的作曲家謝朝鐘先生曾經在一九九三年，把唐朝詩人李白因醉酒向水中撈月因而遭溺斃的故事，譜成《撈月》交響樂，被世界知名的倫敦交響樂團選為該年度演奏曲目，獲得極大好評，謝朝鐘說把李白這段浪漫結束一生的軼事譜成音符，已在他腦中盤旋了二十年之久。可見李白因向水中撈月而溺水致死，是受到多大的肯定。

中外詩史上有三位名詩人在水中結束一生。一位是春秋時候的詩人屈原，一位是詩人李白，另一位是十九世紀英國浪漫派詩人雪萊。屈原投江殉國幾乎人人知曉，雪萊則是一八二二年七月八日在義大利的一處海灣渡假，他訂造了一艘小帆船，時常抱著一本詩集，把船漂到地中海天藍色的海水中去浮游。那年六月底雪萊坐船到雷格洪去見一位英國來的摯友，並把友人安置好才乘船回去，結果那天下午突起風暴，雪萊的船從此便一無消息，五、六天後才在海上發現一具缺臉缺手的屍體，一邊口袋裡裝著一本沙孚克利斯的作品，另隻口袋是一本濟慈的詩集，這就是遇難的雪萊。當時人們一面向喪家報告，一面把屍體暫埋沙中，以免被海水捲走。多天後才從沙中挖出澆上香料和酒舉行火葬，據說雪萊的心特別肥大，燒了三個小時才燒完。腦漿就像煮在鍋裡一樣，冒著氣泡，旁邊看熱鬧的人互相傳告，雪萊的這些骨灰回到了英國，會使那死了的人活過來。

雪萊的死當然有點傳奇性，倒也清清楚楚明明白白，可李白的死到今天仍找不出真正的死因。有說溺水而沒，也有說因病而死，爭爭吵吵也迄無定論。

據傳詩仙李白在他六十二歲暮年時（唐寶應元年十一月）投靠到他當時在安徽當塗縣的族叔李陽冰，有一天晚上他到附近的采石磯江上去划船。那天晚上月色很美、江上也平靜無波，李白嗜酒如命，如此美景當前，自然不會錯過這麼好對月品酒的機會，於是一喝便喝得酩酊大醉，醉眼濛濛中，看到水中月亮光潔的倒影，以為是飛天的明鏡掉落水中，便突發奇想用手伸到水中去撈月，誰知重心不穩，便落入江中溺死。這種酒醉掬水月浪漫傳奇的死法，當然獲得不少人的深信，唐摭言云：「李白著宮錦袍，遊采石江中，傲然自得，旁若無人，因醉入水中捉月而死。」宋朝詩人梅聖俞在過采石時還曾弔之以詩：「采石月下逢謫仙，夜披錦袍坐釣船。醉中愛月江底懸，以手弄月身翩然。不應暴落飢鮫涎，便當騎鯨上青天。」至今在當塗采石磯旁尚有捉月亭，且有李白的墓在附近，成了而今觀光的勝景。我開場那首詩便是在訪李白墓後而寫的，墓地佔地很廣，墓前有一石碑，石碑前沒有祭台供擺插香燭等供祭品。有人告訴我們，對李白致敬祇要拿一瓶酒繞著墓地邊走邊洒酒三圈即可。而且可以帶來好運。果然有很多遊客手拿酒瓶在澆墓塚轉圈子。

但是說李白是因病而死於床榻的更言之有理，且認為較可靠。他的族叔李陽冰在《草堂集》序中說：「臨當桂冠，公又疾亟，草稾萬卷，手集未修，枕上授簡，俾予為序。」這是李陽冰為當塗縣令，李白於夜郎遇赦得釋，前來投靠他，日理萬機，案牘勞形的景況，序中雖沒交代李白的死，但卻稱「公又疾亟」，且只能在「枕上授簡」，可見病得嚴重。《舊唐書》本傳云「白以飲酒過度，死於宣城」，而《新唐書》則說「李陽冰為當塗令，白依而卒之。」而一本《方輿勝覽》則是這樣的歸結；「李白初葬采石，後遷青山，去舊墳九里，劉全白作墓碣，皆謂以疾終。有謂李白過采石，酒狂捉月，恐好事者為之。」唐《天寶遺事》也說「李白嗜酒不拘小節，然沉醉中所撰詩文未嘗錯誤，而與不醉之人相對議事皆不出太白所見，時人號『醉聖』。」由此觀之，李白雖醉，他從未胡塗過，何至於連至水中捉月會有生命危險這種理智都沒有呢？因此認為這種「掬水月而死」的俗傳並不可信。

原載於二〇一三年《新文壇季刊》第三十二期

【KUSO李白】之三：
李白一生詩酒惹事

李白是我國唐代的一位大詩人，更是一位嗜酒的酒仙。詩，寫出了他的性靈，酒，放縱了他的豪逸。他五歲即識字，十歲通詩書觀百家，當時的人都讚美他是錦心繡口，明月肺腸，才思敏捷，出口成章，獨步當時，無人匹敵。他沒有參加過任何考試，也沒有和任何人作過比賽，卻有如此才幹，除了得天獨厚的天賦，實在無法論斷。比李白小十二歲的杜甫也是唐代的一位天才詩人，他的名氣和成就與李白不相上下，但杜甫對李白的詩卻一直讚不絕口，譬如「白也詩無敵，飄然思不群，清新庾開府，俊逸鮑參軍」，又說「李候有佳句、往往似陰鏗」、「筆落驚風雨，詩成泣鬼神」、「敏捷詩千首，飄零酒一杯」，對李白可說傾倒到了極緻。李白初受知遇的禮部侍郎賀知章稱他為「天上下凡的謫仙」，和他同時代的人如蘇頲說他「少益以學，可比相如」。後來唐文宗更下詔以李白的詩與裴旻劍、張旭草書為「三絕」。宋以後推舉李白的，如朱熹稱「太白詩如無法度，乃從容於法度之中，蓋聖於詩者」。楊慎把他比作陳子昂，說他「曜風雅之絕麟，子昂是懸文宗之正鵠」，又稱李白為「古今之詩聖」。另一宋代學者顧璘則說「文至莊，詩至太白，草書至懷素，皆兵法之所謂奇也。正有法可循，奇則非神解不能及。」無不說李白的詩是卓絕的天才，凡間的神品，古今難及。

李白秉性豪放，十五歲就開始練劍術，二十歲就開始行俠仗義，據說可以雙手力敵數人，他羨慕魯仲連、酈食其、張良這些前輩思想家學者，很有大志，不過遭時不遇，乃放乎詩酒，賀之章薦之於朝，唐玄宗召見，委以布衣供奉翰林，與賀知章、李適之、崔宗之、蘇晉、張旭、焦遂等遊，被稱為酒中八仙，嘗在皇帝面前待宴賦詩，常常醉得做出一些令人咋舌的事，他常常自傲的說：「若問我何人，曾用龍巾拭吐，御手調羹，力士脫靴、貴妃捧硯。」他的文筆好，朝庭的詔書誥文，總是請李學士來執筆，皇帝老子高興的時候也是請李白來以詩詞助興，但他往往已喝得爛醉如泥，叫也叫不醒。左右宮人只好以冷水澆他，促他速醒。李白只要醉意稍解，隨即可以應命成篇，信手拈來，便是佳作。但是天才詩人總是高傲的，皇帝面前雖然得寵，但不免得罪一些在皇帝周圍也很得意的寵臣。譬如醉醺醺的伸出雙腳要高力士為他脫靴，便為他種下日後的禍根，因高力士當時是太監中的大管事，是唐明皇和楊貴妃面前寵信的紅人，滿朝權貴都得仰他的鼻息，巴結他在皇上面前說點好話，而今一個布衣供奉竟伸腿要他脫靴，這種侮辱孰可忍實不可忍，當然總要想法報一箭之仇，於是高力士此後處處挑李白的毛病，在皇帝面前挑撥離間，在貴妃面前進奉讒言。起源於李白曾應唐玄宗和楊貴妃之邀在宮中觀賞牡丹花，奉命作過三首「清平調詞」，並要樂手李龜年譜曲唱將起來，明皇和貴妃都聽得很得意，並且特別開西涼國進貢的蒲桃酒助興。詞的第二首「一枝紅豔露凝香，雲雨巫山枉斷腸。借問漢宮誰得似，可憐飛燕倚新妝。」本來是用以壓低神女和飛燕的美態，來抬高楊貴妃，但後來高力士見縫插針私下對貴妃說「李白在詞中把你比以妃子，你為什麼還那樣高興？」貴聽聽了吃驚的問「翰林李學士侮辱我了嗎？」高力士說「以趙飛燕來比貴妃娘娘，那還不算侮辱嗎？」趙飛燕是漢成帝的寵妃，體態輕盈，能夠站在官人的手掌上跳舞，而楊貴妃以豐滿肥胖著稱，李白分明是以飛燕之瘦，來譏諷貴妃娘娘之肥，這種不倫不類的戲謔比擬，不是侮辱是什麼？楊貴妃當然聽進去了，以致李白不為所容，乃自動請求放歸田園。自此浮游四方。唐肅宗至德元年李白到盧山，投奔永王，永王想造反脅迫李白隨行，結果第二年兵敗，被連累而關進尋陽的大牢，幸好由郭子儀幫忙脫罪，始免被誅，長流夜郎，後來被赦免而釋放，此時已屆花甲之年，無處可以容身，乃至當塗依他當縣令的族叔李陽冰。

李白一生除了賦詩飲酒之外，尚有兩項特殊的生活調濟，一是養鳥，據說他曾養過數以千計的奇禽異鳥，並把這些鳥訓練得懂他的話，招之則來，揮之則去，在他的掌上啄食，一點也不畏人。另外則是他非常幽默風趣，從他那玩世不恭、聰明絕頂的才華中流露出來的急智和寓意，令人不得不佩服他這謫仙實在不是恭維，而是名歸實至。茲舉二例，以見平日：

一、唐明皇認識李白這位謫仙後，有事沒事就找他閒聊，有一天在偏殿飲宴時，酒酣耳熱之際，唐明皇問李白「我朝與天后之朝何如？」李白不假思索的回答「天后朝政政出多門，任人之道如小孩市瓜，不擇味道，唯揀肥大者。我朝任人如淘沙瀝金，剖石採玉，皆得其精粹。」唐明皇很得意，笑著說「學士過獎了」。殊不知有人說這根本是在暗諷唐明皇是個獵艷高手。

二、唐開元年間任李林甫為宰相，這個人性情柔佞狡黠，霸道專權，與天下人為敵，誰都不敢得罪他。有一天李白去拜謁他，遞一拜帖，上面落款為「海上釣鰲客李白」，李林甫考他「先生到滄海去釣鰲魚以何物為鈎線？」李白答得很妙、他說「以風浪逸其情，乾坤縱其志，以虹蜺為線、明月為鈎。」宰相又問：「以何物為餌？」李白回答「以天下無義丈夫為餌。」李林甫聽得啼笑皆非，知道此人來者不善。

原載於二〇一三年十月《新文壇季刊》第三十三期

【KUSO李白】之四：古今詩人對李白的觀感

自古以來，李白和杜甫二人總是相提並論，李白稱為詩仙，杜甫稱作詩聖。但在當代李白比杜甫要風光得多，有名得多，也獲得肯定得多。唐代編有兩部詩選集，一為《中興間氣集》，一為《河嶽英靈集》。這兩部重頭詩選各選了當代的詩人十餘人，都是李白居首位，杜甫則全都槓龜，姓杜的只有杜審言一人。杜甫要到宋朝王安石才得從歷史的偏頗中翻身，編了兩部詩選，第二部只選五人，杜甫終掛頭牌，李白落居第五。

李白和杜甫各有一首五言律詩同為後人所傳誦，而且各人詩中都有兩句，常為詩家所相提並論，讚賞不絕，且看起來都有互不服輸，有暗中較勁，互比高下的味道。現在先看李白的〈渡荊門送別〉：

渡遠荊門外，來從楚國遊。山隨平野靜，江入大荒流。
月下飛天鏡，雲生結海樓。仍憐故鄉水，萬里送行舟。

這首詩是李白廿五歲時想要出川闖天下時所寫。詩中的荊門是楚蜀交界的咽喉，渡過荊門山，天地為之一闊，李白乃有「山隨平野靜，江入大荒流」的異常觀感。

杜甫的五言律詩是〈旅夜書懷〉：

細草微風岸，危檣獨夜舟。星垂平野闊，月湧大江流。
名豈文章著，官應老病休。飄飄何所似，天地一沙鷗。

杜甫此詩是他五十四歲時所寫，這時他剛辭去節度使芝蔴官，帶著家小，告別草堂、乘舟東下，在岷江，長江飄泊，寫出他此時的複雜心境，而有「星垂平野闊，月湧大江流」，情願作一飄零的沙鷗，轉徙江湖。

這兩首詩一是寫年輕出川謀發展，而一是臨老無依作流放，一是前程開朗，一是無枝可依。各人詩中精彩的兩句一是白天平常觸目所見；一是夜晚特有的感觸，一是平視，一是高瞻。都是以咫尺之圖入萬里之景，技巧之高妙無分高下，只能說並未浪得詩仙、詩聖之名。至於較勁之說以兩人年齡之差，及境遇之別，各人疏述各人心境而已，應無一競高下之必要。

唐代詩人中的韓愈有一首詩名〈調張籍〉對李杜兩人詩的成就非常推崇，此七言詩前六句具非常大的影響力，如「李杜文章在，光燄萬丈長，不知群兒愚，那用故謗傷。蚍蜉撼大樹，可笑不自量。」這是在中唐時期，盛行王維、孟浩然、元稹、白居易的詩風，而不重視李白杜甫的成就，甚至還受到某些不公正的貶抑，韓愈站出來打抱不平，對李杜詩文表現出高度的讚美，你們這些小孩子真是在蚍蜉搖撼大樹，不自量力。蚍蜉就是大螞蟻，這首五言詩共四十行，其實每一行都有重重的力道，非常精彩。緣韓愈最崇拜的還是杜甫，他繼承了杜詩形式上的特點，在用韻上以難見巧，有點像杜甫「語不驚人死不休」的架勢，結果他的詩理性多於感性，有散文味，倒是這首〈調張籍〉被視為是「論詩詩」中的傑作。張籍是與韓愈與時代的詩人也是好友。

另外一位為李杜打抱不平的是晚唐的李商隱，李商隱也以詩論詩的方式，寫過一系列名為〈漫成詩〉的論詩的詩，第一首即是論李杜：

> 李杜操持事略齊，三才萬象共端倪。
> 集仙殿與金鑾殿，可是蒼蠅惑曙雞。

這首詩不但把李杜合捧了一下，卻也對這些同時代的時人予以修理諷刺。集仙殿和金鑾殿都是李白和杜甫發跡之處，但他們都不留戀，也不靠那些與天子可以親近的地方求得功名富貴，只是以詩的高度來對比皇家的高度。但那些不如李杜者，反得以文學侍從的姿態，吟哦其間，故有逐臭蒼蠅與報曉雄雞的類比。李商隱又名李義山，又稱玉谿生，他的詩象徵技巧高深，不是一般人所可領略，猶如鑽石四面有光，可作多方解釋。他和杜牧一樣愛藉時事來發洩感慨，接近杜甫詩風，不是李白那種「精巧華麗」的一類，但他對李杜人的尊敬有同等份量。

當然也有那把李杜二人的詩看扁的詩人，那是到了晚清時代的一位乾隆進士趙翼，也就是趙甌北，他寫過一首〈論詩〉：

> 李杜詩篇萬古傳，至今已覺不新鮮。
> 江山代有才人出，各領風騷數百年。

意思是李白和杜甫的時代已經過去了，他們的那些作品不再覺得新鮮了。一代有一代的新人出來各領一段時期的聲名。趙甌北本性倜儻，又愛搞些史學研究，與袁枚齊名。但他這樣的貶抑李杜，不免有點自負到沉不住氣的味道。

原載於二〇一四年一月《新文壇季刊》第三十四期

【KUSO李白】之五：現代詩人對李白的評價

說到李杜二位詩人的齊名被人稱頌，到了二十世紀自由民主時代，由於詩的面目已換新天，過去那套用來規範詩的聲韻格律，已經全被棄之如敝履，得到所謂的自由解放，倒也沒人敢對這兩位詩祖敢說三道四，也無人有此膽識作任何挑剔批評，只有一位現代詩人白樺先生，基於對李杜的詩的欣賞愛載，他並沒有寫詩或文章來發揮對李杜二位老前輩的觀感，而是寫了一部電影劇本名字就叫《李白與杜甫》。這是早在一九五七年間的事，當時年輕的他，是他文學作品產量最豐富的高峰期，他寫詩，寫小說又寫電影劇本。《李白與杜甫》即是那時候的創作，他躊躇滿志的拿去送審，以為這樣的文學歷史名人的題材一定可以核可拍成電影，誰知不但沒有拍攝成功還以香花毒草的罪名加以激烈批判鬥爭，是文革期中最大的一場風暴，說這個劇本太接近真實、太接近美，而且太具獨立思考，沒有配合上級政策執筆，說他蓄意借古諷今，白樺為此寫了幾十萬字的檢討報告。這一莫須有的罪名，把他打成右派，從此剝奪他發表作品的一切權利。這一天大的折挫曾使他痛苦到發誓放棄文學寫作，甚至把所有的日記筆記全都燒掉，也把所有的筆扔掉。二十世紀會發生這樣恐怖的事情，恐怕連在天已千多歲的李杜兩位先祖，也會覺得內疚，因為是因他兩的盛名而使白樺招來災難的。

剛才說到現在已沒有人敢對兩位詩祖說三道四，其實也不盡然。二〇〇六年十二月二十五日四川成都一位已經六十歲的周國志先生，發表宣言自稱在詩歌造詣上超過李白杜甫。他相信全國沒有人能打敗我，有種的就來挑戰，我願意拿出人民幣十萬元作為獎金。但是他又說「我相信沒有人能拿走這十萬元，因為我是當今海內外第一詩人。」他拿出他寫的〈狂詩一束〉，其中寫到「自從李杜聲名著、縱使蘇黃僅夠陪。豈甘大雅垂荒廢，重振雄風看我來。」他對李白杜甫二人的評價是，他們雖然名氣都很大，但是李白的詩歌充斥著「酒、女人、神仙」，太虛了。而杜甫則過於迂腐。他說當今這個社會，還有誰能夠稱為真正的詩人？古體詩已經被很多自稱詩人的人忘記了，現在很多人愛寫新詩，新詩不過是舶來品，我瞧不起。最妙的是他說「我很歡迎人家來罵我，有了爭論，才有炒作的空間，像余秋雨、易中天這些人，不也是遭遇罵聲連連才出名的嗎？」為了展現真正的實力，這位周國志大詩人現場作了一首〈新年雜興〉：

舊歲幽思擾夢魂，新年百感更紛紛。座中已少知心客，世上尤多白眼人。事業難平三寸舌，江湖容易一孤身。親朋送罷辰光晚，俯首低吟自掩門。

這位周詩人的舊詩確實有些根底，但說已超過李杜未免太過狂妄，其實他這樣操作的居心，事實上已經自己在言論上露餡了，不過想學余秋雨、易中天這些文化販子可以一舉成名，大撈銀子罷了。

現在我要舉我們台灣現代詩壇祭酒余光中一首詩，看他如何〈戲李白〉。余先生這首〈戲李白〉寫於民國六十九年四月廿六日，他讀李白的詩〈公無渡河〉，其中「黃河西來決崑崙，咆哮萬里觸龍門」這兩句令他非常激賞，他認為論「詩贊黃河，太白獨步千古」，而「詞美長江，東坡凌駕前人」，而偏偏此兩大詩人都是蜀人（四川人），中國的這兩大水系都讓這兩個南方蠻子所稱讚，他似乎非常得意他這種發現，遂寫下了這首輕鬆有調侃意味的詩：

戲李白　　余光中

你曾是黃河之水天上來
　陰山動
　龍門開
而今黃河反從你的句中來
　驚濤與豪笑
　萬里滔滔入海
那轟動匡盧的大瀑布
　無中生有
　不止不休
可是你傾側的小酒壺？
黃河西來，大江東去
此外五千年都已沉寂
有一條黃河，你已夠鬧的了
大江，就讓給蘇家那鄰弟吧

天下二分
都歸了蜀人
你踞龍門
他領赤壁

光中先生對李白情有獨鍾，還有〈尋李白〉及〈念李白〉兩首詩，都是讀到李白在某種狀況下被人議論關懷的一些詩所引發的感觸，譬如杜甫在〈贈李白〉一詩的最有名的兩句「痛飲狂歌空度日，飛揚跋扈為誰雄」便放在〈尋李白〉一詩前作引子，同樣有相諷勸之意。杜甫與李白為忘年交，李白比杜甫年長十二歲，但杜甫對李白的尊敬和稱頌卻時常有詩贈之，譬如名詩「李白一斗詩百篇，長安市上酒家眠。天故子呼來不上船，自稱臣是酒中仙。」便是杜甫所寫〈飲中八仙歌〉中對李白這一仙的描寫，其他七仙如資格最老的賀之章，以草書著稱的張旭，便默默無聞了。

原載於二〇一四年四月《新文壇季刊》第三十五期

【KUSO李白】之六：

洛夫登峨眉尋李白不遇

我們台灣有詩魔之稱的大詩人洛夫也寫了好多回應古詩人寫的詩，譬如他解構過白居易的〈長恨歌〉，李白的〈下江陵〉、〈月下獨酌〉、〈與詩怪李賀共飲〉，〈走向王維〉以及這篇〈登峨眉尋李白不遇〉等等。李白本乃蜀人，峨眉山是川境名山，但李白專門吟詠峨眉山的詩只有〈峨眉山月歌〉七言絕句，這是一首送別友人的詩，詩中只有「峨眉山、平羌江、清溪、渝州、三峽」等五個地方名字，是去向一個仗劍去國，辭親遠遊的青年朋友告別。對峨眉山的地方描寫，只有「峨眉山月半輪秋」這一時序已是秋天的一句。其他有「峨眉」二字在他作品中出現的，尚有〈聽蜀僧濬彈琴〉的五言律詩中有「西下峨眉峰」一句。這其實是一首形容音樂變化微妙的詩，故而有「如聽萬壑松」及「餘響入霜鐘」之句，也不是直接描寫峨眉的。故而洛夫的〈登峨眉尋李白不遇〉，這不遇是必然的，因為李白詩中的峨眉只是借境入詩，實際在峨眉山的留跡並不多，就是他十五歲就開始學劍求道也不是在峨眉山。洛夫的〈登峨眉尋李白不遇〉一詩如下：

門敲過了
寺內無人
一陣山風穿堂而過
飄來一絲絲
吐酒的腥味
桌上橫躺著一把空酒壺
一片狼藉
一片遺忘
想必是
為了一首未完成的七絕折騰了半天
終於擲筆而去
留下一張殘稿
標題空著

酒杯空著
與爾同銷萬古愁
愁也空著
空如你那襲被月光洗白的長衫
黃河之水天上來
是酒該多好
莫使金樽空對月
無非是酒癮犯了的藉口
曾被說成飛揚跋扈的詩雄
但在夜郎的日子
夕陽下
你緊緊抱住自己碩長的影子
就怕它消失
寫清平調的心情不在了
寂寞有時，草蛇般
猝不及防地從腳底竄起

白髮與明鏡之間
突然發現少了一段美學距離
這不就是昨天的事嗎
酒醒後
冒出的第一個句子就如此驚人
把圍過來的猴群
嚇得一哄而散
雨，仍落著
只見霧裡飄來一柄油紙傘
仙一般你魅一般
你該回來了，但恕不久候
再等下去
就會耽誤我和老朽的約會
於是，我順手抓住
一把濕漉漉的鐘聲
就那麼一蕩

便蕩回到成都的
杜甫草堂

洛夫寫這首詩是因二〇〇五年前往川成都參加海峽詩會，會後順便往峨眉山一遊，山上好多寺廟都稱李白來過，表示廟的歷史多麼悠久。然而事實證明不過是想多騙一點香油錢。洛夫心知肚明，乃藉「尋李白不遇」來解嘲。詩中洛夫藉李白的詩句來消遣李白諸多的愁緒和心事，譬如李白有「黃河之水天上來」之句，洛夫冷冷地接下「是酒該多好」，正好針對李白常爛醉如泥、呼之不醒的酒癖。另有「莫使金樽空對月」，洛夫識破他「無非是酒癮犯了的藉口」。「寫清平調的心情不再了」，當然，就是因為常在帝前侍宴賦詩，醉令高力士脫靴，因被讒，才求去，帝賜金放歸，自此浮遊四方，長流夜郎，已神魂均不在蜀地。現代來的洛夫哪能遇到天寶年間的李白。倒是洛夫這首後現代解構手法的詩，逮住了李白因酒誤事的弱點，確實有點KUSO的趣味。

原載於二〇一四年七月《新文壇季刊》第三十六期

【KUSO李白】之七：

後現代狀況下，飲李白月光

李白始終是中國詩史上擎天的一柱，這個永遠放光的大目標，凡屬舞文弄墨的人都想和他攀扯一點關係，或沒事找事的和他聊上幾句。譬如去年剛過世的百歲老詩人紀弦，在他五十歲左右寫的詩〈勳章〉，第一句便說「月亮是李白的勳章」。勳章是一個人功績的表徵，月亮這個意象在古詩人作品中幾乎都出現過，唯有李白詩中用得最多，且都驚人出色，光是〈靜夜思〉中這個月亮便歷久不衰，紀老頒他一個勳章，雖然來得很遲，也是適當應該的。但是在一切都搞顛覆解構的後現代今天，卻並不那麼稀罕重視，有個叫做「野人」的詩人簡直毫無道理的對著一輪明月發牢騷，說他又不是李白，這首詩是這樣的粗野，題目且叫〈遊子吟〉：

他媽的那個月亮
停在窗外動也不動

什麼意思
老子又不是李白
老子又不寫靜夜思

還有一個叫囚肉的大陸西南的青年詩人更不分黑白的把李白KUSO了一番，但還是肯定李白的「白」，勸人遇到他一定要繞道：

李白遭遇李黑　囚肉

李白太白了
李白真是太白太白了
這裏有兩層意思
李白遭遇杜甫，逃避的是白色的

李白遭遇李黑，算李黑倒楣
李黑只有在自己的黑裏摸索
還要有勇氣將李白砍死
李白是砍不死的
路上遇到李白
最好離他遠一點
不要怕繞道

近代中國新詩的大老，且是胡適先生當年所創「白馬詩社」的一員，名學者周策縱先生，在他二〇〇二年十月、他八十六歲時，寫了一首新十四行〈答李白〉：

你把三千丈長的
一句詩
從盛唐
直摔將過來

我伸手
用兩個指頭一接
把它浸到一缸
茅台裏

於今張開醉眼
且給你
回答三個傻字
知道了

居然發現還欠你半行沒抽出來
就這樣讓它永遠在那裏活著罷

周老這首詩有點無厘頭的尋事找碴味道，當然要找尋此詩的起興脈絡，定與李白那「白髮三千丈」的誇飾句有關，周老感到時間飛逝，瞬已人間白頭，奈何不得，只好藉酒消愁，說幾句瀟灑自適的話而已。李白的詩拋向人間千載以上，不過是自我調適，何曾希冀這麼久遠的後代人與他答話。

大陸山東平墩湖詩人江非本是農民詩人，他曾寫了一首詩〈紀念李白〉，他說李白是個「飲用過月亮的人」，意象非常超現實，這比現在中秋節有商人在特製的月餅上蓋「李白」兩個紅紅的大字，稱之為「李家的月餅」更有創意。自古以來一向以可食的餅狀象徵圓月，在後現代狀況的解構下居然變成可飲的液體了。想及今日臺灣的過中秋，連吃月餅也都不時興了，不知何時變成家家戶戶吃燒烤，弄得全島烏煙瘴氣，極度傷身，不如回應江非的妙句改成「中秋．飲李白月光」，想來，有多環保，多衛生！江非的詩如下：

紀念李白　江非

我不知道李白是什麼時候死的
但我覺得應該是昨天
因為昨天的月亮很好
這個飲用過月亮的人
應該死在這樣的一個日子

應該是他提了一個馬扎
在井檻邊坐了一會兒
回到屋裏然後躺在床上
但他去水井那裏幹什麼
坐在那兒幹什麼
把頭舉起來幹什麼
唉！不同了
反正他已經死了
遇到月亮，李白就死了

江非此詩會用一個「液體」的意象，當然與李白醉臥舟中，而皓月當空，反映江中令他神往，不由得想入非非，遂發為掬水月而飲的狂想，終因失去重心，溺死水中。至於其後會有那麼多奇怪的問題，則與二〇〇七年北京一個研究學者對李白〈靜夜思〉中那張「床」感到興趣，引發了各地學者的反應，詩中那麼多興問都是學者提出求解。〈靜夜思〉一詩中該寫的關鍵字都有人寫過了，光是研究「月光」的就車載斗量，我在下篇「ＫＵＳＯ李白」文章中會有「李白的床出問題」詳細報導。

被臺灣名詩人吳晟視為「文青」的少壯強悍詩人鴻鴻，曾寫過一首詩〈李白夜遊〉，場景有李白當年獨坐過的「敬亭山」，和現代臺北熱鬧的「自由廣場」及其周邊宏偉的音樂廳。李白居然被安排在此作超時空的夜遊，且有現在正當紅的時代歌手「五月天」唱出「黑暗中期待光線／生命中有一種絕對」，看來很熱鬧，事實上鴻鴻是藉題發揮，凸顯這時代的諸多紛爭荒謬：

李白夜遊

11月13日
夜訪國家音樂廳
好久沒聽人唱我的詩
敬亭山和下江陵
聽說伴奏的還有交響樂

在廣場上被人群吸引
幾個大男生在炫目的舞臺上

狂吼著「想要征服的世界　始終都沒有改變」
啊，那不正是為什麼
我只有敬亭山
相看兩不厭

大街的另一端
有布條和反石化的燈火
徹夜聲援著
無法像眾鳥高飛的白海豚
猿啼絕跡的濁水溪
陪他們動情地吶喊
喝著退冰的台啤
鬧了一夜肚子（流動廁所另詩再記）
「黑暗中期待光線　生命有一種絕對」
我錯過了音樂廳的曲目

但聽到我的新詩
在民間唱遍
*引號內俱為五月天歌曲〈生命有一種絕對〉歌詞。

鴻鴻出身戲劇，投身最多的是劇場與電影，但他最摯愛的詩創作一直未中斷，且創辦與眾不同的《衛生紙》詩刊，然近年來他也積極於社會議題，如環保、反核等。此詩寫〈李白夜遊〉當是某夜參與在自由廣場音樂廳前的活動，臆想李白如在當世，看到他從未經驗過的後現代景觀，如此對生命生存的絕對追求，當不是他閑坐敬亭山時的寧靜了。

原載於二〇一四年九月七日《中華副刊》

【KUSO李白】之八：
李白的「床」出問題

前天，詩人小仲突然問我「你還記得你第一次睡過的床嗎？」他這沒頭沒腦的一問，問得我滿頭霧水，心想怎麼會有這樣的怪問題。於是我問他什麼意思。他說「你先別管，能不能記得到。」我說：「我剛到台灣時，一大伙年輕小夥子，沒地方去，是睡在板橋農會二樓的地板上，後來則是睡營房的大通舖。結婚後，窮得買不起彈簧床，兩口子睡的是一張竹床，一翻身就會吱嗝響。怎麼樣？交待夠清楚了嗎？」

他聽了之後，哈哈大笑的說：「究竟你還年輕，過去的一切記得清清楚楚。年紀大了，就得勞動別人作考據了。」

我仍聽不懂他說的什麼是什麼，誰要知道自己睡過的床做啥？我都已經八十歲，還能算年輕嗎？

他這才說了。都是李白的那首老嫗都能解的詩〈靜夜思〉惹出來的。這首詩的第一句「床前明月光」，現在就有那窮研的學者說，你們不是說李白的〈靜夜思〉淺白易懂嗎？

那我問你，他這「床前」的「床」指的是什麼床？

這真是窮極無聊的一問。李白的詩〈靜夜思〉：「床前明月光，疑是地上霜。舉頭望明月，低頭思故鄉。」是他在一個月夜的剎那間，見月思鄉偶感而出，信口吟成的。胡應麟說：「太白的絕句，信口而成，所謂無意於工而無不工者。」像這樣自自然然而出的詩境，硬要追究他那「床」是什麼床，即使啟青蓮居士於一千三百多年前的地下，恐怕他也答不上來究是哪天哪個月夜站在什麼床前，尋思那首詩的吧？這樣的做學問大概也是做窮了，而想不出別的花招。我聽完小仲的發問端底，便有了這些反感，於是問他可有學者做出了考證結果，指出那月夜的床是什麼名床？

小仲說可熱鬧哪！考證出好幾套結果，而且各自認為最正確無誤。首先一位名叫馬未都的學者在他所著《馬未都說收藏．家具篇》中說「床前明月光」的「床」，人都認為是寢具，即床鋪，他卻宣稱那不是床，是馬扎。馬扎即古代所稱的「胡床」。他認為李白當年的住房非常小，月光照不到室內，更照不到臥床，所以他是坐在室外的胡床（小馬扎）上對月懷鄉的。據說胡床即後來所見的吊床或折疊椅，說不定李白是坐在折疊椅上看到面前地上的月光，疑是地上霜的。

中國社科院文學所的一位研究員揚之水則認為「胡床」的說法完全不對。她認為唐代家具中最為特殊的就是床。當時床的概念很廣泛，「凡上有面板，下有足撐，不論置物、坐人、睡臥之物當時都稱作床，比如茶床、食床、禪床等，然並不包括胡床。也就是說唐人詩中的床，並非專指胡床。」她從敦煌壁畫描繪的唐代的廳堂房舍前楹開敞，或高懸半捲的帘幕觀之，房舍中設床，月光透過寬敞的窗戶照進室內，證明〈靜夜思〉可能就是這樣的場景下發生。

廣州一位八旬老翁陳雲庵先生卻把前面兩說推翻，認為既非胡床，亦非馬扎，更不是睡床，應該解作「井欄」。他的道理是此詩第二句「疑是地上霜」，霜應呈現在開闊的地面，室內怕難以看到。又說，古人把有水井的地方都稱為故鄉，所謂「離鄉背井」，亦有「井鄉」一說。李白可能是在某個深夜的月下井旁，舉頭望月，興起思鄉之情，故此處之床，解釋成在「井欄」之前方為合理。

另有人支持馬未都的「馬札說」，只是認為馬未都所根據的〈靜夜思〉並非李白的原稿，而是修改過的版本。根據宋刊本《李太白文集》，以及明洪邁編《萬首唐人絕句》中李白的〈靜夜思〉應是「床前看月光，疑是地上霜；舉頭看山月，低頭思故鄉。」由於第三句是「舉頭看山月」愈加證明李白當時並非在室內的床前，而應是在室外的胡床旁看到月亮從山上昇起以至洒滿地的月光。

面對這些不同的觀點，始作湧者的馬未都說，每個人都有質疑的權利，畢竟是歷史，誰都不生活在唐朝，都拿不出有力的證據。不過他認為李白是個非常聰明的詩人，詩雖然僅二十個字，他的語境卻非常清楚，如果詩中寫的是睡覺的床，那舉頭和低頭就很不雅，頂多看看床底下，他不可能低頭。他認為探究歷史真相要靠文物，真實的文物才是鐵證如山。小仲一五一十的敘說到這裡，尤其最後馬未都說是在探究歷史真相，我都差點要大笑起來，分明這些學者吃飽了沒事幹，找個牛角尖來鑽。

李白的〈靜夜思〉千百年來公認是一首最樸素、最容易為人接受的好詩。詩中的詩空背景適合任何一個朝代，即使在此E化得夠澈底的二十一世紀，我們有時也會選擇在一個月夜坐在房中思考一些事情。所以這是人間歷來即有的共同經驗，哪裡算是只有在唐代李白身上才發生的歷史事件。其所以認為詩中「床前」的床是「胡床」全在假定唐朝人的住房很小，小到月光照不進室內，所以李白是在室外「胡床」，甚或「井欄」旁構思出的詩。然而這又有什麼真實的文物可以佐證？且揚之水曾從敦煌壁畫看出唐代房舍前楹開敞，足夠讓月光進入室內，何以仍牽強附會的仍硬指床乃室外「井欄」之謬論。至於說如果是睡床，則舉頭和低頭就是一種不雅動作，反而看看床底下，可以不算低頭，則更是荒謬且不合情理的硬掰。就個人寫詩經驗而言，意象的取用，端看「意」與「象」是否切合恰當，或「情」與「景」是否水乳交融，那管它所運用的是什麼材質或品牌。作學問的不去研究詩的文本，而去探究千多年前李白的床是什麼樣的床，真是無聊透頂已極。

原載於二〇〇八年十二月三日《華副》

【KUSO李白】之九：李白竟然是古惑仔

文人相輕是自古皆有的，但應是同時代的兩人旗鼓相當的競爭者，為了爭逐名位、或者追求名媛淑女，以至惡言相向，爭不出是非。但是到了這廿一世紀的後現代還有人為一千三百多年以前的唐代詩聖亂扣帽子，亂撒狗糞，則就不知是何居心，這豈是KUSO李白，簡直是把李白從地底下的屍骨中拖出來鞭屍，再鬥垮鬥臭一番，比搞笑更等而下之。

話說北京大學有一位檀作文教授是一位專門研究李白的學者，在二〇〇八年的時候寫了一本大書名為《大唐第一古惑仔李白實錄》問世。此書一出簡直震驚了整個中國文壇，甚至嚇壞了好多對李白景仰了一輩子甚至多少代的一般社會大眾。「古惑仔」並不是一個很好的稱呼，這三個字源自粵語，廣東話，曾經拍過好多部誇張無比的古惑仔粵語電影。古惑仔在中國北方指的是地方上的小混混、痞子、流氓、二流子或古怪狡猾之徒。現在則是指一些有怪異行為的不良青少年。在經濟發達繁榮的現代都市中，經常隨時看到的那些奇裝異服、穿耳洞、戴耳環、牛仔褲故意磨破洞、古里古怪、喜怒無常、愛打架的一群人，就是標準的古惑仔。

這些人打架鬧事的消息時有所聞，見怪不怪。然而把千多年前的詩聖李白，也打成「古惑仔」，則真是匪夷所思。據該書的描述是、李白混過黑道，愛吃軟飯，「專挑誰家的爺爺做過宰相，就去拜見做上門女婿」。說李白的朋友都是「白刀子進，紅刀子出」的江湖混混。

這本《大唐第一古惑仔實錄》是一本大書，厚達二百一十四頁。原係檀作文教授在北京讀書人俱樂部開堂講課的一部講稿，內分八講，每講又有五到十二個小章節，這八講的題目分別如下：

自序
第一講，「四川人」李白
第二講，「商人的兒子」李白
第三講，驢友李白
第四講，古惑仔李白
第五講，神仙家李白

第六講，縱橫家李白
第七講，李白和他的女人們
第八講，光、河水、大鵬鳥
林庚先生教我寫李白（代後記）

檀教授在自序中首先交代兩個問題：一、什麼是李白的「古惑仔精神」？二、我為什麼要寫這本書？關於第一個問題，他說他的北大太老師林庚先生曾用「布衣感」來概括李白的精神，即是以百姓身分平交王候，強調知識份子的人格獨立。但他更傾向於用「古惑仔精神」來概括李白。他所了解的古惑仔並非只知砍砍殺殺的小混混。他認為所謂「古惑仔」是一種精神氣象，是源自生命的激情，是一曲青春的贊歌。青春自然會有騷動，也難免出錯。在李白身上他看出的是「誕而無畏」和「風華絕代」。李白敢想人所不敢想，敢做人所不敢做，李白生猛而有想像力。這些是出現在李白身上最具體的「古惑仔精神」。至於他為什麼寫這本書、他說他是源於生命自身的需要。他以為現代的生活有太多壓力要我們妥協和屈服。我們已經卑微得不能再卑微，如果我可以選擇，我寧願做一個古惑仔，而不是做一個書生。他說我常常問自己，為什麼我不是李白？只要我凡能想起李白，我就不至於澈底失望。

從以上檀教授的交代的兩段自白看，他的動機還是正面的，只是他認定的古惑仔不是一般人所看到的那種行為偏差、動輒殺人越貨的問題少年。他要的是李白那種荒誕而無畏懼，且行為風華絕代的李白式的「古惑仔」。

然而我們從書中目錄那八大講題，以及每個講題下面分出來的六十三個子題看，每個子題都令人怵目驚心、每句提示都暗示李白不但是個爛到不可救贖的壞份子、問題少年，甚或江洋大盜。與檀作文教授所期望的範式相差不可以道理計。現在就列舉幾則令人咋舌的標題：

李白的偶像司馬相如是怎樣吃軟飯和發達的？
李白為什麼不參加科舉考試
李白怎樣謀取政治資本
商人家世對李白性格的影響
李白赤裸裸的自我操作
李白是大古惑仔
李白吃軟飯，做上門女婿
李白曾經調戲女道士

然而如果我們真的去讀每篇文本，每篇文本中的每件事情，他會旁徵側引、左挑右撿的找來許多也許是推斷，也許是引證，也許是道聽途說，總之引來一大堆資料證實這件事情的真實性可靠性，甚至丟下問題讓人自己去判斷。每件發生的事情極盡誇張誇大之能事，讓他丟出來的秘事私情，引起聽眾和讀者的好奇心，吸引人繼續往下看，往下聽。想起來這不過是一種使演講轟動好奇有趣的策略，過去已經有余秋雨、易中天等文化名嘴使用過，造成風潮過，使他們發財致富過，檀作文教授不過仿造效法，也想以聳動聽聞的方法成名致富而已。

檀作文教授的這本書出來後，當然會引起許多議論，首先四川江油李白紀念館負責人敬永諒認為不過是為了吸引大家的眼球，博取龐大的書的銷售量而已。李白喜歡行俠仗義，除暴安良，怎麼可以和那些魯莽的打打殺殺的古惑仔相提並論。他們李白研究學會對此採取反擊行動。

一位叫黃絲的先生對檀作文博士書中說李白在「鬧市拿刀砍人」，且是李白自己詩中交代的提出反駁，黃絲說李白這首〈贈從兄襄陽少府皓〉一詩在某個版本中確實有「託身白刃裡，殺人紅塵中，當朝揖高義，舉世欽英風」之句，就說李白真的要去殺人，那就太不知詩人敘事誇張的技巧，古代詩人佩劍在身稀鬆平常，詩人這樣說不過是意興風發時的一種志氣張揚而已，豈可望文生義，故作曲解，硬加李白是胡作非為古惑仔的罪名。

黃絲先生又為書中說李白不但拿刀砍人，而且參加有「組織」的當地黑道，這樣更坐實了李白是個「古惑仔」的惡名，他由而發出辯證。李白在〈敘舊贈江陽宰陸調〉一詩中有「我昔鬥雞徒，連延五陵豪，邀遮相組織，呵嚇來煎熬」。黃絲先生說這分明是檀教授錯解了這幾句詩的意思，這明明是說李白在長安五陵那地方得罪了豪門衙內鬥雞之徒，這些傢伙就吆喝，組織一些無賴們把李白包圍了，並且叫罵不停，李白正在「煎熬」難受之際，幸有陸調趕來衝入解圍。檀作文教授不知這是李白在回憶往事，感謝陸調救命之恩。並不是在炫耀鼓惑仔有組織拼打鬥的光榮事蹟。

提起李白在中文世界的地位真是無人不知、無人不曉，他既是一位唐代的大詩人，也是一位嗜酒如命的醉「趴」仙，酒測值常常破表。所謂「李白斗酒詩百篇，長安市上酒家眠」是他一生最真實的寫照。他的詩，寫出他的性靈，他用酒，放縱了他的豪放不羈。因此他一生演出了許多轟轟烈烈聳動的故事，有的收錄於李太白詩集，有的散見於各種誌書及稗官野史，藏在民間口傳談助的還不知有多少，因此北大這位教授所透露的究係 true story，抑或八卦的ＫＵＳＯ，難以查考，反正在此經濟掛帥的後現代，做些巔覆解構的動作，向偶像權威開開頑笑，吃吃豆腐，只要我喜歡，沒有誰敢說不可以，更且無從查證其是否真實，最了然於心的大概只有早已屍骨無存的李白自己。我今要說的也並不是特為李白辯誣，也無能力為他翻案，只是就一些史書記載的資料，在文章一開始即介紹一些這位被搞笑的李白的一些軼事，一些傳聞，這些雖說只是概略的描述，但多少也可對照出李白的一幅比較真實的面目。

原載於二〇一四年十二月《新文壇季刊》第三十九期

【KUSO李白】之十：

後現代狀況下都來解構詩人李白

在現行文學這塊領域中，「解構」一詞非常流行，無論是創作者或評論人，動不動都要「解構」一番，以示自己也很時髦，也很後現代。解構的原意、根據西方理論哲學家德希達等的說法，「解構」閱讀呈現出的文本，不能只是被解讀成單一作者在傳達一個明顯的信息，而應該解讀為在某個文化領域或世界觀中各種衝突的體現。同時，解構也是反「結構」主義的，認為結構沒有中心，結構是由一系列的差別組成，差別在變化，結構也跟著變化，因此它不穩定。這一充滿扭力的理論，令人深思也難以理解，倒是現已年近百歲，「九叶派」碩果僅存的大老，鄭敏女士說得比較簡化易懂，她說「中國老子的哲學最超前，老子說『道可道，非常道』，實際上這就是『解構』，解構主義的，誰是最後的真理？沒有。不承認絕對真理的人，才是後現代。」「所謂解構就是絕對的變，絕對的不穩定，強調一種流動的時間和時代，而我們對這些卻茫然無知。」

李白的詩已經「王道」了千多年，已經完美得幾乎無懈可擊，但是到了這不信邪、去中心、不承認絕對真理的後現代，也會被我們這後代人挑筋剔骨的「解構」一番，KUSO一番了，雖然動到他老人家的仍都只是他白或不白、醉或不醉的老套小事。下面是我從網路詩壇四處搜尋來的四首詩，似乎也和前面的一些大師們一樣想方設計都在李白的頭上動土：

有一首詩是怎麼念來著？　　阿斐

有一首詩是怎麼念來著？
我打著酒嗝
同桌的朋友們啞然失笑
有一首詩是怎麼念來著？
五花馬，千金裘，呼兒將出換美酒，與爾同消萬古愁
上菜的小姐啞然失笑

有一首詩是怎麼念來著？
有一個夢是怎麼做來著？
長安市上酒家眠、天子呼來不上船，自稱臣是酒中仙
有一個人是怎麼死來著？
有一群人是怎麼笑來著？
有一個球是怎麼轉來著？
有一杯酒是怎麼喝來著？
他們扶著我，踉踉蹌蹌

想起李白　馬敘

想起李白，酒又多喝了三兩
為了喝酒的理由，就經常要想起李白
甚至夜裡睡不著
為了睡不著的理由，也要經常想起李白
李白被經常這樣的想著，他感到累麼？

李白、李白
李花開了，李花是白的
其實梨花也是白的
玉蘭花、百合花也是白的
這樣一想、也就沒什麼了
只是李白的詩寫得太好了，甚至都夢到他的詩了

再後來，想想，李白也死了
所以後來的李賀也死了
還有，現在的海子也死了
再有，還有顧城死得太早了

所以，還是酒好
一碗白的喝下去，不夠，還得再加三兩
再喝下去，李白就出來了

再出來一個月亮，再投下一個影子
對了，就這樣，把杯子高高舉起，喝
喝完了
——再吐出一個扁平的自己

十六的月亮　西庫

標新立異的解構或挖空心思的吟咏
都乃蠢漢所為，我決定什麼也不做，只耐心等待

這團身在碧落的成精老兔
垂瀉下一身發光的長毛，在我床前地上
輕輕掃拂

手指一觸到這發光的柔毫
我就一下子理解了青蓮居士，他不玩花活

脫口替天下人說出如水的心境

此後數之不盡的吟風弄月
或醇如酒、或釃似茶，或苦若咖啡、甜勝奶品
甚而要命如鳩毒

而李白的一聲吟哦，只如一滴天落水
或一片薄霜

李白邀請信的回函　　葉延濱

「李白詩兄，謝謝邀請
盛唐辦詩會實是千載難逢
只是小弟胃病犯了
遙想當年杜甫兄吃牛肉不治

（胃病看來是唐代要命的疾患）
還是請兄來我這邊的好

雖然你沒護照也沒城市戶口
雖然你愛上青樓弄不好會上電視
雖然你沒職稱也不會電腦
雖然你銀行沒賬戶也無信用卡
雖然你喜歡楊貴妃般胖女人
雖然千萬人給你寫傳卻一個也不像你
雖然你寫詩不新潮像鄉村代課老師
雖然你……

這一切都絕不是間題，我保證
只要你還會磨墨展紙、揮毫寫字
帶上五碇唐墨、三支羊毫、兩桿狼毫
一盒印泥、幾枚名章閑章

打出『祖藏李白醉酒狂草』
喊出『李白謫傳八十八代玄孫』
便保管你天天美酒、夜夜春宵了」

李白回函答曰；
「天長路遠魂飛遠
夢回不到幾時醒」

大陸當紅中生代詩人于堅說，「後現代在漢語中的意思是〈公共廁所〉的別名，就是什麼消化不了的都可以往裡面倒的意思。」這話很弔詭惡毒，卻也離事實不遠，現在用「減法」寫詩，努力使負數質成最大化，以反諷方式解構，讓人清晰地辯識隱藏在其後的朦朧真像，表達出現代詩人的思慮和天真，上面這四首藉李白這個歷盡滄桑、至今不墜的大詩人所表現出來的現代詩，意圖莫不如此的彰顯，反正即使李白在地下喊寃誰也聽不見。

二〇一四年十月三日

文學視界78　PG1284

尋詩v.s.尋思：
向明談詩

作　　者 / 向　明
責任編輯 / 廖妘甄
圖文排版 / 連婕妘
封面設計 / 陸　仁

發 行 人 / 宋政坤
法律顧問 / 毛國樑　律師
出版發行 / 秀威資訊科技股份有限公司
114台北市內湖區瑞光路76巷65號1樓
電話：+886-2-2796-3638　傳真：+886-2-2796-1377
http://www.showwe.com.tw
劃撥帳號 / 19563868　戶名：秀威資訊科技股份有限公司
讀者服務信箱：service@showwe.com.tw
展售門市 / 國家書店（松江門市）
104台北市中山區松江路209號1樓
電話：+886-2-2518-0207　傳真：+886-2-2518-0778
網路訂購 / 秀威網路書店：http://www.bodbooks.com.tw
國家網路書店：http://www.govbooks.com.tw

2015年6月　BOD一版
定價：430元

國家圖書館出版品預行編目

尋詩v.s.尋思 : 向明談詩 / 向明著. -- 一版. --
臺北市 : 秀威資訊科技, 2015.06
面；　公分. -- (文學視界 ; PG1284)
BOD版
ISBN 978-986-326-337-1 (平裝)

1. 新詩 2. 詩評

820.9108　　　　104004991

讀者回函卡

感謝您購買本書，為提升服務品質，請填妥以下資料，將讀者回函卡直接寄回或傳真本公司，收到您的寶貴意見後，我們會收藏記錄及檢討，謝謝！

如您需要了解本公司最新出版書目、購書優惠或企劃活動，歡迎您上網查詢或下載相關資料：http:// www.showwe.com.tw

您購買的書名：________________________________

出生日期：________年________月________日

學歷：□高中（含）以下　□大專　□研究所（含）以上

職業：□製造業　□金融業　□資訊業　□軍警　□傳播業　□自由業

□服務業　□公務員　□教職　□學生　□家管　□其它____

購書地點：□網路書店　□實體書店　□書展　□郵購　□贈閱　□其他

您從何得知本書的消息？

□網路書店　□實體書店　□網路搜尋　□電子報　□書訊　□雜誌

□傳播媒體　□親友推薦　□網站推薦　□部落格　□其他__________

您對本書的評價：（請填代號　1.非常滿意　2.滿意　3.尚可　4.再改進）

封面設計____　版面編排____　內容____　文／譯筆____　價格____

讀完書後您覺得：

□很有收穫　□有收穫　□收穫不多　□沒收穫

對我們的建議：________________________________

____

____

____

請貼
郵票

11466
台北市內湖區瑞光路 76 巷 65 號 1 樓
秀威資訊科技股份有限公司 收
BOD 數位出版事業部

(請沿線對折寄回，謝謝！)

姓　名：____________ 年齡：______ 性別：□女　□男

郵遞區號：□□□□□

地　址：________________________

聯絡電話：(日)____________ (夜)____________

E-mail：________________________